◆潘承謀《彥均室歙行日記》◆潘亨穀《潘子嘉日記·甲辰·乙巳》《潘子嘉日記·丙午·丁未》《潘子嘉日記·戊申·己酉》◆潘□□《己丑北行日記》◆潘景鄭《景鄭日記》

蘇州博物館 編

文物出版社

卷柒

蘇州博物館藏
晚清名人日記稿本叢刊

彦均室歙行日記

（清）潘承謀 撰

甲寅

彦均室歙行日記

六月

六日陰曆五月十三日晴炎熱赴歙展墓偕葵生琳（志暉）行伯蘊琳祖（閏生先利分仕清公支）為導午後出盤门至吳门橋登招商局小輪舟中有貞分派蔭餘琳祖（祖德）侶笙琳（恒鏞）及棧司汪吳二姓先在皆結伴旋里者四時展輪

七日十四日晴熱上午十時抵杭邑拱辰橋警吏循例檢視行李買舟行五十四里薄暮達餘杭至蔣家牌樓周訊豐仁記茶漆棧託估肩輿行李則馱之以騾騾主為

老竹鋪族人夕宿千秋嶺霸潭萬安客棧

八日十五日晨陰上午七時發餘杭尖於青山午後陣雨時晴夕宿金頭鎮恒興客店店主李姓其婦殊狡獪向結輿夫刁難需索是日行五十二里強

自餘杭行十里至丁橋鋪十里至青山入臨安境十里至五柳三里至十景亭西行為臨安境南行為於潛境二里至馬溪橋五里至西市十里至錢王廟二里至金頭鎮

晚發餘杭

曉發千秋嶺籃輿去路賒樹叢多野竹水

淺露平沙鬖集人行平呼晴鳥語譁丁橋絶十里小試本山茶

丁橋鋪道中

蒼〻極狡獪不雨亦不晴似惜征者苦導

入雲中行

九日十六日晨陰上午五時發金頭鎮逾化龍步行五六里抵橫塘遇雨尖於太陽鎮鋪夕宿昌化縣高陞客店（店主程姓婺源人）是日行八十七里弱

自金頭鎮行　七里至化龍　十里至橫塘（入於潛境）　十里至藻溪　十里至截石　十里至鎮廓

十里至方邑　十里至太陽鋪　十里至蘆嶺岡

入昌化境　十里至昌化縣

自藻溪至昌化雨中即景

兩三家便自成村　壅土爲墻板作門　水面荷擎新雨蓋　山頭綠擁溼雲根　牧童蓑笠驅歸犢　估客筠籠擔乳豚　一曲清泉鳴聒耳　在山原不斷聲喧

十七日　晨陰涼　上午六時發昌化縣　越水罕司鎮不半里渡板橋　長幾二尋　纜以鐵索　橋下清流激湍　吞石若吼　步行陟畫眉三跳嶺　嶺

腰長橋九孔跨澗如虹再里許復涉板橋與
前相若過株柳鎮有昌化派族人宗祠自十
四世元慶由大阜黄栀園於明洪武間遷居
於此相傳逮二十世現丁約三百人祠門幷有
三松公　文茶公　畏堂公登科額門內為思
本堂凡三楹額為盧抱經所書中祠三楹再
進依山築樓（為後祠）外三楹供奉神主即於神龕
前為昌化鄉第七初小學校講敎二室校長
名乃恩字進三忩族人有學生名孝乾者來
自田間雖短衣跣足而態度頗極安詳詢

知在校生凡四十一人適值農忙放課未克參觀殆猶有半讀半耕遺意與惟見其課程表列每周授課三十六小時技能科闕手工唱歌二課算術每周居六小時似於小學校不相宜舊習沿因固不能苛繩諸鄉隅也出於類口鎮步行陟東盤嶺夕宿順溪方聚源客店店主方姓亦歙人是日行六十二里強

自昌化縣行　十里至白牛橋鎮　六里至太平橋　四里至水罕司鎮　十里度畫眉三跳

嶺至株柳　十里至頬口　十里至車盤嶺下
十二里度嶺至順溪
於潛昌化之間層巒四抱修道曲環蒼崖
俯瞰碧澗下臨徑隨山轉前望無路幾
疑身似在放翁詩中行也
峰迴路轉自遠迤渺渺前程入望豈是窮
途真日暮從知直道不時宜依山每作攀援
想臨澗終防隕落危世路崎嶇君莫問但
能行素總平夷
十一月十八日晨晴涼上午四時四十分發順溪行八

里強度昱嶺關俗謂之界山為浙皖分界處
關以西乃歙境再行十餘里陟老竹嶺步
行而登高可三百餘[redacted]級過老竹鋪陟磨盤
嶺[redacted][illegible]過三陽坑陟杉樹嶺中嶺杞梓嶺皆不
若老竹嶺高矣六時抵大阜村外步行入村
至并英姊祖[redacted]潞黔處未見暫寓伯蘊姊祖
處適禮卿[redacted]姊[redacted]祖遵壽執甫留姊祖遵權
靜波姊祖滌先在座接談之下知皆利分派
久商於蕪者故能吳語未幾并英姊祖來
是日行八十四里

自順溪行　二里至楊家塘　四里至昱嶺
關（度關入歙境）　六里至老竹嶺下　度嶺五里至
老竹鋪　五里度磨盤嶺至葉村　十里至
三陽坑　十里度杉樹嶺中嶺杞梓嶺至杞
梓里　十里至齋鳩　三里至蘊村　七里至
斜干橋　十里至鄭坑店　五里至方村
五里弱至北岸　二里至大阜村東
十二日十九日晨晴謁升英姊祖於修吉堂堂為
彝麟公舊宅道渠至　其蔚公舊宅博鄉
堂僅存三極堂後院宇悉燬於兵燹堂前

東西餘屋為吉卿叔全志伯和弟永平所居午後移居堂之西楹中楹懸溫恒親王為　其蔚公書茂松清泉牓墨跡尚藏松鱗莊

十三日　二十日　晴謁　宗祠祠在博鄉堂東隣依山而築面臨荷沼入大門為敦本堂堂後歷級而登前祠五楹中奉　十六世祖德輔公以下至　二十世祖公調公為主位東西以支祖位祔上樓五楹中奉　滎陽得姓祖季孫公始祖刺史公以下至　十五世祖耕齡公及　十六世伯祖裕公為主位東西以支祖位祔

再上樓五楹中奉　十六世祖妣以下至二十世祖妣為主位東西以支祖妣位祔最後樓五楹中奉　滎陽得姓祖妣鄧太夫人始祖妣林太夫人以下至　十五世祖妣為主位東西以支祖妣位祔各祠均奉有歷代遺各祖先總位凡自　滎陽得姓祖以下至　二十世祖考妣神位以硃漆飾之其他則栗主也同族支裔皆得升祔十年舉行一次　德輔公祠前四圍以文石為欄雕鏤工緻庭植桂樹二株祠柱多矩石成方面積及尺

楹帖牓額碑文悉載麐生伯祖歙行日記中不贅述行禮畢出至堂前見碑列本祠本年支裔收租名計賢分一人昌分一人隆分二人亨分一人利分二人貞分一人貴分元分五人文會司年三人出祠東行至賢分廳支下有吉順堂隆分廳之承善堂文會之師善堂李王廟神為南宋中興將名顯忠神前大鑪為　其蔚公所鑄乾隆同治間兩經重鑄今復乘毀折而西行至元亨堂利貞支祠皆在博鄉堂西比宇利分仕清公支下之詩

禮堂南山公支之下德壽堂貞分之吉安堂昌

分廳支下有崇本堂按仕清公諱社稷南山公諱廷順諱

村中各族人得見者禮卿執甫曾叔祖靜波伯良

驊孫桂芬恩榮步戍俊章叔祖侶笙載揚恒春叔聲

遠弟振玉田略談各以茶點見餉未見者錫榮

高叔祖世傳乾一曾叔祖導餘祥乾坤叔祖

培先子芾恒祜夢蘭步熊叔梯雲弟振甲

留剌而歸午後隆分之麗生曾叔祖導悦

樹德叔恒禮来伯良叔祖来談及金盆

坦墓地餘田有康熙年間所得而契據無

存者尚可取具保證書補領新契并英𤇍祖来交到騐過葉倫塢金盆垣税過地契十紙並查枝丁未續修支譜誤漏各條一冊執甫曾𤇍祖来世僕王賢目已瞽其子闕見来服役

十四日 二十二日 晨陰 禮卿曾𤇍祖步成祥坤𤇍祖載揚𤇍乾一曾𤇍祖靜波𤇍祖先後来并英伯蘊祥坤靜波諸𤇍祖墓在擺塢口謟 十六世祖德輔公葬封石錄乾隆癸未彭修德輔公居左次吳氏次余氏又次汪氏查支譜載 公元配余氏英羅家塢宗譜作英蜘蛛結網形繼配

汪氏繼配吳氏合葬宗譜作葬牛形封石
爲乾隆癸未重修並泐　余氏祖妣似誤
左爲岡壽公暨配梅氏墓迤左稍下爲
二十世祖公調公繼配汪氏祖妣墓封石鐫
萬曆戊戌立乾隆四十六年重修左東有
族人墓碑字漫滅不可讀詣小阜羊
鶩坑謁　十一世祖文璞公暨配胡氏祖妣
二十二世祖嵩山公暨配聶氏祖妣墓封石鐫
康熙十二年立咸豐元年重修下山大雨
忽來至小阜村禎祥堂小坐堂爲小阜

派支祠因羊鬚坑墓樹近被人窃去數株禁山者即小阜派族人凡業主之地倩近村人照看禁人樵採者謂之禁山諄囑以誼屬同宗自應格外注意不得以歸稚無知藉口無從追究冒雨歸博鄉堂衣履沾濡欲滴飲后祭品用雞一魚一肉一蔬一果一點一有酒醴無藥盛不設箸夢蘭姊祖来未晤應年姊祖復先来

十五日 二十二日 大雨竟日讀順治間重修大佛宗譜凡六冊首冊文苑二冊源流攷賢公派即以十七世賢為派祖昌公派即以十七世昌為派

祖（隆）分派於十七世隆公支下分四支派仁分派（昌公無子以內姪羅保壽為子遂為保壽公）（仁義禮和）（皆隆公孫）
以十九世仁宗為派祖義分派以十九世榮宗
為派祖禮分派以十九世勝宗為派祖和分派
以十九世華宗為派祖智隆公孫慶分派於（皆歷忠公子）
十七世歷忠公下分四支派元分派以十八世康壽（元亨利貞）
為派祖亨分派以十八世剛壽為派祖利分派
以十八世祖以任公為派祖當時傳至二十七（而）（其）（貞分）
世僅有五人二十五世可（系）　其蔚公名典焉
利分社稷公派以十九世社稷為派祖（係）　以
任公子利分富陽磨山派以二十一世敬童為派

祖係　公諱公子貞分派以十八世祖壽為派祖貴分派以十七世貴為派祖大佛遷呂化石盤派以十四世元慶為派祖係仁霸公七世孫查　仁霸公孫師經居大佛黃梔園師經元孫於明初遷呂化之石盤四傳盤遷三府里派以十八世安為派祖遷下馬前莊派以十八世鍾為派祖遷下馬派以十九世濟為派祖遷縣前派以二十世步雲為派祖下四門派以十四世巨一為派祖係　崇安公五八世孫查　崇安公五世孫四　諱祿安　由橋東派遷大佛下四

門三傳而為派祖自洋派以十八世永師為派祖按是派但書十八世永師壽公長子查世系十七世無名壽者　埘齡公子六無名永師者且差兩世決非　埘齡公支裔可知無從追溯分派世系余坑派以十二世勝孫更名曾一為派祖係　崇安公六世孫柯村派以十一世伍為派祖係　崇安公五世孫是譜修於順治辛卯為姑蘇派士奇所有即和字號部今藏步戚埘祖家十七部中大年僅存此完本耳　士奇為　仕源公

子廷茂支裔二十五世其祖名祖義葬吳縣華山之北二十一都甲陽字圩父仲纁葬吳門

十六日二十三日大雨竟日博鄉堂後軒東西楹二短椽蛀蝕兼朽飭匠估修除泥工外木料工作與福安吉木作議定銀圓十三枚五角包做

十七日二十四日晨陰桂芬叔祖來午晴賀祥坤叔祖子姻午後伯蘊叔祖來纂譜太公塚譜六世祖崇安公暨配方氏祖妣　七世祖

仁霸公暨配張氏祖妣　九世祖留村公暨配汪氏祖妣墓封石鐫道光三十年利分重立左不（為族人）詳氏墓碣字不可讀詢高路山謁　二十三世祖文瑛公繼配吳氏祖妣墓　玉溪公側室薛氏祔葬右穴建一冢封石鐫光緒三十一年重立左三冢（為族人墓）第二十八世正春及二十九世桒墓再左一冢碣字不可讀詢羅山冢塢謁　十六世祖德輔公元配余氏祖妣　十八世祖以任公暨元配程氏繼配洪氏祖妣　二十世祖公諷公暨元配江氏繼配程氏祖妣墓

封石鑴乾隆五十三年重修墓左連九冢皆族人墓在晴公諱[illegible]霞墓亦在西詣後塘源謁十世祖彥戚公暨元配汪氏繼配羅氏祖妣十一世祖篤夫公暨配宋氏祖妣墓有十二世寧公公暨配某氏祔葬同冢右穴封石鑴道光三十年重修復前行紆迴數十武謁十五世祖琳齡公暨元配呂氏墓祖妣墓公兄諱德公暨配吳氏同冢左穴封石鑴光緒六年重修謁祔屋垣族墓凡三層上立石碣鑴松鱗族墓爲光緒六年　西園公所

倡建而磨生伯祖所經營者第三層左第二穴墓石仍鐫秀先聘胡氏當時以秀先季先半字之訛幾經辯駁支譜終成闕疑此石留存恐貽後人誤會應改仍舊貫爲是迤東行謁二十二世祖喬山公繼配汪氏祖妣墓錡友公側室倪氏陸氏祔葬右穴二十五世景隆暨配張氏祔左右次穴封石鐫光緒三十一年重修謁茂林頭謁二十三世祖天溪公暨配王氏祖妣墓[illegible]公側室劉氏另穴居左之次中有明故遠績公暨配呂氏

以次七穴一冢再左五冢右為明故社政應賓
應魁公一冢再左三冢再右三冢均苔封蘚
蝕不可辨識封石鐫道光 年重修禮華
迈博鄉堂晚祥坤林祖招飲壽酒歙俗婚
禮簡樸結婚後新郎新婦面北分坐堂
東西隅賀客登堂先向新婦次新郎次主
婦人各一揖而已喜筵八大碗一點別無盤佐
至即入座散即歸
十八日二十五日晨陰微雨旋止上午七時雇肩輿自六
阜村西登輿詣篠坑源謁 十三世祖梅春

公暨配黄氏祖妣墓封石為嘉慶二十四年敦木祠立山巉無路披榛撥草攀援而上幾巔者再禮畢下山而登陟佛嶺高不亞於老竹嶺踰山嶺喚舟渡河前行約十餘里澗水阻道輿夫負我而涉達葉倫塢而甚　二十四世祖筠友公暨配張氏墓在山之巔而急草蕪泥淖載道無徑可登不得已設祭品於山下遥望展拜而衣履盡溼矣舊時寶泄菴今賸頹垣斷壁無可止休復前行約二十餘里登飛布山俯視羣峰若

蘇頗有一覽衆山小之概附近數山有煤峒業
已開採遠望煤若焦墨諒其質必佳下午三時拉
金盆垣謁　二十五世祖其蔚公暨配羅氏祖妣
墓側室沈氏祔葬右穴同冢守墓者爲昌
佖派三十四世族人名政暄一母一弟同居祠屋
四無居隣小坐而仍不上乃於祠屋設祭冒
雨至墓前肅揖封石鐫康熙四十年立自大阜
至此道無售食物者因囑守墓者爲炊以餉
輿夫而償以之值餐畢已五時急行十五里至
徽州城宿是日約行七十五里孫總之嗣後祭

掃以春二三月秋九十月為宜蓋卅卄不至塞
途易於省廢也與夫為黃陂人頗矯健登山
涉水行泥濘盈尺中如履平地恐村中人無
此足力
梅雨初晴曉發大年度佛嶺遇雨涉澗水
達葉偷塢謁　筠友公墓而雨甚墓在山
顛披榛無路泥滑膏履不得已於山下遙
望致祭而返
山中初過雨又涉雨中山滑滑黃泥阪淙淙碧
水灣搴裳歇揭厲躡屐絕登攀遙爇心香

辦松楸在望間

雨中詣金盆垣謁 其蔚公墓

九派衍雲礽松鱗舊蔭承春秋感霜露吳
皖肅嘗烝雨急泉侵路村孤屋傍塍掃苔
摩碣字宰樹溼烟凝

十九日二十六日晨雨旋止上午六時五十分發徽州城三十里至楊村尖沿ㄦ繞山（左隔壁右臨溪）前行不及三里有斷岸為水所嚙石亂泥粘輿夫負我行其上心殊惴惴十里抵上塢村宿有宗祠大門三楹中為詒蔭堂支裔可汜書

陽樓三極岌岌欲頹訪得三十三世支裔名德勝者為導其年七十有四有子若孫皆居村中距村數武有豐碑聳立道左大書唐歙州刺史潘公墓道碑再行約里許為拓樵山營謁 始祖暨配林氏祖妣墓封石文字已載升英炓祖已抄錄戒帙不贅述迤右稍下為 二世祖萬一公墓上至墓山巔翦荊剔蘚摩挲封石鐫三世祖萬一公居中萬二公居左萬三公居右下同以篆字沒於土不可辨下為三世祖大震公 五世祖大阜公墓封石模糊細認僅得

末一行為乾隆二年重下一字不可辨東行
越平岡陟一高岸又二里許為詔四世祖上塢公墓封
石鐫後晉天福二年建東門派應烈應祉
大佛派榮齡兆縉上塢派大口大（字可辨）信於乾
隆二年重立（譜載祠建於明則東公墓係未知孰是）歸宿楊村汪氏宗祠祠前為
烺來客店即汪越國公後裔所設
二十日 二十二日晨陰上午八時十五分自楊村買下水船公
順流而下行四十里十一時抵南源口登岸仍乘
輿行二十里下午二時十分返村茀成伯良弁
英伯蘊諸姪祖來談

二十一日二十八日晨晴偕蘊祥坤琳祖來集詣北
隣沙坑謁十四世祖晝初公暨配張氏祖妣
墓越豆畦盤旋而登刪刈榛莽見墓前
有一圓穴疑是獾兔窟穴據人言此係螺
形穴乃螺蓋故屢填屢陷姑妄聽之不足
信也封石鐫雍正甲寅司祠重立諱方村柿
木垣謁其蔚公側室顧氏墓封石鐫先慈
母其蔚公側室顧夫人墓奉祀男兆科百拜
乾隆八年立蓋紫垣公為顧氏所撫子也祥
坤琳祖同後嶺仲芳公支下墓樹人有覬

覘之意邀往討論行五里許至村先遇一老者詢其年則七十有四詢其派則分自昌化詢其世系則不能詳子二一月桂一大炳出舊抄本讀之初不知有　刺史公遑論世系蓋以周季孫公為始祖九十傳而至今其中錯亂脫漏不知凡幾最異者載有乾符二年三月　刺史公以寧州司馬授度支員外郎劄付一通牒一道並有畫像而世系不列　刺史公名用是知此譜不足徵天忽陰急行出村雨已至達方村而衣履復溼矣乃喚輿歸晚伯和

第出家鏌餉於博鄉堂下

二十二日 二十九日 晨晴 詣若干源汪家塢謁 十九世祖仕源公暨配程氏祖妣墓封石鑴乾隆二十四年重立宣統元年又修墓左立有禁止後人改築妨損地理石碑嘉慶十三年重修歸途順至伯蘊姊祖處留午餐偕詣大石墓謁 四世祖上塢公配程氏祖妣墓封石鑴乾隆癸巳年重立據敦本祠同年者云上塢村人歲時亦來此祭掃查康熙間墓地幾為吳大雲等毀佔有道光十五年後嶺派

敬本祠、禎祥祠、敦本祠、余坑派、前圩派、柯村

派、白洋派支裔奪還，公立永遠保存合同八

紙，分存八派收執。舊譜作葵五渡上坑，係屬

虛穴，故丁未續修支譜，即據合同更正，歸

後陣雨又至。回按前數次來歙謁墓，除

刺史公墓外，皆始自 德輔公墓，下逮

其蔚公墓為止，余則一一展謁。迄今日而本

村各墓殆遍，此行惟不克謁 筠友公墓為

憾耳。葵生叔自上塢歸後，病足，不良於行。

昨今兩日均未謁墓。伯良叔祖來，將金盆

坦無契各山地開列清單請補領新契謂須兼旬方能領出恐不及待矣午間於季賔琳祖導序處見一舊抄譜亦始自 周季孫公細讀之似較後嶺所見者為善許假抄一分寄蘇

二十三日閏五月朔晨陰暴雨旋止午後步咸弁英祥坤伯蘊諸林祖來將本年坟糧秋間祭掃費修理博鄉堂後軒工價驗契費留存領契費各款交付弁英林祖收存諭敦本祠茶膳德輔公遺像 公居中余氏祖妣居左吳氏

祖妣居右下列爲思齊公賢暨配呂氏思義公
昌暨配羅氏思恭公隆暨配吳氏思忠公暨
配汪氏思敏公借暨配江氏男女左右雁行分列繪
本支裔奕才所繪上有西圃公跋尚絅傳中
兵亂爲一務農子姓保存故至今淨藏諸宗祠
惜不詳務農子姓之名旋雨旋晴

二十四日二日晨部理行裝午後至升英伯蘊竹
祖處分別交還所借各件並接洽船隻伴侶
升英竹祖來談及博鄉堂地基始知自大
門至堂後軒爲止猶屬　其蔚公支下其餘

均已分授九派大房得堂西另屋一所即所謂學士樓二房得修吉堂在博鄉堂學士樓之間三房得博鄉堂後進屋四房五房得堂西偏屋六房七房得堂東偏屋八房九房得堂南對面餘屋現除修吉堂尚為舜鄰公支裔所有他則或經兵燹或遭回祿輾轉賣為他族奴促問無從究詰矣暴雨時行雷聲一震柳蒸之氣猶未能宣洩也夜又雨

二十五日 晨晴 上午六時起檢點行裝催喚兩輿

夫八時詣宗祠辭 祖弁英祥坤朴祖伯和弟送至祠東留剃遣人至各尊長處告行宿鎰琳祖琛璧琳送至鐸渡所步出村東乃乘肩輿行十里至五渡詣上坑謁 十七世祖恩忠公暨配汪氏祖妣墓封石鐫大明己卯立按 公卒於景泰七年丙子[封石鐫天順元年立]墓左為公兄恩恭公暨配吳氏墓右為恩恭公四子榮仕宗榮宗勝宗任宗墓是己卯應為天順三年[無疑]折至紅廟後謁 十二世祖五渡公暨配胡氏祖妣墓涉澗水踰山骨攀垂藤翦叢莽棘援

蟻附與夫承我以肩始克達山腰墓前封石鐫嘉慶二十五年重立行禮甫畢小雨已至急行下山十里陟梨樹嶺十二時三十分抵深渡搭永隆號為侶笙姊先人所設凡我蘊支裔赴歙展墓過深渡者均搭此焉載揚侶笙姊已先在祭而待未幾伯蘊姊祖志来候船不至閘步至茶商公立廉立初高小學校參觀遇梯雲革為該校教員詢知校長為姚志銓在校生高等十六人三年級共每周授課三十六小時初等十人皆二年級每周授課二十六小時暑假期逾

高等適試驗圖畫三年級生畫小鳥紫籐亦楚楚可觀初等方溫習國文時雨又作即惱永隆而不履復溼矣夕下榻焉

二十六日四日時雨時晴日下午十二時半船至即登船主張福海由屯溪載茶百六十箱至深渡復裝三十一箱余與蔡生翀翮住艙二榻同船者有章景山信客吳炳榮程晏吉木作主尚有四人忌其職業姓氏矣船首尾皆銳編竹篛為篷無門無窗舟中子出入須經中艙旅客宿榻分雁行列有槳無櫓司柁者由後望前

視緣自艙中發出灘流噴急船首撥以巨楫分殺水勢四時啓椗赴卡報稅六時半泊横石行三十五里

自深渡行　十里至白石嶺　五里至墳口對河爲大川口　五里至小淵　五里至山茶坪　五里至结烏灘　五里至横石

二十七日五日上午五時許發横石至街口關吏例查驗至威坪入浙境關吏例徵稅下午暴風驟雨小泊旋晴即行七時三十分泊羅東埠是日行一百九十五里

自横石行　五里至羊鑽灘　五里至米灘
五里至八郎廟　五里至街口　過梅花灘　五里至
王家潭　三里至深灘　三里至常潭　三里至
和尚嶺　三里至威坪灘入淳安境　十里至竹節淇
五里至雲頭潭　五里至錫行渡　五里至老人窓
十里至蔥灘　對河橦梓源口　十里至仰村降
對河鄉山潭　十里至上石渡小金山　五里至交鬚
灘　五里至淳安縣　三里至溪源口　七里至鵝
爵灘　十里至港口入遂安境　十里至塔行　十里至藻
河　十里至羅山墩　三里至瓦窑埠　五里至茶

園　五里至百步街　五里至小溪巖　五里至湖孫淇　三里至童埠　二里至試金灘　十里至倉後灘　三里至羅東埠

二十八日　晴　上午四時許發羅東埠　十一時抵東館關　關吏例查驗　午後過七里瀧　水平風利　揚帆直下　晚泊富陽　是日行二百三十七里

自羅東埠行　二里至白沙埠　十里至楊溪　十里至下衢　十里至馬浸灘　十里至宗潭　十里至倒插潭　十里至嚴州　五里至東館關　十里至烏石灘　十里至胥口　十里至張村　十里至冷水

鋪　七里至釣臺　三里至鸕鷀源口　五里至黄山寨

進七里瀧十里至六港灘　三里至鵝潭　十里至桐

廬　十里至柏浦　十里至紫埠　十里至窄溪

對河新城港口　十五里至黄山寺　五里至檀梓

閘　五里至新店灣入富陽境　十里至程墳　十里至

湯家埠　十里至鹿山頭　十里至富陽縣

富春江上舟中

身在一峰畫裏行富春山色豔征程半規新

月搖波影廿里好風度市聲遠樹平隄寬

望眼輕帆歸棹載詩情明朝商略西湖去

綱得鮮魚膾作羹

二十九日 七日上午四時許發富陽下午一時許抵毛家堰關吏例查驗二時五十分至閘口卸貨移舟至江頭泊姚大綸行門首時已薄暮是日行一百二十里僱輿入鳳山門至太平橋七龍潭王祥盛莊晤徐雲庭衣辰遂下榻焉

自富陽行 七里至大嶺頭 五里至赤松鋪 十里至廟山鋪 十里至大安鋪 十里至渡河埠 十里至魚口鋪 十里至王家埠 五里至毛家堰 五里至半邊山 十里至范村 十里至進壠鋪

十里至江頭
循山程自浙西入皖南復循水驛而旋無日不
與山爲友舟中鮮暇追溯行程
一山轉處過又一山山山相接如連環有時山
盡處中界碧水灣跨水橫略彴其下聲
潺潺石磴流泉飛匹練螺旋曲徑披雲見
巖花帶雨香拂襟風迴珠濺行人面行
人深入白雲裏高峰插天起足底不覺我
身自處高但見羣峰青若薺千仞岡上
一振衣梅子黃時急雨飛居高省識天

公姑啼鳥催人不如歸平生看山眼不飽此行看山猶大好輕舟更度萬重山山裹我如襁褓莫負雲山情日在山中行雲山雅厚我到處相送迎我酬雲山詩一首無數雲山為我別樣青

三十日　公甫雲庭遣其子笙粟大可邀余及葵生姊張應粟雲岫游西子湖乘輿出錢塘門買舟皮艇打槳游公園為行宮舊址依山添建廻廊曲樹雜蒔花卉縱人觀眺東為辛亥浙軍攻金陵陣亡將士祠西為文瀾閣今改藏書處

訪海鹽陳漢旃慈適旋里未晤遇黃君裕侍導觀舊日尊藏四庫全書凡九十四櫥櫥四格格都八函皆係鈔寫本間有遺闕辛亥後補鈔足之舊鈔本前有古稀天子之寶後有乾隆御覽之寶二璽得窺東觀未見書眼福不淺惱為時匆遽未能縱覽耳至楊莊為別別楊味春別墅竹陰當戶荷葉侵階迴廊曲曲以人樹木折疊成又頗得幽趣惟房櫳直率索然無味過西泠橋邊望蘇小小墓一亭罨覆其上秋瑾墓與之比鄰過錦帶橋遊宗

端友別墅地廣數十弓旱舫若繫岸柳下山洞一室消夏宜人東偏荷塘一鑑香風習習以入詩脾嘗鮮藕粉一甌佐以新茶小坐迴棹登樓外樓沽飲烹雙魚膾煮鮮蓴羹纖飔徐扇炎暑漸忘蕩漿至劉莊為問蜀別墅以事沒入公家警士駐守仍縱游觀初入門庭階不治蔓草將蕪度曲橋亭館軒窗半皆扃鎖令典守者啟之則彝鼎圖書位置楚楚壁懸六如十洲梅壑石菴明清閒諸名家書畫雖非精品却鮮贋鼎臨湖小憩復

至三潭印月石橋曲〻人在荷花上行又一境界中猶是丁酉年舊觀為浙先賢祠東為退省菴佇立觀採蓮人擷葉披花刺舟深入香國久之夕照催歸丑力亦告疲矣乃刺舟至藕香居舊地今改為頤苕園亦茗未幾暮色蒼茫遂乘輿入湧金門而歸晚雲〻庭設筵相酌

西湖紀游

十八年前憶舊游西湖風勝景自千秋而今改卻湖山色幾處園亭幾處樓

瓜皮艇汎水中央雙槳衝波趁曉涼行遍

西泠橋下路風来遥帶芰荷香

新鮮藕粉碧蒓羹活々雙魚入鑊烹更點

雨前茶一盞嫩芽浮緑水澄清

寶笈當年秘石渠文瀾閣裏飽蠹魚舊

鈔本認乾隆璽今幸全窺四庫書

蘇公隄畔柳絲如●蘇小坟前繫客思聽到

秋風秋雨夜比鄰爭唱鮑家詩 蘇小墓與秋瑾墓比鄰

小々亭迴曲々橋三潭印月邊歸棹斜陽雙

燕呢喃語省識重来認舊巢 憶昔三潭印月未改舊時風景

七月一日九日上午十時乘輿出候潮門至江頭姚栓乱行

季下午一時三十分赴南星站附滬杭特別快車
行五時三十分抵滬寓麦家圈惠中旅館
二日十日下午一時五分附滬甯特別快車行三時
餘抵家

唐乾符二年三月十日劄付

奉天承運皇帝詔曰朕匡天下設官分職惟

在任賢使能以成治功雖爵秩有大小□乃賞罰

至明設符為信猜忌交□所以職之至也朕

倣古制授爾以官給爾以符俾勤爾職往者爾心

執符來　覲朕將合而驗考爾績以為勸懲之

戒

右劄付寧州司馬潘名授度支知□隨此　全寶

符號　末寶

乾符二年三月十日給　皇帝　全寶

詔寧州司馬臣潘名授度支員外郎職事

奉 天承運 皇帝詔曰朕惟理才國之大務咸出於民取之寡公用不足而其民逸取之多公用有餘而其民困此治理之難者也具官潘名授心諒直學性良能明經科第遴至朝廷歷任郡馬秦郅四民紀綱振舉牧教益隆者切奏最進爾從秩詔為度支員外郎職事欲爾嘉謨善政均法籌登庶不傷財不害民也汝其欽哉毋替朕命

右行牒到

奉行

誥名歸來

乾符二年三月十日下

吏部考功員外郎臣潘名臣鄭棨承以考績錄奏

資格進秩准條

守如司馬臣潘名授

誥度支員外郎

符命

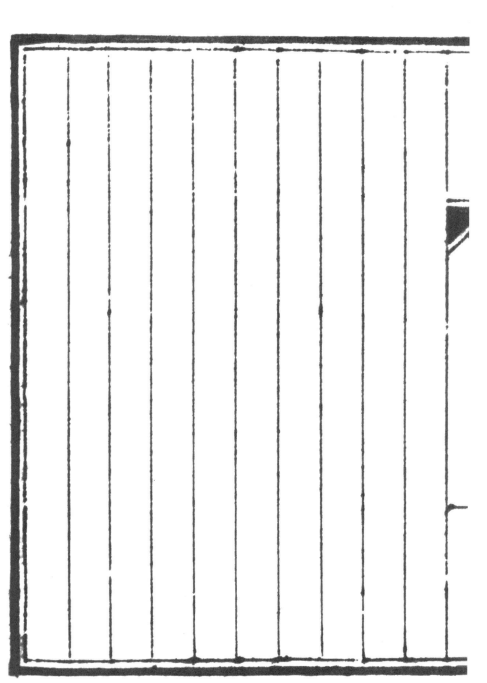

第一公宗譜載生天復二庚子三月七日子時卒興
國己卯七月八日申時与支譜不同
宗譜載第二公遷潘村
按上塢人云潘村距上塢十里舊譜稱上塢潘村
未詳今歙人稱北岸方村如往々以二地相近連
屬々舊譜或沿因於此
喬山公字宗譜作子寧

潘子嘉日記·甲辰·乙巳

（清）潘亨穀 撰

甲辰光緒三十年 乙巳光緒三十一年

甲辰元旦庚辰陰

祠堂喜容灶前供團子 供蓮心湯廿分 付慈二元 嘉記三十二元 龠三 子清吉甫君玉午州來 以百壽圖忌辰單各一贈午州答贈惲李文卒述懷詩一紙 汪虞笙來 存洋十九元六角 錢四千五百八十九文

初二辛巳晴

晨供百合湯 子趙州鵬伯雲驄兄留飲 戴星牙來 夔音來留飯

初三壬午晴 國忌

晨供扁豆湯 五世祖貢湖公生日照例供酒麪十七分 中间有盆面 少園沛如永清三桂來留湯點 子慎陸仲道兆騮 汪來官 戴連官松官庚保來 日用一百〇一文

初四癸未陰

晨供雞頭湯 子方陶韻桐承甲來 二伯吳剛亭來 餛飩二十

初五甲申陰雨

晨供棗栗湯 嚴君三伯九丈志原承枚子義來 日用一千文

初六乙酉晴

拜客數十家 晤夔音永清少園雲笙沛如雲棧 喫飯 晤吉甫星儕癸侯慶妹二伯梅岑等 吳宅下人賞三人二百 十六 付景記廿元 慶小姐嫣賞卅二

三十年甲辰正月

正月初七丙戌晴

初八丁亥晴

初九戊子陰

初十己丑陰

十一庚寅晴

十二辛卯晴陰

十三壬辰晴

十四癸巳陰晴

十五甲午晴

三十年甲辰正月

昭通出门 妻丁超四十八文 季膽慶妹來 兌十角四千文 收洋一元 醫侯子女牌八角 八角

給阿榮○ 存小洋四十六角 三千八百二十文 拜客數十家 南棧吃飯 東棧盤查

初七以前各斬營封○ 計合實○二千三百○四文 幹臣公忌上供 匠酒四十 詠梅林祖來

託薦湯節卿即以致董事陳子成作交之 內子至百花巷海紅坊本及閶門拜年 少蘭來

五世祖妣忌上供 王鶴亭二卅 匠酒四十 預付包一百九十四元 又另帳一元 計合四百七十文 日用三角 一百廿八文

匠酒四十 油堆七十六 慶妹跟去四廿 馬匠十二校借十元 八月十五日還五元 淨欠五元

味琴公七十誕 在昭慶寺拜懺 燈燭七十二文 晚供油館酒盆面

收誠泰廿二元二角 二十五文 存洋七元四十五角 一千一百卅文 日用五角 一百文 少蘭來得夏嘉甫賀年信

晨傳園子蓮子湯 燭五十六文 日用二角 七十二文 非濮行卅 以答致嘉甫行文局莊叟

張少鶴來 飯後至北棧坐片刻即歸 元宵一百八十八文 借嘉記卅元

十六乙未晴
十七丙申晴 夜大雨
十八丁酉陰
十九戊戌陰 雨雪
廿己亥晴
廿一庚子雨 阿金去 計去四五天
廿二辛丑晴陰
廿三壬寅陰
廿四癸卯陰 雙全去
廿五甲辰陰晴 雙全來

少園來 錫箔一箱○廿五元四角 送力一角 日用○一元 二百四文 存洋十一元卅三角 多二百九十文 收李十七元 陳二元一角
收喜神 萬成船到青石橋還嘉記卅元
辰刻帶雙全到青石橋下船 午刻抵橫塘店 偕子常暨周店友盤查
各貨寫賬核算上年官利計得六厘九毫有另（仍按五厘派） 夜宿店中
寅刻端范挂牌 即乘舟而歸 巳刻抵越橋巷上岸 收房租卅五元十九角
阿金借○六元 存洋十九元五十九角 多三百九十文 濮院訃信力○卅 新塍信○廿四 付范除先前
借四元外連另找二元 二百廿文 阿金去 方少園來 兑一元 收多八百八十文
門油一千 日用○一千四十三文 存洋十六元五十九角 多六百五十三文 柳桂堂付糕羅糕二元 一千三百文
泉平○一元 找四百文 寄濮院李生信禮禪定代像四元 嚴師林拜李晚母即歸 少園來
寄新塍雲英信及壽禮二元 阿雪來 王匠裝磨柄○廿四 日用○一千十五二文 詠梅孫祖來

三十年甲辰正月

二

正月廿六乙巳陰

廿七丙午晴

廿八丁未陰　蔣付至貢士　從□文

廿九戊申陰

三十己酉雨

二月初一庚戌雨

初二辛亥雨

初三壬子晴

初四癸丑晴

三十年甲辰正、二月

存洋七元五角九角 錢合錢四文 內付往濟陽訪星 給阿寶錢二角

送宋季蕭程儀弍元 门蔣女工壹元 日用錢卅文

少園等來交划外息廿七元 錢廿文 收南棧十四元七角 少園交到寫利先付洋五萬元入摺

濮信力卅 收胡租十二元 付景記飯菜十二元 付范除舊借連息一元 錢六百文 又借洋三元 存洋十二元八角 錢六百六十三文

紫陽甄别題 徽靈士周靈巖光王良玉承師靈光不屈以王良為諫議大夫論 募少壯為部制之師用以除暴安民策 申刻繳卷

日用錢四百四文 少園交到上年官利找七十七元 錢九十六文 付還店帳三元 錢五百文 付慈二元 上虞記卅二元

以七十元入摺 存洋廿一元六角 錢六百六十文 訪君玉 內子偕得陽歸

承清之鍾師如來 馬以鐵鐙盤罩一事 日用錢三百廿六文 兌洋四元收錢三千五百廿文

寅正起卯刻至大儒巷下船 午初抵萬安便塞 酉初抵家 坡丁錢六百文 韓船連酒飯一元 錢五百廿文

朱小船一元 又酒飯錢九十六文 轎班三三檯錢四百文 又飯八十 存洋十五元六角 錢一千不到五十二文 來功六錢蝦米卅

初五甲寅晴
初六乙卯晴
初七丙辰陰
初八丁巳雨
初九戊午晴
初十己未雨
十一庚申陰雨
十二辛酉晴
十三壬戌陰
十四癸亥
十五甲子晴
十六乙丑晴
十七丙寅晴
十八丁卯雨

晨吳衡堂、金火來，帶金火至崙三處飯，飯後往通惢歸。付范枚藥四元，注：夜飯還蔣〻

書巢母舅來留飯。濮院謝行力卅。補收青芳租十二元三角一千六百文。付書記廿元

存洋二元六十七角，又三千五百廿四文。日用一角八十七文。至臨慶庵拜蔣舅母年誕，飯後到聽訓、通惢，與茂如問村歸

範卿母舅來訪，晏。付范除夕義一百六文。付兑一元，收錢八百七十五文。范借錢二千五百文。存洋二元五角，又一千二百廿七文

付范另賬錢一百廿文。日用一百廿二文。布手巾三角，茜卅。大腿一角，紫〻方什印洋一元，另百七十文

大園等來，收誠泰廿二元二角三十七文。往北棧等處歸。日用一角八文。存洋廿三元六角，又[illegible]二文

學古堂甄別題：以閩侃都督荊湘等州軍事論；據出輸印知廣陵太守之輸四說可否合據異錄久存識異定案；泰西掘土證史之說。商刻交卷

蔡莊祠堂上供。甘蔗四十，荸薺八十，京菜十，橘子二卅，藕二卅。至通惢歸。胡送糕糰冬廿。詹妹來

新塍大梅弟來，留晚點飯。到貢院前看樁，愛詳印歸。收李七元，陳二元六角八十二文

油酥餃一角。日用一角九十六。存洋卅元七角，又二百七十一文。周錫之來，收喬張十元，欠一元。茶糕一角半

三十年甲辰正月

三

二月十九戊辰陰
二十己巳晴
廿一庚午晴
廿二辛未雨晴
廿三壬申雨晴
廿四癸酉晴
廿五甲戌晴
廿六乙亥雨
廿七丙子雨
廿八丁丑雨
廿九戊寅雨晴
范厨工計付至八月十五日止，以後又支
三十己卯雨
蔣工付至四月十六日止，以後又支
三月初一庚辰陰雨
初二辛巳雨

三十年甲辰二三月

少梅面去 少園來收房租 午十六元 十三角 兑一元 收八百九十五文 付范三三元 九十五 又另買 戈弍文 盤 十五

存洋十一元八十三角 錢六百七十五文 毋通剎壽祠春祭，飯後偕服哥往師鴻館，館門前院即往

雲路閣燧若歸，補收許子方三元 门油一 陳四姐來日用一百五 十 方

孫船菓店來，備偹箱，晚赴潘孝元店，還并送壽糕。飯後醵如來，抄田單戶去，萬小轉票五十

少園來兑一元，收錢八百九十文 至通想飯後往聽訓，毋子善同歸 日用一百五十文

訪君玉，存洋十三元八十三角 錢九百九十二文 李友鵑來 日用十五十三文

往竹史處，道喜，晚聞亭陳東耶歸 少園等來交門外息卅六元 錢五九十七 收南十二元 偹糕箱 班 二

存洋十八元八十三角 錢一千二百卅七文 收胡十二元 付范四元 找還二百十 又另時西 又支二十六月四元 廿文 日本記 元 十二

蔣支工一元 燭八 錫箔一箱 廿弍元 九角 收本年官利光交一百元 以一百五十元入稍 收許子方三元 廪三元 六角

付許子方修理二角 日用四十三文 少園來續交二年官利六百三 四百文十五元 六百九十六文 以為文稍

初三壬午雨
初四癸未晴
邹工付至十月初十日止
初五甲申晴 沒又去
初六日乙酉晴
初七丙戌雨 晴
癸金工付至四月初八日止
初八丁亥晴
初九日戊子陰雨
初十日己丑雨
十一庚寅晴
十二辛卯陰晴 双金去
十三壬辰晴
十四癸巳晴
十五甲午晴大雨

昨方伯華交到汪範卿半年房租廿五入稍付慈二元 嘉記廿二元 存洋九元七十八角 又一千合十八文

祖考妣忌上供 三種等來收 大肴六元一角二 收嘉祖 四元一角 一千一百卅 甘蔗 四十五 字齋 四十 京冬菜 十 酒釀 二十

日用一百西文 存洋廿九元八十三角 又三千一百卅五文 崙三子義來留麪 日用一百九十二文

阿金來計去四五天 送來力 晨喚韓阿龍小船至潭浴祭掃 晚歸 船錢 景記廿之

存洋九元八十三角 又二千〇四百十二文 五姊母暨南志嘉昭慶寺與予會于慎吉南塘侍庭同飯晚歸 双金借去二元

訪君玉方中蘭來 本欽來 昨中孫到來盡日用四百九十三文 鹹蛋四角 鹹魚一角

鴨蛋一百卅五文 紫陽師課題 人人親其親長其長而天下平義 明世宗定有司久任法論 夜肆作就 鴨蛋二百廿

范借式元 餘後別去橋頭交卷 出東花街觀前 植來 買書而歸 日用一百廿七文

蘭等來 紫淨寺字 式元 七十三文 五花橋…即歸收 誠泰十七元八角 又六百九十文 赤豆 四十

存洋廿元八十三角 又一千四百八十四文 日用一百五十二文 燭八 午後送信西大致善坊四廿 稍零一百

三十年甲辰三月

四

三月十六乙未雨
十七丙申晴
十八丁酉晴
十九戊戌晴
二十己亥陰晴
廿一庚子晴
廿二辛丑晴
廿三壬寅晴
廿四癸卯晴

三十年甲辰 三月
日用 一千
少蘭來 同盛兆棧 潯陽即歸 改少範卿母舅信
紫陽藩課題 觀其器而知其工之巧論 問江蘇地屬高日映地利之興易於為力試於農工兩外詳言其土地所宜以備採擇興辦 申刻作軾 收張子壽 十一元
李七陳二元 七角 訂碗 一百五 日用 一千 存洋四十二元八分八角 錢五百卅四文
崙三來 朱錫爵津報 廿四 青渠舅來 張士楨送報單 廿四 潤身函交 付本月底 仁茂 六元
上年下半年 夏少庭交付 四元 范借明燭 五元 承祿津報 一千 應存洋四十六元八分八角 錢三百七十六文 接雍行并物
潯夏壽軍信并哺雞筍一百廿支 收房租 四十二元十角 錢一百卅四文 兌洋二元 收錢一千八百卅文
付范建另帳找 一千〇九文 存洋八十六元九分八角 錢一千一百卅一文 日用 一千廿文 日用 一百十二文
王鶴亭送苣筍 一 範卿母舅送筍 十四 晨到崙三處送行 王聽訓拜供吸飯係王通如
即歸 瘵燒酒 仲範卿母舅來 存洋八十六元九分七角 錢一千〇八十文 日用 一千六百廿五文 門油 五百
新塍行物力 四十八 濮院夏各力 四十五 換票 六 日用 四百八十四文 少蘭來 鈞伯為上供飯設

又全秉訂表十六 訂五付至四月
十七止 銀又支

廿五甲辰雨晴

廿六乙巳雨

廿七丙午晴

廿八丁未

廿九戊申晴

四月初一己酉晴

初二庚戌晴

初三辛亥晴

蔣 工付至五月十六日止 銀又支

初四壬子晴

拜九文 [illegible]至于村[illegible]片川[illegible] [illegible]班 補合飯四十 丁[illegible]洋[illegible]四廿

兑洋[illegible]元收錢一千八百卅文入 存 洋八十四元九十文[illegible] 錢一千[illegible]文入 日用 二角 又錢[illegible]文 存 洋八十四元九十五角 錢一千五百[illegible]文

川潘儒卷下船往[illegible]浜 春山安葬 白米耳[illegible] 元一 轉票四

歸申刻抵家 收胡[illegible]式 [illegible]租 卅一元十五角 錢一千[illegible] 付范 式元 錢一千[illegible] 日用 錢八十九文 付[illegible]范十二元

收吳君[illegible]三十[illegible]月租 卅式元六角 錢[illegible]五十六文 蘭來 交到外[illegible] 卅六元 錢[illegible]卅二文 弟[illegible]川[illegible]訓[illegible]南[illegible]

事[illegible] 全[illegible]訓[illegible]飯 [illegible]太和[illegible]通[illegible]歸 存 洋[illegible]元[illegible]角 錢一千八百七十文

付集記 卅式 元[illegible]元 收上年[illegible] [illegible]十[illegible]元 錢[illegible]八文 以[illegible]元[illegible] 存 洋[illegible]元[illegible]角 錢[illegible]五文

轉票 五 日用 一角 [illegible]廿三 [illegible]課題 特等 [illegible] [illegible]於四方[illegible]東方朔[illegible]外國[illegible]

[illegible]何道之從 申刻作[illegible] 存 洋[illegible]元[illegible]角 錢[illegible]七文 日用 [illegible]八文 日用 [illegible]八文

曾祖妣謝太夫人忌上供 蘭來 川北[illegible]陽[illegible]歸 蔣支工 元一 [illegible]

三十年甲辰 三 四月

五

三十年甲辰四月

四月初五癸丑陰雨晴
到通挹承禄刷質 飯後与袁甫阿雅康茗談 夜在吸酒 逸玉屏妻四厚

初六甲寅雨
上辟 日用一百九十五文 到譚陽泰安盛与顧桐今飯 傍晚收解饌

初七乙卯雨晴雨
初八丙辰雨
午妹送茯苓餅六包 存洋百十二元百十五角 錢一千二百廿文 付晏記廿元 銅鑵四百 胡送團子卅二

初九丁巳雨
初十戊午晴
日用一角 百九文 存洋九十二元百十四角 錢一千二百十三文 宋季翁送燭四雙 六十 付范連角五元 卅六文 錫箔一元

十一己未 陪全去拜
川讀廣蕃拜大姊母角 存通過飯後 出城 其後小東 晚歸 日用二百 〇〇 存洋八十七元百十四角 錢一千三百十三文

十二庚申晴 二百天詁 自己丙午六月十二日止
十三辛酉晴
省孝來 香千吉四角 燭十 友鵬來 錫箔一箱 廿叁元 七角 存洋八十五元百〇三角 錢一千七百十三文

十四壬戌晴
少園及時照葉修祿 丁葉來 炭几角二 收誠泰廿弍元一角 錢卅八 修銅夾燭 八廿 存洋八十五元百〇三角 錢一千八百十三文

十五癸亥晴
十六甲子晴 雨雷電
蜀堅來 日用百廿八文 收李縉榮七元 陳瑞祥二元 七角 滕米 日用百〇八

十七乙丑晴
十八丙寅
紫陽師課題 有為辨之 其好以務也有以行之 又鼎馬務也義 為熱退於泰東將擬齊南校吳英論 收張子壽十一元

十九丁卯晴
二十戊辰晴
飯後遣叔奎去交卷 雷祖文林公忌上供 收房租卅七元廿六角 錢卅八二文 兌元收九千五十文

廿一己巳陰
廿二庚午雨
廿三辛未晴 雨陣
廿四壬申晴
廿五癸酉晴
廿六甲戌晴
廿七乙亥晴陰小雨
廿八丙子晴陰
廿九丁丑晴
三十戊寅晴

付范連蔭一元 交和除 [illegible]文 存洋[illegible]元[illegible]廿角 [illegible]九文 日用六十五文 日用[illegible]三文 日用[illegible] 日用[illegible]卅 二[illegible]文
以洋[illegible]元 文稍門油二角[illegible] 卅 昨少園來 存洋[illegible]元[illegible]角 [illegible]廿八文 日用[illegible]卅五文
曝書 曝書 致少梅信 叩客局 日用[illegible]式文 兑洋兩元收[illegible]一千[illegible]文 絲棉[illegible]元[illegible]四
少園來 [illegible]來當 點校 沈祖佩 洋報 [illegible] 十 復齊送喜果四 廿 存洋[illegible]元[illegible]角 [illegible]千[illegible]文
昨得味文信 叩復并致少梅之[illegible] 少梅之賀節禀 新勝信 力四 廿 日用[illegible]廿八
少園 [illegible]來交到 外息 [illegible]六元 南棧 [illegible]上角 十四元 玉如交到祖息 [illegible]十五元 [illegible]會費 力四 廿
少園交阿 [illegible]一千[illegible] 初期 以洋[illegible]元 [illegible]文稍 戚和卿來 交[illegible]師信 并[illegible]借還 [illegible]數[illegible]
少園 以一[illegible] 交之 臨花[illegible] 收房租十二元三角 一千[illegible] 胡十二元 昨[illegible]三信 力 卅 送[illegible]候 [illegible]歲 一元
存洋[illegible]元[illegible]角 [illegible]九文 收許[illegible]芳 式元十角 卅 付范連借三千文 合[illegible]五元 一千[illegible]文 又[illegible] 四[illegible]
付[illegible]記飯菜十式元 存洋[illegible]元[illegible]三文 [illegible]二千四百六十五文 日用 九十八文

三十年甲辰四月

六

五月初一己卯雨
初二庚辰陰雨
初三辛巳雨
初四壬午陰
初五癸未陰
初六甲申晴
初七乙酉陰
初八丙戌晴
以上付至六月初十日止 後又七文

三十年甲辰五月

燭四 訪君玉 吳衡堂夫人送老虎枇杷鹽蛋以蛋還之力四十 日用九十八文
周錦之來 剃頭 至藥師菴拜六多三周吃飯 到通惠歸 遇雨 戴送糕糰廿
紫陽道課 唐裴晉公為政四嘗 見長輒問其年齡狀貌出處用舍 宋司馬溫公為政與夜往來必問其起居論
向裴國公與戰權所行事為有三國戰爭彊而自強者之外……日之戰……論之 四劉文
少園奇來 馬匠帳廿六元九角 還米帳五元六角 還東棧五元 我四百差 先兩先收一千八十文
存洋廿九元 四百卅角 存錢一千……文 派勤賞 蔣四百 又四百 范四百 下灶八十 梅十六 桂十六 丙媽四百
來四百 吉四百 陳四百 轎夫四卅 差茶七十 地方四 吳宅僕婦一百十六
北棧 安園來 給下灶角二 付景記廿元 陶媽七十二文 日用四五文 給陳角四
補付芸元二 嘉記卅二元 存洋十五元 四百廿五角 存錢一千四百廿七文 炭几二角 火腿二角
到獅林寺拜辛芝伯 周吃飯 與旭如剛夫伯雲季傳妹子同席 飯後到北棧 安園來
贈樸換鏤子 二百四十 又五文 以全支五十一元 鼓 存洋十四元 四百廿八角 存錢一千二百九十二文 日用四三三文 金火未

初九丁亥晴雨
初十戊子陰　夏至
十一己丑雨
十二庚寅雨
十三辛卯晴
十四壬辰晴
十五癸巳晴
十六甲午晴
十七乙未晴
十八丙申晴　收蔣二付至七月十七日止支
十九丁酉晴
二十戊戌晴

周錦芝來　金大來　收取燭㡢二文　訪君玉付范三元　又房廿　洋　
崙三付力卅　剃髮　日用　又文　存洋十元
伸珍平二姪往昭慶寺要庸高丈子慎陳大鵬連宋安同飯　少園來
少園等來以思義租册交隐訓　日用廿五文　酒廿
內子到潯陽　收誠泰廿元式角　燭四　存洋卅　元
收陳瑞祥式元　孝緒榮七元　致少梅信件火腿四角
梅岑來　崙三來留點　隐訓交租册來　日用　文　存洋　元
潯陽師課題　功崇惟志業廣惟勤義　向者道統之傳……
收蔣支二元　收喬張十二元　安卷　訪君玉剃頭　付范三元七十文　又房帳
晨到東棧與儷甫訪梅岑及菊墅即歸　收房租廿六元十二角　存洋七十三元

三十年甲辰五月

五月廿一己亥陰晴
廿二庚子晴
廿三辛丑晴
廿四壬寅晴
廿五癸卯晴
廿六甲辰陰晴
廿七乙巳晴
廿八丙午晴小雨
廿九丁未陰雨
六月初一戊申陰雨
初二己酉乍陰乍晴微雨

三十年甲辰五六月

日用ㄋ廿八文　收南棧五元九角　四千文　付和房捐及大有修理　兑一元　收錢九百文
遣匠至潯陽取黄楊樹　買酒四百ㄋ　三樁來以外托交之　存洋七十七元ㄋ五十五角　錢一千〇七十六文　庶供
日用ㄋ〇九　門油廿八　二角　布紗一元　大眼衣廿刻　戲蠡蓊　式元五角　蝦乾四二角　上供　振和水來
日用ㄋ九十六文　存洋七十四元ㄋ四角　錢六百九十九文　仲文燕章培津礼二元　交書巢寫
昨浮崙來信即改之　日用ㄋ子六文
晨到天官坊拜壽之太夫人　即往送戴巽甫夫人殮　伏沒忌通匏聽雨歸理　四
少園沛如錦芝來　收外息廿六元　ㄋ存五文　存洋ㄋ〇八元ㄋ四角　錢八百七十八文
收房租十元六角　一千〇廿文　付范三元　年率　又另賬一元　棧道ㄋ九十一文　付景記十式元
燭四　收胡十二元　收麋二月十八元　十式角　許子芳二元十角　酬水廿五文　日用ㄋ九十文
存洋ㄋ卅四元ㄋ七十五角　錢一千四百四十二文　浮崙三信　日用ㄋ十四文

三十年甲辰六月

初三庚戌晴雨 初伏
得新塍少梅信 補付慈元式 徹記廿二元 存洋一百元零七十六角 存錢一千三百廿八文

隆慶
初四辛亥晴
高祖妣黃太夫人忌上供 鈔濬炯庵送菜四盒 力 午 店棧友來 日用一百九十五

初五壬子晴
存洋□元零七十二角 存錢一千○七十三文 玉蘭糖九十八文 藕卅 錫箔一箱 念四元 力一角 新塍信力廿四

初六癸丑晴
收洋一元付十角 廿五文 付景記元廿 存洋五十七元零六十二角 存錢八百九十六文 日用一百八十四文

初七甲寅晴雨
晨至西棧挂牌 聚飯 即歸 富之來留宿 西瓜七角 陳書渠 五十

初八乙卯晴
富之拜門 代為關發 僕賃 申渠 又王慶云 芙初 伯兄 龍久 通[illegible] 飲

初九丙辰晴
譬翠地初來 付范叁元 五十文 又另賬一百廿文 日用一百九十四文

初十丁巳 陰
十一戊午晴
仲午叔來 崇陽端樵課題 繼振四兄 洋一元 收錢九百文

十二乙未晴
與崇陽端樵課題 越某[illegible] 端中丞 范文正為秀才時以天下為己任論 蘇州學堂其規制多不合宜 教科書宜詳備 推之要理之法 西刻交

十三庚申晴 中伏
先考生日上供 存洋五十三元零五十四角 存錢六百○二文 日用三角 零廿文 付范角十角 廿五文 收洋一元

八

三十年甲辰六月

六月十四辛酉晴　為裴氏刊寶興及聰訓訪槧本板無　收誠泰十七元七角　四十八　米捐一角　找四廿

十五壬戌晴　燭四　存洋五百元　合錢[illegible]文　啓之贈書套　炭几二角

十六癸亥晴　大米一石一元　收李緒棠七元　陳瑞祥二元七角　少園來

十七甲子陰小雨　日用□卅四文　日用〇〇〇文　先一元收九百〇文

十八乙丑陰雨晚晴　出紫陽師課題　形藏乎身不患而能喻諸人者未之有也　宋追武義大夫馬政溫渝使金約與攻遼論

十九丙寅陰雨　已刻交卷　祖之吳君玉故　轎夫去　善玉棧喚洋鐵匠　十四

二十丁卯陰　君玉殮　少園來　補收張子壽十一元　收方祖廿元　付十角　十人　付廿五　收洋一元

廿一戊辰陰　送祖冊繳聰訓　少園子善來　存錢洋百十元　合錢五百三角　又八百廿九文

廿二己巳雨
廿三庚午陰　永清來　門油卅　戈角　少園永清來　日用一角　七五

廿四辛未陰雨　晨至八旗會館拜四姊　未遇　至葑橋晤閣　谷叔　午刻　又至金節　晤四姊　談良久出

廿五壬申 晴雨
廿六癸酉 晴雨
廿七甲戌 晴 夜雨
廿八乙亥 晴 夜雨
廿九丙子 陰
七月初一丁丑 陰 晴
初二戊寅 晴
初三己卯 晴

北棧吃麪 晤少園同至聽刊運而而歸 洋〇〇 仍付 仁年 存 洋四十元四角 四千文
廚備弍元 少園承精來 付范茂一元 五年 少祁勢四十
淂嘉甫信收試草 以嘉甫子洋札一元交局 日用一角 一〇九
寉棧友來 收南潯三月十二元一角 修扣換寒被 收外息卅六元 八分四文 付吳徵洋鉄情落四元五角 十文
少園交一千丹 大稻川洋百元 大稻 先洋一元 收多九百文 存洋卅九元四角五角 多一千六百八十五文
收翦租十弍元 吳租三四月廿叁元 找還五角 十二文 存 洋弍元十角 廿文 付書記十弍元
付范連方四元 四百文 存洋七十元四角五角 多一千一百七十四文 日用 一百〇八文
燭四到財神殿 晤鈕園沛如承祿 至隨慶黃拜伴 黃 廿開至通 至聽訓而歸
收房租十弍元弍角 多八分〇八文 濮院信力 卅 子善來 晤吳蘭生
子善承教本 榮陽藩課題 好學近乎知 知恥近乎勇 恥義 王安石詩阯民間鑄錢之禁論 申刻交卷

三十年甲辰六七月
九

金火來

七月初四庚辰晴

初五辛巳晴

初六壬午陰

初七癸未陰晴

初八甲申晴

初九乙酉晴

初十丙戌晴

十一丁亥晴

過中元節

十二戊子晴

十三己丑晴

十四庚寅晴

閏謹之付至八月十五日止 洋又支

三十年甲辰七月

少園寄來 米千五〇 一元 存洋八十七元〇十二角 錢一千八百四十文 香〇大吉 四角 代付二

晨到戴宅 其夫人〇歸班 二百 日用〇 二百四十文

景記廿 慈二元 嘉記元 卅元 存洋廿七元〇八角 錢一千三百六十二文 三桂 清回繳

付廿五 收蓬元 去和東 存洋廿九元〇卅八角 錢一千三百五十六文 日用〇 三角 百九十六文

髮剃頭 花一元 收錢九百文 存洋廿八元〇卅五角 錢一千八百五十六文

祖妣誕上供 蓮蓬〇 四十八文 燭八 方少園 程子善來

日用〇 九文 付花連芳 四元 五百卅五文 夏謝〇 卅 存洋廿五元〇卅五角 錢一千〇六十六文

祠堂上供 藕〇 七八十 收仁錢 七元 又息 止 四元 八角

方少園來 日用〇 八十四文 花一元 收錢九百〇五文

門蔣支工 一元 收誠泰 廿二元〇二角 錢二千二十一文 存洋五十五元〇四十五角 錢一千七百七十一文 匠廿

十五辛卯陰晴

十六壬辰晴

十七癸巳晴

十八甲午晴

十九乙未晴

二十日丙申晴

廿一丁酉晴

廿二戊戌晴

廿三己亥晴

廿四庚子陰

廿五辛丑陰

收四月四九千 洋畫一元五角 匠酒廿 日用 〢八十二文 七二人

詠梅來收李七元 陳瑞祥二元七角 管炭吞壽收廿元 日二角 〢二廿六

賞湯東師課題 慎爾出話義 向月念二下卷俱用他字處亦可見彼 襄其原質同異何如互證而明辨之 又責看傷四角 廿八

晨先到東棧遣及金去交卷後往寶積寺拜順伯祖母百齡壽生

賓如與後齋五蛋同飯即歸 存洋八千二元 〢四角 一千〢七十 三文

收坊租 四十弍元廿三角 一千弍文 付范連芳帳五元 〢千七 雞蛋 金火來

存洋〢十九元〢三角 一千〢〇八文 向少玉借陽 來五元 一 日用 〢七十四文

门油二 轉票五 收梅汀詩味梅函

到通惠 煙絲 日用 三角 〢四九文

方少園來 新滕信力 廿 戴星夕送喜果茶十四

三十年甲辰六月

三十年甲辰七八月

七月廿六壬寅晴
廿七癸卯陰
廿八甲辰陰
廿九乙巳雨
三十丙午陰晴雨
八月初一丁未陰雨
初二戊申陰熱
初三己酉陰
初四庚戌晴
初五辛亥晴
初六壬子雨晴

戴氏邀客二卅 存洋四十八元四十角 多四百八十四文 吴蘭生来 日用三百三文
夜子善来 錫箔四角 詩女梅孫力廿 付十角 廿五收一元
小蘭沛如錫之来 劉通與送德兒殮中劉僧通如歸 收外息廿六元 付十三文
收胡祖十式元 收房租廿五元十六角 付九十三文 付景記十式元 錫箔稻廿叁元七角四分
日用一角七十六 付范陰和借找四十文 存洋四五十七元四五十五角 多一千七百廿一文
蘭墅来 晚程子善来 日用八十八文
程子善吴蘭生来 新滕孫力廿
晨偕通姪至師林寺 本生祖母十周 移謝石餘晚歸
小蘭沛如錫之来 味琴小嘉來 日用三百七文
程觀美来請見拒之 付景記廿元 同居吴氏招飲夜飯

初七癸丑晴

初八甲寅晴

阿昆叢班

初九乙卯晴

范借叁千文

初十丙辰陰

十一丁巳晴

十二戊午晴

十三己未陰小雨

十四庚申雨

范尉工計付至乙巳二月十五止

後又叁千文

十五辛酉陰雨

王鶴亭

嵩甫、玉甫弟出材前往嘉定來 由伯芳付收達窗侯朱某邁姪同夜船赴瀏石洞涇

篩百廿八文 拜九丈 嵩丈臨行之弔陳子啟送殮 偕玉甫過恕卿歸琳

添叢靴大昆 李阿喜一元 日用一角 百廿 補付總弍元 嘉記卅二元 存洋百〇二元四角五分 多五百九十九文

致少梅信交局 米麥一元 兑洋弍元 收多一千八百廿文

付范建芳帳 建借叁千文 合洋七元外 錢卅四文 存洋九十弍元四角五分 多二千五百五十三文 炭几二角

朱少臺來 家詠梅來 日用三百廿七文 日用三角 四千九文

少園錦之來 少園交到七年存款廿千利十五千廿八摺 莫小農、平伯偕戴叁侯來

以龍五十元入摺 九丈來 收誠泰弍元弍角 多二千二百三文 還東棧四元 找錢百五十文

范尉支工四元 錢四千文 兑洋弍元 收多一千八百廿文 存洋五十五元四角 多三千七〇五文

婁丁送菱才 付馬匠帳卅四元七角 五十四文 收馬匠還五元 除收淨欠五元 蘭亭清槎來

三十年甲辰八月

十一

三十年甲辰八月

派節賞二千五百文 蔣〢千 双〢千 范〡 下灶八千 梅〡千 桂〡千 内〢千 沈〢千 求〢千 吉〢千

恭班〡廿 大娘大舊〡 地方〡 差保〡 婁子妻廿 吳宅媽〢千六文

存洋廿五元〤〥角 存錢一千〇五十一文 道知縣之 日用一百〤十二文 兑一元收錢九百十文

八月十六壬戌晴 午後松鱗莊詢壁王氏失慎，公松鱗即歸。收李紹榮七元，陳瑞祥二元七角

十七癸亥晴 恰琴先生上供中宴，催計福慶來。午後至維大買洋布，為双全等至東

双全五十計付至九月初三日止 又二角五文計付至九月十二止

棧晤錫侯，如即歸。双全支二元，收錢廿文。又双全借二角。日用二角 二百四十文

十八甲子晴 白露 高祖考誕，上供。紫陽師課題：子不語怪力亂神 義；齊侯使管夷吾平戎於王，使隰朋平戎於晉 論

十九乙丑晴 收張子壽十元。存洋〤十二元〤角 存錢一千四百廿五文 日用一角 四百八文 雞一斤 雞頭一斤 南貨九十

晨交春劉頭 方少蘭來 書業女婿來 留飯。仲子鄰來。梅谷來

二十丙寅晴 荇洲公忌設祭。收房租卅五元十九角。午後訪梅老同玉帷照，歸數若先歸

廿一丁卯雨
廿二戊辰雨晴
廿三己巳晴
廿四庚午晴
萬安展墓
廿五辛未晴 雨
廿六壬申陰

付范蓮舫帳四元〤〡文 少園來日用一角〢百〤文 存洋七十三元〇〥角 存錢四百〤〡文

非得老梅行力廿 米捐〡角 兑洋三元收錢二千〡百卅文 子善花文來

鹹肉〢 鱼〢 蝦廿 蛋五 糕八 饅頭八十 燭廿 油〢

將閣卅 存洋七十元〇〢角 存錢二千〢百〤文 補中秋給沈六角 兵人按季酒〢 菜錢二卅

廿六 檸子〢 日用一角〢〤文 存洋六十元〇〢角 存錢一千〇四十一文

寅刻起卯刻至大儒巷下船 未刻抵萬安蔡盧 午刻歸申刻到家

班子〢 三號遠夜〤 八十 故丁六〤 韓船一元〢角 〦〧文 豬 米小船一元〢〦文

少園來 [illegible]賀喜 [illegible]三景岸[illegible]兄[illegible]不識姓名二人同席

飯後[illegible]到[illegible]歸途雨[illegible]飲[illegible]歸

少園來兑一元收錢九百〤文 存洋六十七元〇四九角 換票五 存錢一千二百廿五文

三十年甲辰八月

十二

廿七癸酉晴

廿八甲戌晴

廿九乙亥晴

九月初一丙子晴 祭莊

蔣工付至九月十六日止收訖

初二丁丑晴 雨

初三戊寅晴

三十年甲辰八九月

剃頭 雜頭廿五 開八角 三百式文

蘭序如永清來 收外息廿六元 又八十文 慶妹來 跟去 四廿 存洋百〇三元四角 又一千廿〇六文

鴻翔來 收房租十二元十角 又八十文 許壬芳 式元十角 廿五文 付范建勳帳 七元 又十文 星記 十二元

偕通侄松鱗莊與行秋祭 即歸 轉 門蔣支工元一 崙三來

仲小棋名光勳來 付慈式元 嘉記卅式元 柴六百斤 式元

收胡祖十式元 存洋七十三元四角 辛一千四百五十文 擲存五十九 切八 匠酒廿 陶媽十

日用二百八十四文 存洋七十三元 已五角 又一千八百五十文

紫陽道課題 漢武帝以列侯無求從軍擊越者討去奪爵百六人論

問泰西各國憲法徵兵予士大夫皆嫻武備故德勝與法歸功學堂對盛亞東端資歐化雖優秀之進族有因果之可尋我國家內外相維文武並重美今駐防滿蒙撤盡人為兵今後立練兵處以一軍制常備續備次第推行將欲合天下士大夫下及草野除右文之鎺習振尚武之精神然此遠圖當遵何策

申刻交卷 子善來 匠酒廿

初四己卯晴陰

初五庚辰陰

初六辛巳雨陰晴

初七壬午陰晴

初八癸未晴

初九甲申晴

初十乙酉陰晴

十一丙戌雨

壽祠秋祭

方伯華函交蓮範卿拿年租廿四大稱　謝太夫人生辰燭四　饅頭八十　匠酒廿

蘭弟如三姪永清來　日用四角　又卅文　新勝信廿四

米吳一元　夜伯芳招飲　得少梅信　日用二百四十八文

匠酒四十　以致少樵信存局　存洋八十弍元又二十二角　又一千三百二十三文　付宗記廿元

因胡姻伯嫁妹　侮行坊妹妹送喜燭廿四　匠酒四十　以胡宏喫飯應領

胡氏門入分一元　定鉄攊十　匠酒廿　給胡氏封一百四十文　日用二百二十

申刻秉機歸　季烈送根單廿四　匠酒四十　兌洋弍元　收錢一千八百廿文

華氏芬二卅　存洋四十九元又二十三角　又一千三百二十文

木匠酒四十　付范二三元　又九十文　又芬帳廿　日用二百二十文

到會所前舉行秋祭　畢　同善門佔鳴韜遇其叔嚴翰臣留茶歸　匠酒四十

三十年甲辰九月

十三

九月十二丁亥雨

十三戊子晴

潭深 十四己丑晴雨

十五庚寅雨

十六辛卯雨陰

十七壬辰雨

十八癸巳雨晴陰

十九甲午雨

二十乙未雨

廿一丙申雨

三十年甲辰九月

昨延香姻丈司梅母舅來不值 轎錢一百廿 方少園來 匠酒廿 存洋四十六元〇五十七角 錢一千五百五十六文

出園沛如三種錦之來 匠酒四十

娄门展墓過姨母舅母姪女全去 舅子不快有寒熱 船錢五百 劉來

收誠泰十七元七角 錢四十一千文 燭四 匠酒四十 寒熱稍退 而夜又作

出園錦之來 出園訪廣前見 轉票四 匠酒廿 熱退淨 炭几一元

匠酒廿 日用錢六百三十文 一角 存洋四十六元〇三十三角 錢四千六百六十二文

出陽師課卷收 本生慈來 匠酒廿 付兑十角 卅 收洋一元

風米錢 匠酒廿 兑洋式元 收錢一千八百廿文

匠酒廿 付范三元 十文 又秀帳一百九十式文 日用四角 三百七十三文

伯惟閏中來去 收壽祖世式元四角 錢廿八二文 存洋九十元〇四十三角 錢一千〇九十九文 匠酒廿

廿二丁酉陰
廿三戊戌晴
廿四己亥晴
廿五庚子晴 祠堂過節
廿六辛丑晴陰
廿七壬寅晴
廿八癸卯晴
廿九甲辰晴

少園來 匠酒廿 昨金火來 日用二百十五文 火腿一角
少園來 菜子二元 捆油二元 金火來 洋油二升
得少梅信 即改 匠酒廿 收李洽藥七元 陳瑞祥三元七角 日用一百八十文
錫匠許瑞泰來 新塍信片廿 永清來 匠酒廿 得新塍兒所寄信物
日用一百四十文 蓆八十五文 燭八 糖十 扁尖四十 饅頭卅 橘子梨九十
兌洋三元收錢一千八百廿文 存洋九十五元 又小洋九角 錢二千〇九十八文 匠酒廿 吳衡堂來未見
剃頭 子善來 捆油利一元 匠酒廿 日用四角 又八文
道知悉峯之 少園咏清來 借已聽訓歸已老義和發茶 新塍務 羊肉廿
少園菁全來 交到外息卅六元 又二千八文 蟹十三 二百 大橘子棵四角 找錢二 日用一百卅三
曾祖妣任太夫人誕 上供 收義租二百月 廿三元 找四角廿 少園筱園來 日用二角 又廿文

三十年甲辰九月

十四

十月初一乙巳晴

初二丙午晴　門蔣二付至十月廿六日止　以發

立冬

初三丁未晴

初四戊申晴

初五己酉晴

初六庚戌晴陰

初七辛亥陰雨

初八壬子雨陰風

初九癸丑晴

三十年甲辰十月

收房租十元貼角用　洋五十五文　付花蓮為帳四元　[illegible]文　付景記元貳　存洋[illegible]元[illegible]角　[illegible]二千[illegible]五文

到莊米園來慈二元　衢記卅弍元　付梅梅日用[illegible]卅八文　一角

蟹十九　寄新勝行并物　收胡租十弍元　收許子方三元　付蔣二一元　新存廿

送新勝火腿一扁尖金柑餅等　[illegible]　米園承清來　存洋[illegible]廿六元[illegible]六角　一千九百卅二文

幹臣公生上供　錫之米園未來　鶴州聽訓　寫畧節一紙　以緣班二百

米園等全來　日用三百十文　臣梅[illegible]

換注水四根　匠酒十四　修洋鎖　晴落角五　存洋[illegible]廿六元[illegible]五角　一千二百八十二文

景記二元　匠酒十四　紮頭　日用一百九十七文

匠酒十四　錫泊一箱　一元六角　[illegible]角　付梅[illegible]力廿

晨出丹鳳　吃麵　聽訓於縣　[illegible]　早晚歸　日用二百八十六文

初十甲寅晴

十一乙卯晴 聽刷倉 折價六千五百五十 讓斗指 洋價九錢

十二丙辰晴

十三丁巳晴

十四戊午晴

十五己未晴

蝴洋一百四百三 兑式元收錢一千八百卅文 六老圍交刘滙票一紙十二月到 付范三元 四百五十五 又徐臨七十四

又屬蝴窗帘八五十 换崇四條 錢一千七百三文 洋一元 百五十角 搽嫪 班四五千

晨往聰訓飯後歸 得知于刻得一子 名承厚 汪梅伯廿三景果廿 穩婆式元

又二百 封四十 燭香卅 閩嫣封二卅 日用四角 二百五十文

戴星才來道喜 日用 二百卅八文

六圍亦清來 米二千八 一元 金火來 存錢 洋五元 四百五十文 四百五十角

錫之老圍來 仲華姊來 金火來 張姊嫣壽媽叩喜 廿 百花巷又卅二 奶媽二百

收誠泰錢廿式元式角 錢卅六二文 日用三角 九十五文 存洋九十六元 四百五十角 錢四百卅二文

遣彩全至聰訓取刘祖息一千元 十錢 七百元入摺 交摺一千五百 語元入慕成摺 即歸

兑十角 廿五 收洋壹元 日用一角 百五十文 付兑洋式元收錢一千八百卅文

三十年甲辰十月 十五

十月十六日庚申晴

十七辛酉晴

十八壬戌晴

十九癸亥陰

二十甲子晴

廿一乙丑晴

廿二丙寅陰雨 又金為頭傳

廿三丁卯晴陰

三十年甲辰十月

剃頭 收欒九元 陳瑞祥二元又角 李伯榮七元 日用三角九十文

肉二角 連魚一角 番芸八 意四十 山藥一角 樊平 素菜六十 鯽魚卅 香燭馬假卅 五雞二角 二可

橘六十 四廿 饅頭八十 茶葉一十 高祖考忌上供 胡送桂糰力 可 存洋可十三元可卅三角 又千可可 半文

書單母萬來 飯後答拜戴星甫 過出川聽訓吃閑酒 夜歸

金火來 煤 二可四千六百 壹元找還十文 日用二可十二文

斋三來 送盤二伯十對 黃常伯初友鶴 子義來 為斋阁 發名帳 夜斋三去

付花連另帳四元 十三文 新煤作力可 補收張子壽十壹元 換票十六

萬表 午刻贈新歷本 又金為阿金借壹元 三角 收房租 四千元五角 又七十八文

收天和記票式元 付十角 卅 收洋壹元 存洋可千元可廿五角 又千可可四千六文 小道喜錢 卅式

门油可 日用四角 可四九 金火去 陳送喜果卅式

廿四戊辰晴陰 始雪

廿五己巳晴

廿六庚午晴

廿七辛未晴 將寄至式日 十六以受

廿八壬申晴

廿九癸酉晴

三十甲戌晴

十一月初一乙亥晴 大雪

初二丙子晴

初三丁丑晴

換票五元洋兩元收多一千八百卅文

范借弍元 以四册元入褶 日用四百九文 日用五角 三百○三

艾俊卿來 門蔣文二元弍 張道喜款弍卅

對門張送喜糕廿 方蘭生蘭生來存洋廿五元四百廿角 多二千○九十六文

蘭及各嫂友來收外息四廿六元 四廿九文 收仁茂 收前房八角又来 二角月 六元又剪息四元 四角

蘭閣楨楨來收存租十三元十二角 一千○卅弍文 收胡租十弍元 付景記弍元

蘭嫂子來日用弍角 百廿六文 換票十五 存洋八十五元四卅四角 多三千四百六十文

蘭來日用四角 六十九文 桂閣肉弍角 米四

君以到射中裹中其的遂往市谭子启仮役訪梅岑以孫珍二百

日用二百廿六文 珍嫂通雅双全往新陽去 日用四角 四百四十九文

三十年甲辰廿一月

十六

十一月初四戊寅晴
初五己卯陰雨
初六庚辰雨
初七辛巳陰
初八壬午陰
初九癸未晴
初十甲申晴
十一乙酉晴

三十年甲辰十一月
祖考忌辰供 方爲閣吾均來飯 役四角 川字巷米棧看子宇叩忌來棧
晚偕姊妹嫂三種 侶三種川鐵行蘇寶項上織布 叩歸 柳桂堂來
付范賬找壹元 又借式元 已付洋 卅千 至三官堂拜壽 嬸六十誕 飯役川燭壽一席 共錢卅千文 至備記
劃祖母壽四元 以壽元劃收四元 坊以二十元交梅卿 叩歸 班子 兑廿角 收洋兩元 日用 卅五文
晨到師林寺 本生祖母九十誕 僧謝數十客晚歸 班子 付京記廿元
錢付洋九十 存洋八十三元四五角 分 年一千文 日用四角 五十九文
方少園來飯 役川字巷米棧叩歸 甫過妹等歸 日用叁角 一千文
書巢送衣色紅黃羅蓋力十六 鈞送 補付慈元 式 衢紀 卅式元 兑式元 收錢一千合廿文
吳送面八碗力四十八 又三碗 書巢毋舅來 匠酒十四 付找范十六 又另賬 三百五十文
得味梅花 匠酒十四 綠紙 廿 存洋廿七元九十文角 錢一千 卅九文 炭几式角

十二丙戌晴
十三丁亥晴
十四戊子晴
十五己丑陰
十六庚寅晴 冬至 風
十七辛卯晴
十八壬辰晴
十九癸巳晴
二十甲午晴

方少眉來 吳媽送粉弍角 日用五十六文 日用六角 百廿文
少眉來 申刻到宮巷棧內晤益卿即歸 少眉交來佣元二千文
蠟燭一角 燭盞六 水果等五角 四十四文 新藤作坊廿 點心等三角 找還四十四文
方少眉伯武來 收誠泰洋元弍角 卅三 付酒又弍 紹酒三斤 百四十四文 過冬至夜
日用百 仲午妹來留飯 酒四十八 飯後到米棧即歸
紫菜九斤壹元六角 又九文 收李七元 陳二元又角 換票八 日用三角 百四
晨吳趨坊吃羊肉 訪程不晤 飯後又訪程即歸 午林來覆收房租十元
狀元糕壹元五角 少眉來 存洋七元七十三角 存三千六百〇二文 日用壹元三角 八十七 帳冊百卅弍
晨到寶積寺拜六伯母三周 飯後至濟陽拜春山三周忌 嘉
申來不值 少眉承清來 收房租四十二元十三角 付范連冬衣帳七元 四十四文

三十年甲辰十一月 十七

年

年

年

通恕棧租冊

分　號　佃住

佃户

邑　都　圖　字圩　催甲

田　畝　分　釐　毫　坵　坵

免米

减實米　石　斗　升　合

力米　斗　升　合

年

年

計開駁岸馬駁踏渡工石賬

東數四 尺方 退淨面 鎖口 每丈 式塊 計工十工 計料

尺方 淨面 側塘 每丈 七丈十 塊 計工 計料

退塘 付摩 扁石 每丈三扁 三丈 計工 計料

尺方 淨面 側釘 每丈 五丈 計工 計料

尺方 淨面 蓋椿 每丈 五 計工 計料

夾裡亂石 每丈 二儎 計洋十二元 水脚完稅 每丈 乙儎 計洋五元

七尺方 退回面 椿木 每丈 卅二 計洋十元 尺方退面 付摩踏步 每塊 洋 元

上水搭架打椿排砌綾脚 丈計 工 麻皮繩索畚箕鉄墊計 千

開脚車水放規門和喜分另外

共計工 料 折 洋 丈 修拜台

折卸上座排砌 計 工

淨面側塘上水排砌 三佃 七丈 計工七十工 料

上座漆退塘綾脚十丈 計料十 打坭夯人工 計工 工

折卸鎖口排砌 計 工

欄土拜枱夾裡石 二儎 計洋十二元

拜枱后土折鋪砌 計 工

上水亂石砌束土綾脚工 計 工

折卸彊棟排好加高脚 人工 料 計工 計料

水脚捐 乙儎 計洋五元

折卸街边打揌木排砌街磚 計工七 工

烏尖 畚箕 索鉄 鏍獅 計洋五元

共計工料 折 千

潘府 台電

丙午 貳月即日

黄甘菊

甘草

金銀花

大悲懺 十衆全 〥〇千九〢

燄口 七衆全 大和尚作欽 〥〇千〤〢

大燄 二千

六司 丁應 〤〇千

共〤九千〤十文

付洋九元の角

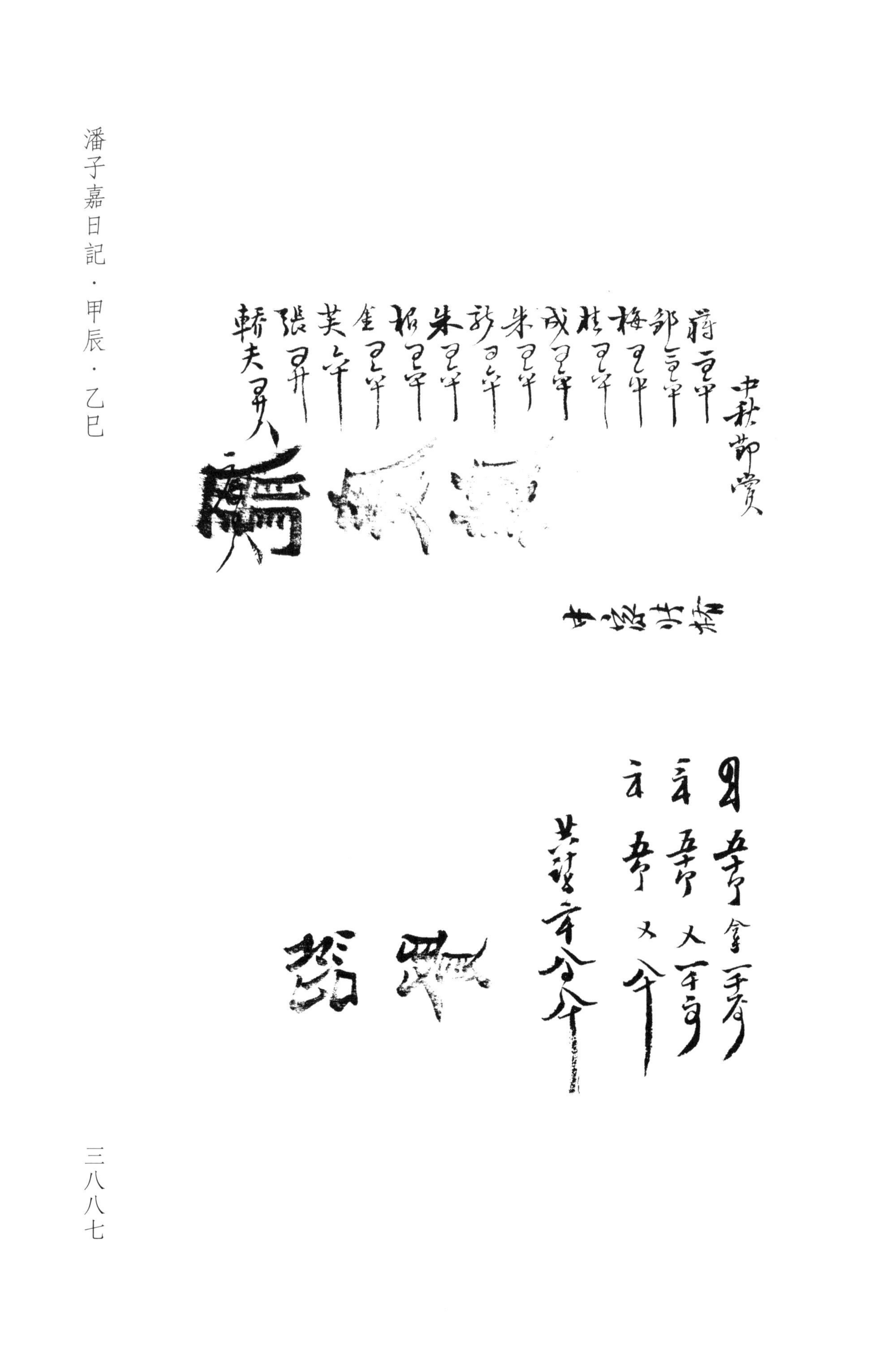

中秋節賞

蔣[illegible]

鄧[illegible]

梅[illegible]

桂[illegible]

成[illegible]

朱[illegible]

彭[illegible]

朱[illegible]

柏[illegible]

金[illegible]

芙[illegible]

張[illegible]

轎夫[illegible]

[illegible]

百花巷戴 二乘、
又 李、
天官坊陸 二乘 付
夏不彥 李、
棠前 汪、
寶仙洲 以上共 [illegible]

[illegible]

除夕節賞
蔣 百廿
鄧 百廿
双 百廿
桂 百廿
梅 百廿
朱 百廿
二寶媽 百廿
三寶媽 百廿
[illegible] 百廿
[illegible] 百廿
相 百廿
浦 百廿
范 百
下火 廿
[illegible]班的人 百廿
又打年糕 四廿
差 [illegible] 百
地方 百
二 [illegible]

花
齒

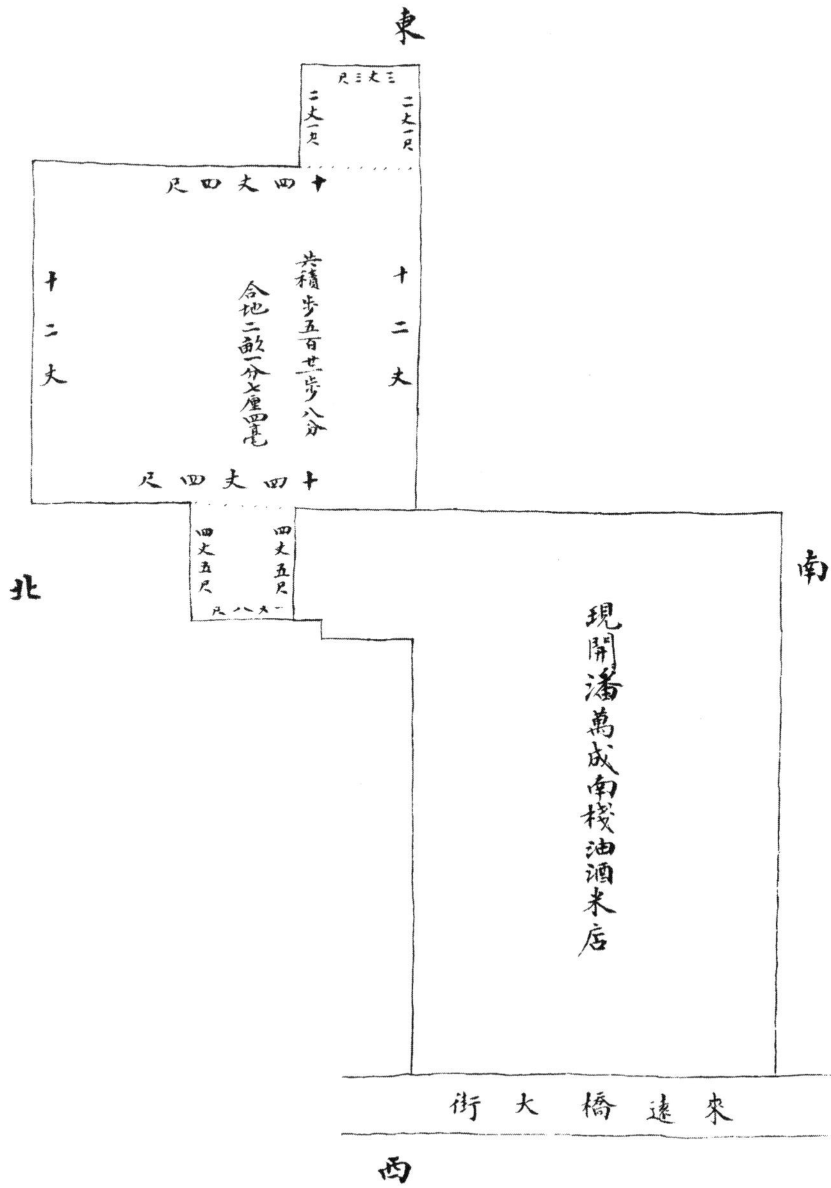
東
三丈三尺
二丈一尺
二丈一尺
十四丈四尺
十二丈
十二丈
共積步五百廿一步八分
合地二畝一分七厘四毫
十四丈四尺
四丈五尺
四丈五尺
一丈八尺
北
南
現開潘萬成南棧油酒米店
來遠橋大街
西

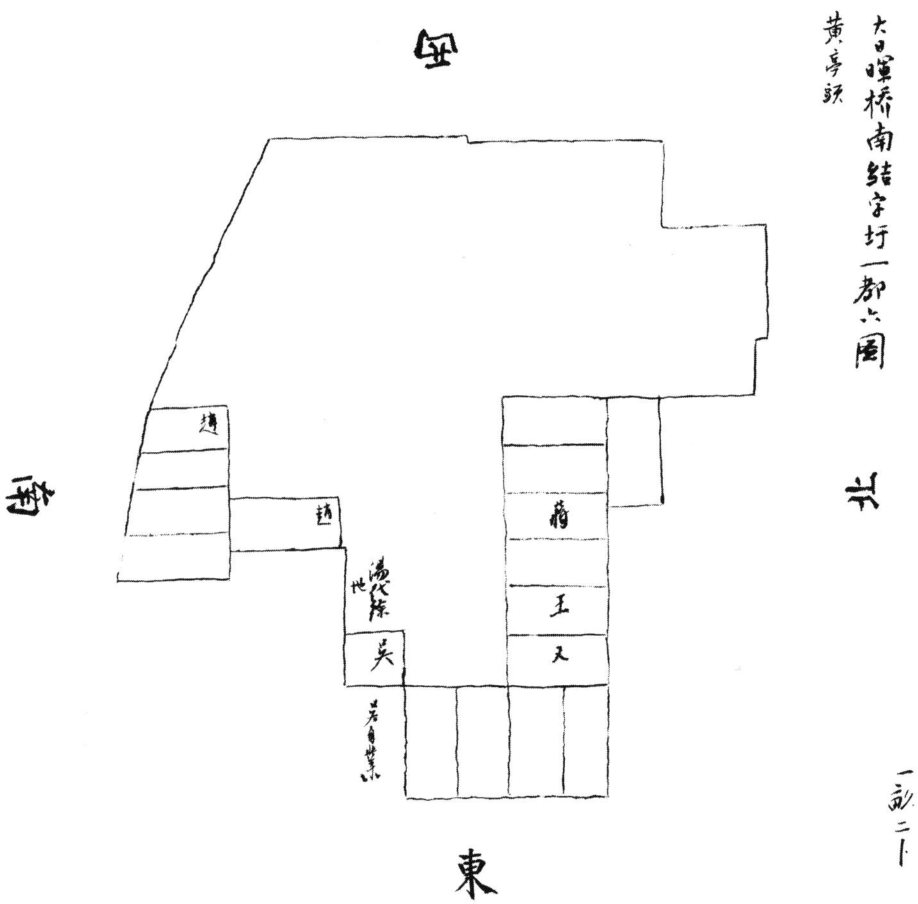
大日暉橋南結字圩一都六圖
黃亭頭
西
南
北
東
趙
趙
蔣
王
又
吳

十月廿一乙未晴

廿二丙申晴

廿三丁酉陰雨

廿四戊戌晴

三十年甲辰十月

醬肉十六 羊肉十四 十 兑五元收錢四千五百五十文 綵係二十 日用一角 一千文

甯來 柳桂堂來送罨子壹元 書巢子坪世舅嫂來留夜飯

書巢子坪世舅嫂來 送鹽 留飯 帶去饅首 壹元貳角 九千四文 油糕介 壹元三角 找四十文

紹酒六斤九十 日用壹元一角 三百五文 兑十角 廿五 收洋壹元 取燭錢二文 日用四角 找還十文

先君二周 請昭慶寺僧七人在家拜懺 天寺有錢六伯 安文 剛亭 仲武 存

子序來 子材 松侯 三伯 剛亭 仲武 子序留飯 邀子善來 剛甫伯李鈺祺來

紹酒廿四 式角 紹酒三斤 十四 三百四 付拜懺用六角 二千九百五十文 存洋九十四元五角 錢二千四百十六文

友鵬菜麵一元 日用百六十九

還昭慶寺帳 七眾三千五百 香二百十文 合付洋四元 劉媽二元 補厚黃一元 承厚剃頭

一應十元 給奶媽十四

廿五己亥晴
廿六庚子晴
廿七辛丑晴陰雨
廿八壬寅晴
廿九癸卯晴
三十甲辰晴
十二月初一乙巳雨晴陰
初二丙午晴

李宅邀客四十元廿五十角 收洋壹元柒角〻斤 一元一角 八十二文 燭〻文
五友鴿霧道喜 莘飯謝〻數膳〻〻 〻升羅〻班〻飯〻十〻
范借式元 知付 兌式元收〻 一千八百十文 日一角 〻八 肉一元 日用〻〻
孫厚〻頭 藥音 吉甫來留飯 劉嫗式元 存洋〻元卅八角 〻三千八百〻十二文
飯〻門祥記棧及東棧 日用一角 〻八文 〻三斤 〻十四
衛芋來〻外息卅三元 〻八十五文 日用〻角 〻七十五文 補羊肉二角 猪肉二角
收胡祖十式元 賞沈七角 收房租〻十式元九角 〻七十式文 付范連升帳式元 〻卅
存洋〻元 〻三千八百〻十文 存洋〻元卅一角 〻三千八百〻十〻文
付惹式元 衢記卅式元 所宜豆腐乾廿五 日用一百八十四文
方少衡來 送喻梅卿奠分式元 收許子方三元 麋〻七元四角卅二 修和房賴

三十年甲辰十二月

十八

十二月初三丁未晴

初四戊申陰雨

初五己酉晴

初六庚戌陰

蔣亦楨表兄己巳月廿六止 四百文

初七辛亥陰

初八壬子陰雨

初九癸丑晴 金彥來

初十甲寅晴 金彥來去

三十年甲辰十二月

飯後到祥福棧及東棧而歸 存洋九十五元卅五角 錢三千五百八十二文 出叔粉力 八十

出閶門訪蔡稚不清隱雲來 交閶門南棧修理帳一本 帳一 修理七十元 木料十一元三角 三十

除全奎叔計房租捐外三十八元七角 我付洋念四元六角 又三百六文

晨巳刻偕運籌姪全至新橋巷下船 未刻抵横塘 申正三刻抵枝上 夫重夜宿

鎮上辰刻開船 巳三刻到老店 吃飯 午後開船 過治坊濱 晤書業母舅 即下船

酉初抵家 九文來不值 日用二角 四百九十八文

出閶門來壽檀手書 交閶門蔣叔一元 存洋廿九元卅七角 錢三千七百五十五文

補付恭記廿元 又飯廿十式元 日用 四百廿文 梅大主送順風糕

飯後到祥記棧 晤梅谷遠卿 到東棧 晤永清胡房修瓦窗 二角 四十

九文出借疑年錄 續錄二本 補錄三 續錄三本 書業母舅來 兌一元 服九百文

十一乙卯陰晴

十二丙辰雨陰 昨夜雷

十三丁巳陰

十四戊午陰

十五己未陰 夜大雨雪

十六庚申陰

隆慶

十七辛酉晴

道來

付范叁元三百九十文 又借五元短 存洋廿八元廿一角 錢二十千五十五文 鯽魚七十

吳憶賡邀周門酒館 以周盛為陶氏收息即歸

欽若霖來 蕭蕭送辭醮二盞 飯房五十力 一角 日用二百五十二文

金火來 蘭浦三妹承清何宗來 子善來

紫卿洋四元 錢一千〇八文 九丈還疑年錄五本 又借蒙叟衍義七本 郎

仲芬來 少蘭來 收減泰十七元 錢七十二文 一元一角 又存 兌兩元收一千九百九十文

送欽若霖匾 硎墻書箱殺 壹元 夜雷電 金秀送彩 叁角 補前

炯庵送札四受二力 七十 存洋四元卅四角 錢三千四百十六文 日用百七十文 兌一元收十角

嚴則祥記機 看殺米即弟益卿聰訓留飯 申刻隨二伯午煤 梅谷

大圍羅卿陳爲字 收午煤还元 收租息元 付存米賬九百柒拾三元五角

三十年甲辰十二月

十九

十二月十八壬戌晴

十九癸亥 陰雨

二十甲子雨 雷

廿一乙丑陰風 王鶴亭

廿二丙寅陰 昨夜雪 冷

廿三丁卯晴 送竈

廿四戊辰陰

三十年甲辰十二月

存洋七十七元廿角 錢三千三百九文 詠梅來 飯後同詩湯北棧 即歸 伯雲來 不值 收

李蔭榮七元 張子壽十一元 换洋一元 日用一百七十五文

閔錦之來 蘭英 兑式元 收錢一千七百九十文

慶妹送橘子一籃 其撰進一方 力五十封 廿四 收房租洋廿元一角 另〇二文 付范 四元 一千文

又廚用等〇七文 日用一百八十六文 存洋九十九元廿九角 錢三千八百九十九文

伯雲來 要丁送百子 一 金大來 南貨戈元 錢〇卅八文 日用四十九

柳桂堂來 工食九元 先付鍬斗雜樣三元 補子粉〇 馬匠借十元

支摺四百元 付蔣想存押借四百卒元 匠六人 錢木作 十八門油一

伯雲來 以支摺并兩文之 洪先四元 收錢三千七百文

香十扎捧香一套 四角 六十五 蘭 承清歸 外來交則外息 卌六元 合七十文 南棧 十四元 七角

贴慶

廿五己巳晴冷陰

廿六庚午陰

廿七辛未雪

廿八壬申晴

廿九癸酉陰

还米帳七元一角　買肉前洋弍元　錫恢送菜四廿六十四　存洋弍元四十一角六千七百九十八文

用角世九文　收洋三元　糜七元　洋是十元十八　洋四元　收洋三千廿百八十文

買米鹽菜廿四　店司送肉十　王春來交到租息弍千〇九十文　找出廿文

付菜帳四元九角　日用二百五十四文　徐氏三千八

还東棧五元　当四十册　灶帘桂錢廿六　飯洋到蓮香泉沐浴回歸　收吴租三百月廿三元　找出五角

存洋一千二百八十三元廿五角　八千八百九十文　角三百十文　又一元　百八十九文　糕元寶　糖一元八十

先付馬匠廿元　桂喜神　收店租二百元　付味記西谷先元二百　出園來

交到暫款一千二百四十以二千元入搭　以廣東魚唇十野鷄瓜子　贈吉甫

存洋千元廿五角　多八千百〇二文　洋紗裙工三角　廿八十八文　賣鞦四十二文　金火來送

票號六六收之　收房租十元六角　一千七百十文　收胡租十二弍元　出園來

三十年甲辰十二月　二十

共計二千八百九十二

三十年甲辰十月

派節賞蔣ヨ〇千　双ヨ〇千　趙ヨ〇千　梅先ヨ〇千　癸桂ヨ〇千　丙ヨ〇千　未ヨ〇千

花ヨ下灶八千　劉ヨ〇千　耕〇千　斬三名ヨ卄　又折年夜飯三百千　地方ヨ

差条ヨ　门酒式斗七十　收萬成寄存ヨ元　建前ヨ元　付味記兩合找ヨ七十五元式角　又二百七十四文

嫡甫夫人送優利十疋　定糕一　春卷十二　棗糰十二　方肉八　預付口京記明年飯菜十二元

付馬匠找拾元　又借包三十元　净存包洋廿元　门莘墨六五十　烘豆六十

日用式角　ヨ〇文　春卷皮六十　收沈秋樣利息十個月　收至十二月初十日止　九十元

存洋ヨ五元廿六角　存錢五千八百十二文　日用ヨ廿文　付范四元　又另帳七元　找四廿文　煤ヨ千

日用ヨ〇四文　存洋ヨ四元廿六角　存錢五千〇十八文　北腿ヨ　存洋ヨ四元廿六角　存錢四千九百十八文

乙巳元旦甲戌晴 立春

初二乙亥晴

初三丙子晴

初四丁丑陰

初五戊寅晴

初六己卯晴

祠堂喜神竈前供圓子 喜神前供蓮心湯 付慈式元嘉記卅式元

午炊 虞笙吉甫貺兄二伯來 以百壽圖贈午炊 曹道亨金潤身貴仲操柏興文來賀

晨供雞頭湯 伯雲伯武絅之子常星儕亞舟剛亭志冶來

晨供扁豆湯 蘭仿如永清二雅錫之來 留點 浩如夔音來 飯

後到祥記 晤益卿大蘭梅岑永清子善子常同上雅叙啜茗 晤伯雲

父子先歸 貞湖公書照例供酒麪廿參 中間有盆面

晨供棗脯湯 午起 二伯少蘭友鵬韻桐玉季同來 飯後到祥記

上雅叙 晤梅岑茗談燈燈晚 開 一百九十二文 點燈燈 卅式

晨供百合湯 炊鵬若霖子方來 吴宅僕人來 每月每五千 合二百八十六文

晨出門拜客 至永棧盤查 調程德卿經手 □棧盤查 喫飯 後來值

辛年乙巳正月

一

甲辰十月十一日午時生

承典 缺水

木 甲申 金

土 乙巳 火

金 庚辰 土

土金 辛巳 火

王季烈

承厚 五行缺金

字溫甫 號少衡

木 甲辰 土

木 乙亥 水

木 乙卯 木

水 壬午 火

癸卯除夕應收房租

王六月收六百文

蔣五月 收廿七日 小洋四角錢

又欠五月 撥出廿三千六文

吳四月 又欠四月 收銅四百文 角四十

許四元月 收四元七月

湯三角 收三角

大有六元 收六元式角六文

李七元 俟明年正月廿收

陳三元十角 廿五文

共收洋十元九角 洋二千五百

一斤刊元寶 式只

半斤刊元寶 四只

兩刊元寶 式只 取訖

四刊錢糧 [illegible]

初七庚辰晴冷

初八辛巳晴

初九壬午雪

姓 即晴字

初十癸未晴

十一甲申晴

三十年乙巳正月

通孫出門環子妻趙 卅文 存洋四百十元廿角 妻子拜年過了 尚存一百七千四文

日辰出門拜客十个 伯家南盤查吃飯 東棧盤查 本亦來吃飯

各戶元收一千八百八十文 盤查班 六文 初七以前各客轎錢 四千四百一 二千一百念合 二千一百十六文 各記之末 千十三

祥記桂牌 同梅岑 孟卿 少園 雨如 丙清 二程 德卿 筱卿 合飯 收

利 二董 復利 十五元 二佰四 回歸 泉記 廿元 日用 八百四文 轎錢

吳升送請帖二瓶 力卅 交如鈸記挖一 吳送糕糰饅頭 廿文 與轎來 轎跟 六百五

宋叔琴送喜糕果 廿文 五世祖妣忌辰 斋三桌 贈寫大小各一 先元洗 紫五

付芒四元 又方帳 百九 十二文 壽南邀 壽到 存洋三百九十八元廿角 衍子 二千百五文

日用一百八十文 捧香廿枝 了

日用六百五十八文 各戶元收一千八百廿文 結存 一百五十四文

十二乙酉陰
十三丙戌晴
十四丁亥晴
十五戊子陰微雪
十六己丑陰
十七庚寅晴陰
十八辛卯雨
十九壬辰晴
二十癸巳晴

詠梅村祖來，飯後到祥記、王廣仁棧、勝承、清華園、老會館歸
晨祝九姑夫人壽，勝芳衢即歸。琉二百，油餡點心四個，十六已，三種來
晨訪觀、綉、傅、師門、同之相聚、坡若，即赴壽看，搭飯，卜後坐通逸樓
訓隣、向、張師、師、湿錄之來，還十五元，即交嘉祿版之，得嘉帶樓，共廿八力
以後嘉蕃賀賓來吏局、老會館，三種來，借已，祥記及東城、老會館送賀吏箱
開二百十三文，又二百五十文。鴨二元，找雪百。存洋二百九十五元廿六角，寸十五千文，找錢
內子到百花巷及陶瑞賀年。三種及轉店來。吳、趙二人伴，廿八，廿二
收嘉禪寺圍來。日用二百九十五文，開二百廿六文
轉子店來。彭姨賀年作力廿四，即收之。兌重元，收存卅文
蘇州仲年廿收摺洋交之。收房租五十元。廿五角。付范連房帳六六六方八

三十一年乙巳正月

二

廿一甲午雨

廿二乙未大雪 蒋上计付至三月廿六止 眉叟

廿三丙申雨陰

廿四丁酉陰晴

廿五戊戌晴

廿六己亥晴

三十一年乙巳四月

存洋四百卅八元四七角 錢二千四百四十一文 補付給阿寶弍角 張媽弍角 存洋四百卅八元四三角 錢二千四百卅一文

出園來 陶媽封八十弍文 日用三角 錢五百五十文 換票五十

門油弓 蔣支工弍元 未刻步（扶梯）雙全李懇橋巷來店船

便往怡昌晤書勇 半片刻即乘舟 酉刻抵橫塘店 即卧 夜發寒熱

熱退 午刻子常子善來 飯後無聊與友盤查 申刻勝僕核

算上年官利 付得息六釐有零 以拿撥五里派 夜均宿店

寅刻萬成掛牌 辰刻趁子常到萬安 給酒弍角 仍至店喫飯

後偕往管家村 即至怡昌分路 乘店船而歸 花弍元 收千分四千

日用四百四十六文 收南租十四元七角 還配玻璃四角 修得內賬 蒲園租來 金火來

未下樓 沽酒廿 喩信卅 以洋四元又招 存洋三百四十七元四十一角 錢二千分九十七文

廿七庚子陰

廿八辛丑陰

廿九壬寅晴

撥已付補東八月廿日止

三十癸卯晴

二月初一甲辰晴

初二乙巳晴

書巢母舅來輸佼洋六十 匠酒廿日用四百十式文 補收椒和永

收至本年二月止 八十七元六角 除八元角抵本年房捐六元三角抵修理

阿貴來 匠酒廿日用二百卅四文

少蘭三桂邢清來交訓外息卅六元 又千七文 少蘭徐紹雍來

匠酒廿 阿貴帳來 花一元收九百廿文

益卿來付花三元 又支二元六角 四元找還昇 收房租十五元六角 一千二百卅四文 匠廿

付常記式元 存洋四百六十六元五角三角 錢四千〇五十二文

收胡廿式元 做前帶阿貴邀德卿至齊門外訪其戚張景山購木講定約

初六送來荷泉公生上供 匠酒廿 慈式元 付衡記卅式元

少蘭來交上年官利三分之一 五百廿一元 百八十文 付還應壽六百元 匠酒廿 孫文泉來

三十一年乙巳正月

三

二月初三丙午晴

初四丁未晴　找全二廿付至二月十三日止

初五戊申陰雨　找全去

初六己酉雨

初七庚戌雨

三十年日記二月

飯後到祥記，晤益卿、祥、善之兄來，薦木匠，拒之。阿貴來，存洋三百七十五元，錢十三角，七十四千七百廿五文。

日用二百卅文。日用二百〇八文。存洋三百廿五元，錢十三角，七十四千五百四千又八文。通往新

阿貴來，補建官、桂官、庚保、順保拜印八角。日用二百五十八文

少園、沛如三桂、永濤、德卿來，充錢兄收一千八百五十文。匠酒廿。慶林來

鳩四廿，胡送物廿。找全支二五月月三元，一百九十五文。還阿金借一元三角。通歸

找全去阿貴來，陸霞送門，汪洋、邱文玲、搜匠酒廿

阿貴來，收拾前面樓二進，洋箱大小各一，七角，十四。匠酒廿，付景記廿元

盧畚二送船力三角。日用三百六十九文

森記木行張景山來，收到段木一百廿根，柴十根，付力四元，先付價洋式百五十元。

匠酒廿。日用一百五十五文。阿貴包一千先支廿元，存洋廿七元，廿八角，七十四千九百九十九文

初八辛亥 雨陰

初九壬子 雨

初十癸丑 晴 雪

十一甲寅 陰

十二乙卯 晴

双金來计工付至二十日止 洋十元

阿金來计工付丙午正月十三日止 洋又五元

十三丙辰 陰 雨

紫陽甄別題 教以人倫義 向為政之道上宜籌○國計 下俱恤民生至今日欲將全之其策安在 酉初交卷 匠酒廿

匠酒廿 王沛如來 日用〸〸〸文 又一百〇二文 兑借二元

兑五元 洲收〸四千六〇〸五文 做轎一肩 目呢扛十七元三角 承禄邀客 卅二

少園來 存洋四十二元 卅五角 洲收八千〇四千二二文 晚雪 烟十六

日用〸〸四文 燈〸 四千七文 兑二元 收一千〇七十二文

少園等來 日用 三元 〸〸文 燭香 六十八 芸香 三十 阿金 双金來

存洋卅八元廿五角 〸九千三百卅二文 收礼簿 分 四元

先君除靈 刻入祠 十姊 李聘 咏梅 衡堂 壽甫 三伯 子頌 則周 亭 九丈

裏笙等來（在啟姪） 飯二伯 陸傳文 儲仍 來 二伯 子頌 吉甫 送 祖 子善來

閱發 礼簿 送士等用 八元十八角 四千〇廿七文 日用 八〇卅六文

三十一年乙巳正月

四

十四日丁巳 雨
十五日戊午 雨
十六日己未 陰
十七日庚申 陰
十八日辛酉 晴
趙子存至二月十八日止 以日去
十九日壬戌 陰
二十日癸亥 雨

卅一年乙巳二月

晨謝客數家 以百花巷承祿完姻 夜到歸 禮一元
勞阿貴一百 都忙[illegible]
學古堂甄別題 學事功功尊賢親上然後興學義 安邊境立功名在於得將論 承祿送頭朝湯 安覲一元
阿貴支卅元 用 一百廿六文 四小姐送饅頭 廿四 找還
少園後假園來 付戲花式元 找還三百五十文 存洋十元十文角 存 子二千六百五十文
楳存 燕卿來 趙子三式元 鴻翔來 本行沈星山來 收喬張 廿式元
李治榮七元 陳瑞祥式元十四角 仍欠式元七角
門齋趙燈三百 午 三種來
本行執侯星山來送 趙 大千根 大廿四根 四本二根 付楳力 三元 收房租 洋二元九角 三十六文
阿貴支五十元 付花五元 廿一廿五文 又另帳 廿八 十一

廿一甲子晴

廿二日乙丑晴　祭莊

廿三丙寅晴

廿四丁卯晴

壽祠

廿五戊辰晴

廿六己巳陰雨

晨出松鱗莊，南一、義壽所，志明、祝萱、承德、簡泉、吉儀陳設一切，飯歸壽甫

次付合盛洋花一元，找送三角四十，仲作霖處付分式元，交局日用四百五十四文

原刻阿拉倍祭殿分獻一，司壽二，即歸，此陽刷作題　一云楚之寫及也又　堯舜行德與民仁壽福

午初交卷，收薪膳息四元五角，僕計兩卅，新膳行物八，四十，又油　蘆席式元

存洋四十五元五角，一千三百廿文　日用二角　二百廿三文

晨出壽祠，祭飯後，與俯兄等同至雲路閣謁芳茶，經過楊兄，甚同

小陶往南濠，後至路局歸，收南棧十五元七角

晨出過如一拜壽，石值時三伯之元，即往聽訓，西街路歸

馬匠挪借棧十六元，新膳行力廿四，匠酒廿，大洋一元，收百九十五十文

子頌來，留飯，以古畫四幅，單三元，聽訓，匠酒廿，日用一百九十八文

卅一年乙巳二月

廿七庚午陰雨

廿八辛未陰雨

廿九壬申陰　祠堂上供

三十癸酉晴

三月初一甲戌晴

初二乙亥晴

初三丙子晴

初四丁丑晴

卅一年乙巳二三月

搬書船　匠酒廿日用　一百八十三文　存洋四十一元五十五角　又一千一百四十四文

晨多公藥師巷拜外祖母六十誕即歸　匠酒十六日用　一百〇六文

筱園姊偕承清德卿二姪來，又到外婆處　卅六元　又一百卅二文　匠酒十六　搬書房

收胡十式元　付景記十式元　裝帳一千　推鞋一百　匠酒十六　阿貴支卅元

收十五元八角　收又三十五文　付毛連多五元　又九十文　存洋五十七元七角　又一千六十八文　用四百廿六

見名收又九百文　匠酒十六　本月伙食十元　慈二元　衛記廿式元　通惠

中善堂元來　筱園來交刘店房租二十一元　洋廿一元　又八十文　寄揚院夏潤生姪女

出閣禮元四　函交子坪母舅　匠酒十六　存洋廿九元七角　又二千一百卅文

祖考妣忌上供八十　匠酒十六

筱園姊偕承清德卿來交帳，子頌來，木行執事張景山

初五戊寅晴

又前之計付至四月廿止

欲又支

初六己卯陰雨

初七庚辰陰雨

初八辛巳陰晴

初九壬午陰雨

蔦安展墓

又初十癸未晴

來付價洋四百元 送川夫人手根力艮四元 匠酒十八

嚴禍詞叢 故賓堂 通大州嘉賓說 娜梅來 吉甫送鷗力艮 門蔣

又支一元 匠酒八十 存洋艮蓋元壹角 分十文 春壽六元

孫文泉來 匠酒十八 景記式洋 元 洋未 未

本生出來 匠酒十六 通歸 發元艮一千八百六十五文

晨川季暉嘉過別墅 雲露蠲蠲觥佈 匠酒卅艮 日用六千四百 ……

寅刻上大傳巷下船 巳刻抵蔦安 午刻……下船 申刻抵家 韓大船

連湖飯 卅七文 一元七角 小船 一元二角 四十六文 轎班三百艮 夜八十 塗六艮

付我……三元 匠酒卅艮 饅頭廿艮 ……七十 存洋九十元 五十六角 ……四十三文

詳付儀徵…… 今方伯華交……範卿上年下半年租金 艾 入可指 ……

卅一年乙巳三月

六

潭經展墓

十一甲申 陰

十二乙酉 雨

十三丙戌 陰 雨

十四丁亥 晴

十五戊子 雨霽水漲 晴 趙去

十六己丑 晴

十七庚寅 陰 雨

卅一年乙巳三月

訂大儒巷來小船 巳刻抵潭經 與二三仲午刻〇頃 適張鴻姓同飯 午刻趙

船過吕墓前往一游 未刻大儒上岸 隨午刻到雨路 啜茗 喫水餃子 卯

分路而歸 兑弍元 收一千九百千文 匠〇酒廿 漢從卅〇 船費 兩

付范連標大洋茶葉帳六元 九千文 存洋八十元五角 又六百〇九文

子清來 匠〇酒廿 兑十角 十文 收洋壹元

午刻贈福壽一軸 匠〇酒廿

筱園 永清來 匠〇酒十四 阿貴支五十元

書巢 亞勇來 留飯 金炎來 匠〇酒廿 匠〇酒十四

金炎來 匠〇酒十四 兑壹元 收多九百五十文 趙工壹元 又〇費壹元 徐伴費六元托寄

付千卅六朵小雕花匠十三 三元 又十五

十八辛卯陰
十九壬辰陰
二十癸巳雨
廿一甲午雨
廿二乙未陰
廿三丙申晴
廿四丁酉雨
廿五戊戌雨
廿六己亥晴陰

紫陽師課題 天下所以有殷也八之所以生有伐也 又 收李佑榮七元 張春六元 欠五元 匠酒八十
未刻交叁匠酒 刻玻璃四十八文 交炳元度 半分九十文
匠酒 付范叁元 又厨用二千六文 銀箱四角
買松坡七元八角 付油 新糖 經力廿 錫箔箱貳元七角
收彥祖洋卅五元十貳角 存洋五十五元五千五角
又 廿七文 一千一百九十七文
筱園來 以租四季 梅谷來 亞陶來 匠酒十八
鈞伯三十週年 在昭慶寺照例誦經 二位 子嘉來 佰侄見歸 匠酒卅四
森記送到 起今兩箱 擡力八角 八十七 松甫一角 丞昭慶寺帳四元六角 甫亭
李蕳來 付雕花匠一元 戒還一千 匠酒四 壓瓶
學古堂閱鈔題 匠酒十八
卅日乙巳 三月

七

廿七庚子 雨晴陰

廿八辛丑 陰晴

廿九壬寅 晴

四月初一日癸卯 晴

初二甲辰 雨陰

立夏

初三乙巳 陰

初四丙午 陰

卅年乙巳三四月

課花僮就 文券 筱園二稚济如來家門外息卅六元 又五十七文 阿貴支存元

崙々東收租十弍元 張子壽五元 又存租十四元廿角 合洋十五文 吳三月廿弍元五角

付花四元 又另付六百九十文 生午 付景記十弍元

晨步至通如觀訓 尚未歸 訪觀訓 吃飯 同 挑 前至雅宜 晤梅岑 與 豊 子頌

梅存存棗棧 小酌 晚歸 蕊弍元 綏記元 卅弍 日用元 十 燭八

蒋筱園來 交到上年官利三分之一 洋廿一元 存八十文 存洋五十元六十五角 存一千九百九十文

仲子斿來 花兩元 收一千八九十文

訪小松丈 談片刻 印歸班 再 飯 日 廿 匠廿二名 折 每 八十

學古齋 課題 回憲之先察者 回思之先察者之義 附相 和 外 士 議論 筱園 等五人來 子善來 匠酒 四十

曾祖妣謝太夫人忌 上供六 成 鹹蛋 壹元 找還四十文

初五丁未雨
初六戊申雨
初七己酉陰
初八庚戌晴
蔣工計付至六月廿六日止 除五元
初九辛亥晴
初十壬子晴雨
十一癸丑雨陰
十二甲寅晴
十三乙卯晴

交卷到天官坊拜陸小嵩夫人及其弟夫人安靈 偕俊歸 珠の 匠酒十四
森記張景山來（以前來）以本帳截の九 十九元 大人之 匠酒十四 匠酒十四
陸麥秀五百羅漢開光 一元 偕俊到硯廟東機車機晤蓋卿梅谷付糙票買茶
魯機晤永清子美借如印歸 匠酒十四 門蔣文工式元 存洋四十五元 一千八百四十文
偕俊到東來雨機晤蓋卿承青三桂沛秋遊園 三桂到瑞信泰買
洋布綢緞等即歸 匠酒十四 子青來
匠酒十四 收積和永押租廿元 付阿貴交色市房卅元
匠酒十四 付寬除押等 壹元
匠酒十四
三桂偕秋來 又到蘇 匠酒十四

卅年乙巳四月

八

以全年計付至五月廿日止

四月十四丙辰雨 戊正三刻

十五丁巳晴

十六戊午晴 晚雨

十七己未雨

十八庚申 [illegible]

十九辛酉晴

廿日壬戌晴

卅年乙巳四月十四

以全年文二百式元找还六十六文八文 大合稻元 四十付何貴文送布房元 麥子送菅刀

燭八 李曉來 世園來贈日規一具 飯後同宮巷 [illegible] 世園同[illegible]

十五 為昌黎 [illegible] 晴 [illegible] 二林先歸 匠酒十四 洋布式元 [illegible] 角

匠酒十四 收李七元 陳瑞祥四元 十一角 付景記廿元 [illegible] 洋十二元八角 [illegible] 文

紫陽師課題 [illegible] 一部 [illegible] 收 [illegible] 十一元 [illegible] 十角 [illegible] 收一元

家眷出園 [illegible] 以仲松交之 對門吳衙 [illegible] 送 [illegible] 十

文恭公忌 上供 子善來 飯後至硯前 東 [illegible] 歸 [illegible]

伯華 為伯華 [illegible] 方丈 [illegible] 保衛 [illegible] 清 [illegible]

錫之 子方 [illegible] 先歸 收 [illegible] 租 [illegible] 甲 [illegible] 元 [illegible] 一元收 [illegible] 卅五文

付花 [illegible] 一元 [illegible] 五文 又 [illegible] 帳 [illegible] 十一文 上供 [illegible]

廿一癸亥晴

廿二甲子雨晴

廿三乙丑晴風

廿四丙寅晴

廿五丁卯晴

廿六戊辰雨

廿七己巳晴

廿八庚午晴

廿九辛未晴

蘇隣來留點

陳倩伯十八 陸鑫函送汪款卯六七元 門油方

孫文泉來送蓮豆一籃 付合樹情照 [illegible]

小紋卯歸 晤師課題 商本出則三宗絕調 [illegible] 吳剛學沐

晨紀公聽訓 吃飯公湯家老下船 到西園尚園 歸公德發樓飲酒 六仙樓 [illegible]

[illegible]

付千炸來 友鵬來未晴 轉票五 [illegible]二元九角 [illegible]二人

子頌來 兌一元 繳九百卅五文

晨拜旭文 [illegible] 道屆 西仲儀 [illegible] 柳莊 [illegible] 歸 午時 [illegible]

送喜糕十四 旭文來 [illegible] 世六元 [illegible]

卅日乙巳四月

九

四月卅壬申雨晴

五月初一癸酉陰 阿金去

初二甲戌陰雨晴

初三乙亥晴

初四丙子晴 阿金來 … 天 …

例不扣

卅年乙巳四五月

收應步祖十五元十二角 一千〇七十四文 阿貴送 壹百元 付景記十弍元

兑十角廿五文收洋壹元 付記壹元 廿〇五文扣除 收洋九元弍角 錢一千〇九十二文

燭入阿金去 收胡十弍元 于善來交到 星号鐵路用壹百價 四百

為六元八角九分 譜記又陸十二元叁角六分 可記一角十八 〇九十元 又去拜存

付出信四年存計 四百八千元 付衢記卅弍元 兑五分 收錢四十五文

以洋千元又可楣 存洋〇廿一元九十五角 錢二千〇四十八文 以燈油一坛對 … 進

進賀又 剛庭來 陸鳩超 七十弍文 付兑十角廿五文收洋壹元

範卿母舅來 存洋〇廿弍元 八十五角 錢二千四百五十文 應奶四角

少園等來交可楣 壹百 二千元 付馬匠帳十二元 收還前借五元 兑三元

收錢一千〇五文 還東嫂 八元 找還四十三文 還米棧二元四角 還裁縫帳九角 八十

初五丁丑陰

廿什一千七百四天

阿金去四天

初六戊寅雨

初七己卯陰

初八庚辰雨雲陰晴 龍卿母舅來，不留點

初九辛巳晴

阿金工計付至丙午十一月十

七日止 以後另去

初十壬午晴 東

付蔣阿貴一百廿元 又帳四十五元 一千 存洋五十三元五十六角 錢五千一百十九文 派節賞

鄒三百 罕 蔣二百 罕 秋一百 罕 范一百 下灶八十 梅一百 罕 桂一百 罕 俞一百 罕 來一百 罕 錢一百 罕

小四十擔夫一百廿文 差茶七百 地方一百 吳宅媽文一百四十四文 收祥記利四月底止 六十元

存洋百十三元八角 錢二千四百十五文 到東棧米棧 接少甫 阿金假滿出

崙三來即去 付信記廿元 存洋九十三元八角 錢二千四十五文

林宗慈賞龍官代乳洋銀拾元正

慈親晨赴濮院 支英洋元 慈親命觀高濮班上 一百 辛 假以出東棧擔

三舅來 阿金晚來 先十角 廿五 收壹元

少圃來 付新米朱廚明日做菜 三百 辛 存洋十四元五角 錢一千十文

十

卅一年乙巳五月

十一癸未晴
十二甲申晴
十三乙酉晴
十四丙戌晴
十五丁亥晴
十六戊子晴 雨
十七己丑晴
十八庚寅晴
十九辛卯晴

卅年乙巳五月

子頌、子壽來，進[illegible]特片賀裴大[illegible]閣道喜 付朱三百廿 慶林來
見武慶生一千八百四十文 箱櫃式元 換盤十八 付陸灶三百廿
晨出賀慶爲季生夫婦做四十誕 出園來留在寄[illegible]晚飯即歸
付裱禾力百廿文 付陸廚飯食式元三百 子坪出[illegible]行力卅
午[illegible]伯雲來 [illegible]數五 四千
出園來交到[illegible]五[illegible] 子頌來 收陳瑞祥式元 又閏
晨出[illegible]師巷拜[illegible]南寓[illegible]琳[illegible]不通[illegible]
[illegible]到子頌處取中間收歸[illegible]力卅 存洋十元[illegible]
歸課未行換票六換新牌少梅行即致之力廿 存洋十元[illegible]二千三百廿文
收張子壽十元 [illegible]日晨出三[illegible]

廿壬辰晴 雨

廿一癸巳晴

廿二甲午晴

廿三乙未晴

廿四丙申晴雨

蔣工計付至八月廿六日止訖

廿五丁酉雨晴雷

廿六戊戌晴

攸前上東棧小門歸 轎伴俫錢千文 初祥	飯後上觀橋市 付上三萬百叩頭花 避吉甫約上東棧小門吃飯	寄伯父大人紀元四 付陳尉 三元 念士 收房租 卅三元廿角 五十一文 許子方 三元	附貴支元 念九 串楓糊 五十 肉 蝦 五十 俵滿湘 卅九	錢夫人生日供六位 山園來 門油 四 順遂行 卅 燭八	花元賢乃早五文 雞粥 三百 五十 籌 四 十	月給湘十八 肉蝦 三百毛豆 三角 九 大腿 四 饅頭十 八 蔥油餅 卅 二燭 卅燭 四	高祖妣生辰 祖母生日供四位 蔘倍夫人來 存洋一千空 卅元 八十一角 月薪 廿四	匠酒 十四 花十角 卅五 收洋十元 收康 八元 招補英式不 蔣支工式元 卅	岑爾三桂來 存洋一千 洋廿六元 八十一角 匠酒 十四 摸崇 十	卅一年乙巳五月 十一

五月廿七己亥陰雨

双全工計付至八月二十日止[illegible]

廿八庚子雨

廿九辛丑陰

双全長去 初七來 計八天 計工二付

至八月廿八日止[illegible]

三十壬寅雨

六月初一日癸卯晴

初二甲辰晴晚雨

初三乙巳晴

卅年乙巳五六月

存洋廿七元又七角 多一千四百廿八文 已刻慈親到家[illegible] 匠酒廿 搬[illegible]樓下

匠酒廿 双全工式元又七角十 晚晴

收園三種德卿弟如來交到外息[illegible] 洋廿六元 多廿二文 南棧二月 四十四元一角 付許[illegible]

修理一角 卅九元 付根和尚做洋鉄[illegible]水 四元五角 子姜米以[illegible] 匠酒十四

存洋廿式元又七角 多一千[illegible]文 匠酒十四 付陸尉 三元 [illegible]九十文 收房租十元又七角 [illegible]卅文

代付十三寺用 六元八角 四百八十文 付慈二月 四元 日用又廿元 收还米油帳及

十月十三寺用共十五元式角 十三文 是記飯菜 式元 瀾記 卅二元 燭八

收胡十式元 存洋廿式元又十八角 多一千四百[illegible]十五文 [illegible]廿角 七十 收洋式元 匠酒十四

內子至溧陽晚歸 匠酒廿 存洋廿四元又八角 多一千三百卅五文

溧陽撫陸課題 [illegible] 申正就酉刻交 匠酒十四

初四丙午晴熱
初五丁未晴熱
初六戊申晴熱
初七己酉晴 从金晚來
初八庚戌晴
初九辛亥晴 隆慶
初十壬子雨

高祖妣黄太夫人忌上供 新臘信四廿 供今日 學古堂道台課題
諆及卯士諆及庶人義 尚因之本得天之時而盡得今之心而為記論 匠酒十四 小圃 蘿秋清 德卿 濟如 吳某來
薆音來 匠酒十六 存洋廿 兌半一文 兌柔角
付景記廿元 李生嚴君來 匠酒一百廿
胡大嫂來 還已於國付文之 匠酒一百廿 兌壹元 收九百五十文
晨拜胡大嫂之生 往陸氏拜小松像 南子村吉甫 子韓 汪松在
同仲竹蔣藹棧三出歸 斑吾 匠酒廿五 晚大雷電雨
晚大雨 匠酒十八 夜 祥德卿來 為王三之勇 紹閣
烟庵送菜五色九角 德卿出園來 瘦軒議王子不復同訓
收寶鍾四百 付陸工一元 找飯今 式角 卅 付明日飯 二百廿 汪讀卿來 還五 廿

卅一年乙巳六月

十二

六月十一癸丑晴

十二甲寅晴

十三乙卯晴

阿金晚去，七月廿七來，計五十三天，計工付至丙子十二月二十日止，洋一元，又錢八十文。（袁來）

十四丙辰晴

十五丁巳晴（昭慶）

十六戊午晴，晚雨

十七己未晴，晚雨

廿年乙巳六月

先弍元，收錢一千八百十文，存洋五十五角，錢一千八百廿一文。小園來，支六月（？）五十元。阿寶支

存洋十元，胡宅擱備作用。匠酒一百廿。付伙食三十，廿，（借還）又來先一元，收錢九百五十文

付廚用，（？）九十，四文。一十六付袁伙食二天四十八。匠酒一百四十。

先考生辰上供，二十二桌，小園、永清、德卿來。飯七桌八人。賞腳二伯二文。

昭馥、繡先、資元、子梅、考及諸姪回歸。（借還）先一元，收錢九百五十五文。

匠酒十一。存外洋五十五角，錢一千○八十二文。

伍酒十八，付袁昭渡日飯菜洋壹元，（借還）錢四百七十文。

燭八，剃頭，送菜五色，角力，匠酒一百四十。

匠酒十一，收李絲紡染，陳瑞祥二元，又二角，付袁伙食二天，（？）卅十，廿十，還借三元。

存洋十三元，五十一角，錢一千○廿四文，送吴銀蘭六元，四角，匠酒廿十，先一元，收錢九百七十文。

十八庚申晴晚雨

十九辛酉陰晴

二十壬戌晴 熱甚

何厨來廿三付二元计二付至七月十九日止以後

廿一癸亥晴 熱甚

廿二甲子晴 熱甚

廿三乙丑晴 熱

紫陽朱師課題 使於四方不辱君命義 吾吴風俗固尚繁華[illegible] 匯酒一百廿

收張子壽洋十一元 取燭貼冊 付油[illegible]

錢立夫 送復齋酒十八 交卷往吊復齋送其入殮歸已點燈

會匯酒十八 付袁工三角 新飯碗二元 [illegible] 存洋廿弍元五角 一千六百卅四文

三點鐘到貢院前 [illegible] 付朱機 [illegible]

晚飯後[illegible] 梅[illegible] 匯酒八十

收房租廿六元十三角 少[illegible]

匯酒十八 付飯菜四千 [illegible]一元 收[illegible]九千六百十七文

晚上貢院前及[illegible] 匯酒[illegible]

付何工壹元 張蘇頭一角 [illegible]飯菜一元 四千 匯酒廿

卅一年乙巳六月 十三

廿四丙寅晴
廿五丁卯晴
廿六戊辰晴
廿七己巳晴陰雨
廿八庚午晴
廿九辛未晴

廿年乙巳六月
學古堂師課題澱江清浮梁米合京北包送鎮松雜論剝竅說不附雪倡唐濫春雨不附丁大年論 匠酒十八
課卷遊戲 匠酒十八
晴川貢院前塔李明鴻翔假觀前與李鴻之蔭為以茗
沙歸 匠酒十
下午至貢院前塔鴻翔申七錢看一等等東遇伯雲李鴻同去怡鴻館
晚茶遇雨唁仲師兩沒歸 匠酒十 存洋四十五元守七角 存錢八千四百文
出園三種來文到外貝卅六元日九十七文 南棧十四元七角 匠酒十六
存洋九十五元七角 存錢九千廿一文 沈箔八千 晚至貢院前遊往雅聚啜茗
遇吉甫梅岑世兄同雁元素邀至萬全飲酒先歸 匠酒八十
阿貴支五千元 收房租十四元十五元七角 一千三百八十五文 付何連為帳式元 付日式 付景記式元

七月初一壬申晴

擱八收胡元式 付洋鉄脾夜佳収 式元五角 卅 曉到雅源晤吉甫植孫及滌甫梅岑彩生叩正恪和雨新千陸甫星岳同至貢院前以歸 收蘇州九元 少蘭來得知孝存尖嶽 匠酒一罚半 付慈元式元 嘉寶卅元

初二癸酉晴

卯刻到貢院辰刻進場餘鉼 題是集義所生者二句義 姚崇薦宋璟以自代論 午刻出場即歸 少蘭來收吴植三月廿式元 日用十元 匠酒一兩半

初三甲戌晴

晨到聰訓 大樹男霖泣叚 復到雅源晤梅岑 吉甫父子祖孫蘭泉孫甫仲華先歸 收慶瀛七元 冬廿三元廿三角外 匠酒一兩四 吉甫送懷德卅

初四乙亥晴

少蘭等來交賬存洋四千九元八五角一千零十六文 匠酒一兩半

初五丙子晴涼爽

晨到貢院前以歸 学書 陸綬卿來交貢單等洽費五元四角

初六丁丑晴雨

昨匠酒一兩半 傍晚到午後霖 曉雨下時 替生達妹 吉甫鶴齡

卅一年乙巳七月

十四

七月初七戊寅晴
初八己卯晴 立秋
初九庚辰晴
初十辛巳晴
十一壬午陰 店歸
十二癸未雨 祠堂上供
十三甲申雨
十四乙酉晴

卅一年乙巳七月
德苑樓飯 十封 招飲夜歸 一品記 廿元
十封 送西瓜四担 十個 付靜卿 品高銀來 西酒 [illegible]廿文
致少梅信 匠酒 [illegible] 一元 收九[illegible]六千文
祖妣生日 上供 匠酒 [illegible] 廿三元 八十[illegible] 一千[illegible]九十六文 上供 [illegible]
俞三來 匠酒 廿[illegible] 付何大夫飯菜 弍元 [illegible] 一元收[illegible]九[illegible]十文
最上真人殿 與二伯梅老 並[illegible]大園延[illegible]回飯 [illegible]
小稚[illegible]著[illegible]老[illegible]蘭[illegible]閣[illegible]筆[illegible] 晴 [illegible]歸 匠酒八十
過鄭 四角 [illegible]文 燭 [illegible] 盡封 卅二
厚甫來 [illegible]來 沈九 [illegible] [illegible]根 [illegible] 阿貴 支 十五元
送悟之 [illegible] 十八 [illegible]來 得[illegible]少梅信 [illegible] 匠酒 [illegible]

蒋支廿付至九月十六止

十五丙戌晴雨

十六丁亥晴

十七戊子晴

十八己丑晴

十九庚寅雨

廿辛卯陰雨

廿一壬辰雨

廿蒋支工吏二元　孫吳蘭生作伴力　由存洋四元七千七角　四千七百六文

兑一元收銅元千文　匠酒一百廿　燭八　書巢送到信力卅

少園米　匠酒一百廿　修柜桶匠來

備三米　畫二卅　匠酒一百念　汪鏞掌櫃板一百

興湯師傅來作　梅芳棚僱伴陳金　十米　蒋兑存角收一元　張孝壽一元

存洋十五元七千七角廿文　匠酒一百四十　兑一元收錢九吊七千文

買鐘備通鋪六　備二畚　夜飯二畢　歸　匠酒一百四十

方少園來支百洋二元　壽南孫炳生洋　付廚用抹布洗帚八卒

付阿敏菜三天四百八十　匠酒一百　付阿貴支洋二十元

二佃來　備三米　門油一百　匠酒一百

卅一年乙巳六月

十五

七月廿二癸巳陰晴

傅來

廿三甲午陰晴

廿四乙未雨晴

廿五丙申晴

廿六丁酉晴

[illegible]

兑洋一元，計錢九百十文。買門票、鞋書、雨傘、菓品等物，東管理處。

回飯後，同伯雲、德甫、雅臣、樊叔、懷之、仲和、梅岑出游。

兑錢一百，酒錢十一付，飯菜二元，茶壹元。

晚陳雅來，帶臣雅錄，梅岑、兄來同歸。

收房租洋元十三角，存洋廿元八角，一千四百八十文。

梅岑來，交可抵洋式角，交梅岑付都縣東金，付飯菜二元，酒廿。

午刻，虞璧邀飲，壽酒，少鶴同席。

梅岑、倪大任陳東生來，洋四支，可抵四百元，付田價。

洋二千二百，七十元，梅岑、祥記、租堂，酒錢。

兑四十角，收洋壹元，飯後付梅，觀書，通談。

傅厨工付至八月廿四止
後ヌヌ

廿七戊戌晴
阿金晚來，計工付至十二月廿四止

廿八己亥雨

廿九庚子陰雨

八月初一辛丑晴

初二壬寅晴

初三癸卯雨晴

飯々後到醒和時然後糊々睡醒，子嘉出府，三点歸，付傅厨工洋
晝完，付飯菜三天，找零早，匠酒四廿，存洋十二元七十角，八包卄十三文
花果榕々，匠酒廿，付阿貴支卅五元，阿金來
此園三樣來交到外頁卅六元，九十文，南栈爐角，匠酒廿
書巢毋男來，留飯，歸，付洋一百六千，匠酒廿，还絲棉價六元六角，梅新
膝此梅及帽子等付傅，四元三元，付菜記十弍元，存洋七千元七十三角，幺四千四文
燭八，收胡廿弍元，匠酒廿，慈弍元，又日用十元，吉菽記卅弍元
崙三來，收房租一千七百卅文，五十三元八角，匠酒十八，存洋八十九元七十九角，幺二千四百廿六文
晨此至大儒巷，再至吳顧聊聽伯雲印，歸。子材來，既去，梅行
張桐鳴子文敬洋拾四十，收麋八元，房捐弍元六不，卿十六元廿五八下，匠酒十八，金太來

卅一年乙巳八月

十六

八月初四日戊辰晴，寫

初五乙巳晴

初六丙午晴

初七丁未晴

初八戊申陰晴

薇士計付至十月廿三止

洋四元

初九己酉雨

初十庚戌晴

卅一年乙巳八月

中衡等來，季眉來，允十八角，五十五，收一元，新勝作物力。四十八

匠酒十八，存洋九十八元六角九角，外錢一千七百廿三文

注直卿子懋恕洋根卅，匠酒十八

侖三英初來，訪王顧家巷看屋即歸，匠酒十八，付景記廿元

匠酒十八，轉崇五

晨同詩隱卿往東後當南顧祠，陸景雲、季眉同游下泳

即歸，胡進麪廿，匠酒十六，蔣文工叁元，百合。四十

匠酒十，存洋七十二元六十九角，外錢一千〇八十八文

飯後出嶽八，金壽山成匠，宋祖現西坊居未成，錢某某

付東堂五十元，許撝公上海，前〔?〕……，匠酒十八，付鑄頑文三元，二百十五

十一辛亥晴

十二壬子 陰 夜雨

十三癸丑 陰

十四甲寅晴

蔣幌存千四百文

十五乙卯陰

共二千八百八十

王鶴亭

又抹布 [illegible] 存洋 [illegible] 元 [illegible] 文 午帅贈水烟筒一 紙煙十匣

匠酒 [illegible] 匠酒 十八

賡梅夫人節酒八十 又蘭來匠酒八十八 付阿貴帳 [illegible] 四角 另七元 又

期票洋 [illegible] 元 [illegible] 元 [illegible] 元 收 [illegible] 四千文

三桂來 內川詩陽 還東棧式元 [illegible] 米棧 [illegible] 元四角 匠酒七十

陸媽卯節 [illegible] 七十 存洋八元 [illegible] 文 爛十二

派節賞 蔣 [illegible] 鄒 [illegible] 傅廚 [illegible] 梅 [illegible] 桂 [illegible]

李 [illegible] 孫 [illegible] 俞 [illegible] 來 [illegible] 一百 耕 [illegible] 十 [illegible] 芳 [illegible] 姜 [illegible]

妻送羨 [illegible] 吳宅媽 [illegible] 十四 [illegible] 筆墨 [illegible] 五十 匠酒十 [illegible] 又析月餅

二百 [illegible] 存洋八元 [illegible] 五文

卅年乙巳八月 十七

八月十六丙辰晴

十七丁巳晴

十八戊午陰雨

十九己未陰雨

廿庚申陰

廿一辛酉陰晴

廿二壬戌晴

傳十六至廿付四月廿日止 八四又文

卅一年乙巳八月

汲梅谷來 少𡊮醫藥費洋拾元 又八元 匠酒七十

三種來 交到南棧租八元 吳送藝四十 匠酒七十 收李福元

雲甫公生 上供匠酒十八 上供燒丁 洋元收錢一千文

少園來 外祖交三 三種來交到金某東坐 洋元 即以還錢

萬隆陳芳吳人買九十 收孫子壽先元 匠酒十四

外祖忌設祭燭四 蘭來 陸氏收米園小說尚遊帳回歸

匠酒十八 付傅三元 收房租四十九元廿一角

存洋七十元八十二角 又八十九文 汲梅訪李勝伯東棧禮蘭小補

三種即緣匯酒 紹 門油可 任甸子小屋

種盛卿來 交到官利廿元 付期票四千元 傅交五十元 匠酒廿

華阿水來

廿三癸亥晴

廿四甲子陰雨

廿五乙丑陰

蔣安展基

廿六丙寅晴

廿七丁卯晴熱

廿八戊辰晴

大園來漆匠華阿水來匠酒廿號 邦新勝行乃廿五

鴨蛋壹元 米四 山神醮香燭等 二兆四 兌兩元

收三千文 付 皮蛋卅 付十廿

卯刻侍叔嫂上至大儒巷下船 過程、朱、徐 二元 通 賬婦均往

刻抵蔣安 卯刻般申刻 家 韓震福般 叔 元 文 三元

排 借 一 二 桂東收 元 祥 叔 五十 三月廿一元

付賬 元 先 祥 三百九十 元 文 兌 千文

慶姊來 洋 元 收 元 二元 匠酒

兌一元 千文匠酒 觀西 元 一元

支培之奠分一元 文 匠酒 大園來

丙午年乙巳八月

十八

八月廿九己巳雨
祭莊壽祠
卅庚午雨
九月初一辛未雨
初二壬申晴
初三癸酉陰

廿九己巳 八九月
晨至壽祠通悞到莊與二伯三伯嚴君瑤文弟同飯飯後
後歸出閶來文到外息卅六元寄孟交文匠酒四見麽千五
匠酒廿付傳連芳賬五元存洋三元八式角
收胡元試和材來飯後和材及孫吉初穆儒見來先交
東寶元計十和材送物受洋磁面盆茶壺茶杯二餅乾二加二角酒四
燭八元式衢記元卅式日用元計十存洋八十元八角存錢分五千五文
晨祥和材談片刻即歸匠酒四付阿貴包帳找四十五元
又三澤李包做庫門元八收房租十三元七角一千廿二文收康十一元卅二角七十二文
助沙洲水災元五
汪幹卿送喜糕果四補收許子方三元李生葱來仲年妤來

初四甲戌晴　晚帶癸叁門磡前買布　匠酒十　存洋五十元　廿角　又一千七百八十二文

曾祖妣謝太夫人生日供十　三桂承溎偕卿吳苗來　晚出門

來到舊宅前與癸叁賈馬甲遊鳥硯前老棧東棧即歸　匠酒十八

初五乙亥晴　晨視舅疾　偕虞臣蘭泉　由蘭泉到聽訓　晚飯後到東棧

晚出門　偕雅翁小舟若即歸　洋十角　又五千　收洋壹元　匠酒七十　麵廿

初六丙子晴　癸叁去計　嘉興廿天計　付[illegible]　还和拜東宅　元十計　匠酒七十　又癸叁日居士

初七丁丑晴　廿九日上　匠酒十四　寶孝向弟來

初八戊寅晴　方少園來　匠酒七十

初九己卯晴　譚浴源[illegible]居　五刻至吉祥橋下船到婁門展墓　與二伯三伯歲考　午歸　收禾稅元角　送禮

會飲　返即歸　船去七十　伯華寄　壹年　禮記璋祖　廿文　八合[illegible]　四廿　匠酒十四

卅年乙巳九月

十九

九月初十庚辰晴
十一辛巳晴
十二壬午晴
十三癸未晴
十四甲申晴
十五乙酉晴
十六丙戌雨
十七丁亥晴

卅年乙巳九月
吳剛叟來，到汪幹莆處道喜，白廣[illegible]壽[illegible]
棧晤[illegible]
厨[illegible]
[illegible]
汪幹卿送[illegible]九丈來，子善來，匠酒十八
[illegible]吳剛庭送[illegible]，卅匠酒卅，收還金[illegible]八十
轉崇四，[illegible]張景山來，汪虞笙來，匠酒十八
付[illegible]廿元，又[illegible]又送王[illegible]洋式元四角，匠酒廿
[illegible]八，到潯陽[illegible]
[illegible]匠酒廿，兌[illegible]文，匠酒[illegible]

十八戊子陰
十九己丑雨
二十庚寅雨
廿一辛卯雨
廿二壬辰陰晴
廿三癸巳晴
廿四甲午晴
廿五乙未晴
廿六丙申晴
預過十月朝

匠酒卅日 收陳瑞祥四元 張子春十元 付華潘臣十元
匠酒廿日 龍溪椎鷹一元 匠酒十四 燈油一千 付傅少山六元
出國未交到南棧十四元 羌一元 收洋一千〇〇五文
收房租五十四元 付油一千 新勝信廿四 洪院信卅
匠酒十六 阿貴借洋捨元 羌五十角 收一元
晨出赴東定租房屋 與通侄往剛亭大處賀喜 與伯雲季
瞻、通侄康姪那鬯園飯，飯後偕伯雲、季瞻至雲林閣晃訪滿靜卿
濯中 跡步尋之茶室 歸 匠酒十六
飯後至東市棧歸遇洪如立談片刻即歸 匠酒十四
祠堂上供 羌式元 收洋二千〇千文 飯後到陸引之丈處道喜
廿七乙巳九 二千

九月廿七丁酉晴

廿八戊戌晴

廿九己亥晴

蔣詩付至十二月廿日止

十月初一庚子雨晴

初二辛丑雨

初三壬寅晴

初四癸卯晴

卅一年乙巳九十月

夜飯後歸 找洋四角 存洋六十七元四十角 二千[illegible]二十六文 明瓦變五元

飯後至同盛 訪李曉遇于竹均至雲露閣啜茗 錫箔洋廿二元 五角

出閶吳雅張清來 交到外息洋廿六元 二百廿五文 飯後到陸霖所戲 夜飯後歸

飯後到同盛 觀前聽訓 東花橋晤李曉 以送十姑母首冥分二元 託綠如[illegible]十

付蔣芝式元 收房租十四元十三角 九百五十五文 付傅大夫二元 三百廿 又另帳百十式三

廿八過節用 一千 上供八分 存洋八十三元四五角 少廿四文 景記飯菜十式元

胡祖十式元 收英租三百月 廿四 廿式元 付慈式元 闔十元 嘉記廿式元 燭八

晚頭來 交到存米價四角 五十五元 以四五元入可擂 新勝衣力廿

旭丈來 一盆酒四十 又給搬物十四 龜一元 收錢一千三百 交存洋四十五元四廿二錢 十一年存入廿二文

賬幹送當生上供六分 蒲園等來 山崙三朱至村朋處 祝其太夫人

初五甲辰晴

初六乙巳晴

初七丙午晴　與余晚來付符吾春蓄　潑天文

初八日丁未晴

初九戊申晴

初十己酉晴

十一庚戌晴

十二辛亥晴

飯後歸省宅來匠酒十六　存洋十五元又廿三角又一千三百廿二文　轉票四

贈吳蓉滄匠酒十六

付景記廿元　匠酒十六　漆匠華阿水借十元

晨訪森壽与鶴士壇師眉目併以匠酒訓院歸　匠酒十六

水洗鑑四　匠酒十六　張森鵬還物送糕糰廿四

縣前寄伊子燁女出閣一元　匠酒廿五　兌元收錢一千・廿五文

做虞鑑二元　又修舊桶四　仲平森來借卅　執勝信四八

匠酒十八　付傳式元　存洋兌元四廿六角又二千七文　兌廿一角五百五文　收式元

承厚春歲　干森來當飯　益卿來　承厚四元　匠酒四

崙三來匠酒四　怡坊司送濮院寄來廿卅

廿年乙巳十月

廿一

十月十三壬子晴

十四癸丑晴

十五甲寅晴

十六乙卯晴　聰甥來，合於收讓一年付　讓子五元洋付一千文

十七丙辰陰雨

十八丁巳陰

十九戊午晴

廿日己未晴

廿年乙巳十月

蜀三捧來　晚施明揚來看杜井　匯酒七十

劃玻璃寸　匯酒十八　平望信力廿　兌一元　收錢一千卅文

燭八　匯酒廿日　存洋廿六元又三角　又九百卅文　轉眾五　肉一元

晨至丹鳳吃麪　往聰甥與歸　收李議興十四元　內扣…　布一元　找四百文

高祖忌　送人　漢院信力卅　兌一元　收錢一千四十文　匯酒寸　添厲十五元

蜀來小外孫交之飯後午姊來　袁泳隆做樓梯錫十付　所　又卅　式元　酒廿　匯酒八十

剃頭　鶴士姊祖來　託萬積功堂以致其董謝笙伯　錦信交之　匯酒七十

晨往聰甥吃飯　以收兩訓祖恩一千元　八樣　即付楊雲岐戰概四　匯酒七十

收房租四十二元五角　於十　張子壽十一元　付還李從榮洋二元

付傳尉三元　成益卅　砌街匯借式元　德四文卅　存洋七十七元又十二角又九百廿五文　布三角

傳工計卅至丙午正月廿三日止付訖文

廿一庚申晴

廿二辛酉

廿三壬戌晴

廿四癸亥晴

廿五甲子晴

廿六乙丑晴

廿七丙寅晴

益卿來洋鏡四角 收乙匠洋五元 傳尉支工三元 匠酒六 二十 胡書卅 六

李暢時來付延誠泰抻麵十元 省蘭益卿來 修汝汪吉甫

來，同至祥記到為核，與吉甫雅聚啜茗 匠酒七 十 雜毛等洋七 六

到浦，至省蘭來 支戲摺八角 五元 匠酒十八 聽訓劃到祖洋七百元

益卿來，以一千五百元交之存余處 吳衡堂來 匠酒十

時子坪出嫁送寄來作及糕二匣 六十 力 匠酒十 御六井板式元 七 仲和來

兌元收一千卅文 市寶錠五角 十五 劃玻璃廿 十 匠酒十 存洋四千六百九十九元 蓄鈔六十六文

曦沈松橋送來月 月初十止 十八元 銀蘭洋錦三角 綠燭斤 十 六 本生菩□南堂叔

修汝午擇搬物來及其賬及錢，王詠梅均來 崙三、吳星海來門

虎卿窗紙十八 十 兌式元 收上二千〇六十文 發勁 廿 十 酒八 十

卅一年乙巳十月

廿二

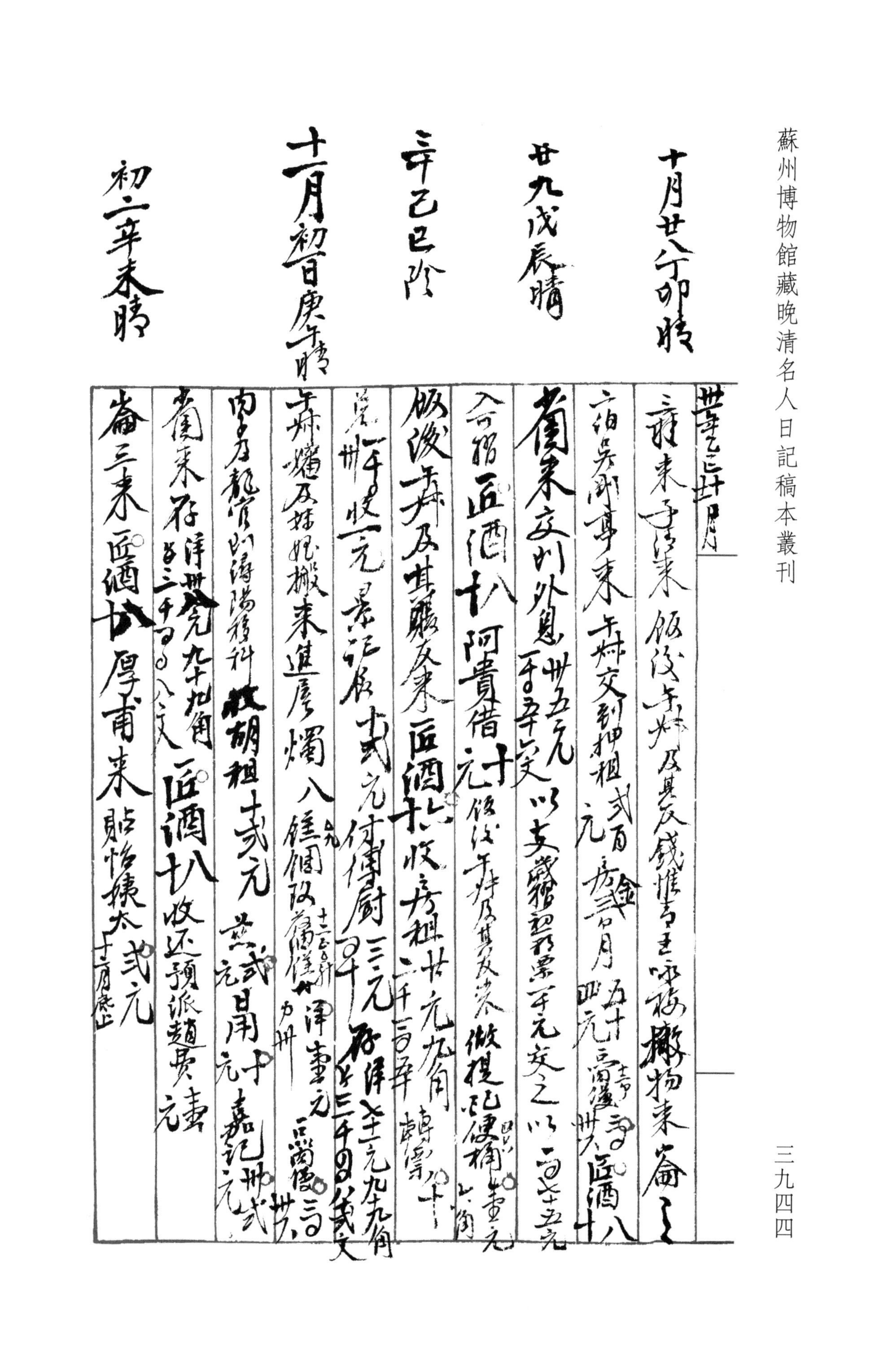

十月廿八日丁卯晴

廿九戊辰晴

卅己巳陰

十一月初一日庚午晴

初二辛未晴

[illegible]

初三壬申晴
初四癸酉晴
初五甲戌晴
初六乙亥晴
初七丙子晴
初八丁丑陰雨晴
初九戊寅陰晴　双全工计付至丙午正月恭
初十己卯雨晴
十一庚辰陰

晨[illegible]去歸中與羊肉補壽州濟陽即歸和村來　匠酒十六
廿圍菁來交付南棧九元三角（付私二季房稍）布一元　匠酒十六　祖妣生供
送陳美士邦彥賀分元一　承象觀元一　晚午村約至天和祥小酌與吳
吉海王咏梅過茲月報夜歸　羌十八角　收一元　匠酒十八
景記廿元　阿貴借十元　匠酒四十　付梅岑蠡及東半棧即歸
初四上供九十　匠酒十四　王葛卿夫人輓聯（補艾九）八十　又十八
晨陳劉拜中送羊肉補麥往濟陽即歸　匠酒十四
双全支工四个月五十元　三百四十　圍來　匠酒廿　新勝行廿四
付傅早三元　又另帳百四十七
元生圍來　九初文來
卅年乙巳十一月

廿三

二月十二日辛巳陰

十三日壬午晴

十四癸未晴

十五甲申陰

十六乙酉晴

十七丙戌晴

十八丁亥雨

卅一年乙巳十二月

汪伯雲來 存洋九元 九十二角 又九百九十九文

少園偕如德卿來 洋十角 五十五 收壹元 陳庫八數用 又八十三

飯後到潯陽樓飯歸 老帳閑帳簿卅冊 水梅謝帖及聯 九十 匠酒廿

周亭來 柳桂堂來 付樣樹用毛竹及洋泥壹元 汪壽甫來 廿一家分 弍元

伯雲來交到稅單抵押款 弍角 八百六十三文 以公車伴還之 以八百六十三文 刀肴稻燭八 匠酒廿

到潯陽樓飯 飯後歸 匠酒廿 收李八元 陳弍元

約伯生同去侯晨打南洋棧與少園同行 飯後與滿觀劇 晚歸

匠酒廿 沈梓楼來 何來 廿八日和宗 一千〇八十元 入可撥 以其併還之 付灤匠找 九元

又繳門牌四元 八角 柳門來 不值 上備 三百十二文 入 欽若霖來 酒燭 十七

少園來 收張子壽 十二元 洋 四元 收 四千一百四十文

十九戊子晴

二十己丑雨

廿一庚寅陰晴

廿二辛卯陰

廿三壬辰陰

飯後到溥陽 送欽差霖開井儀壹元 轉票十
送府門蔡館四八十 付傅二元洋（四九十五文） 存洋七元三千廿 七十五角 五千七文
洋四角 收房租 四式元十八角 五十七文 為悟嫂太太請王肩雲馬貴壹元
又藥壹元（合收找四千二百廿文） 炭斤十四 白果十 （春上夜）
悟嫂太太子時故 計九丈家拜其母 兌四元收四千一百 漢院送老
上忙 辛 錢太夫人忌 庚 付油二 兌式元收二千三百廿文
先君三周忌 在家設供 午時吉甫九丈 周丈 吳阜人 汪柳丈 和耕
付韓星才祭儀 受丈李腰二佰 三佰 連旹來官爺二夫人等來
承吳王咏樵來 開發一百 刻悟嫂太太大殮 收聯文 祠祖忌式百元
兌洋十元收十千三百文 明瓦匠找式元又角
廿四 兌式元收式千二百廿文

十月廿四癸巳晴

廿五甲午晴 祠堂上供

廿六乙未晴 冬至 連陰

鄭義去計工付至丙午十月底止 共計五天計工付至丙午十月底止 廿七丙申陰 悶甚

廿八丁酉雨

廿九戊戌雨

廿年乙巳十月

收裕博分 壹元 周年同等等 洋四元九角 二千〇九十文 存洋百廿四元七角五分 錢十八千四百文

付怡姨太太喪用錢四卅元 又十五千文 昨買菜帳一元 又錢三 燭八

劉午橋處謝 補芝班 〇

絲與行四〇 門油二千 冬至夜祠堂上供

鄭支工元八 到午橋處賀節 出門謝客數十家 樓九丈 又錢 共一千都 出板

又手存茶依歲兵印歸班 等 百〇 飯〇 圓〇 卅

又團來交到外息卅五元 一千〇廿五文 肉行一元 羊肉 八千 不〇 又元 一元收 一千廿

又付衛帳 二元 廿菜用〇四十 壹文 冬至用 式元 千卅 存洋百十三元七五角 錢 又 八千

存洋 百十三元 七五角 錢 又八千 十二千

收房租 十三元十角 二百六千文 付濬東洋帳 濬庶 二元 找還 早記 十式元

十二月初一己亥陰

燭八戀二元 日用十元 衛記卅二元 存洋七十一元八角 一千百六十五文

初二庚子陰雨晚乍晴

初三辛丑陰

收胡十弍元 蔣借工弍元

蔣工計付乙丙年二月廿四日

初四壬寅陰以後多

蘭甫偕和三積、小清、德卿來 收南棧十四元七角 付聽楊有杜六角

初五癸卯晴

和村送壽糕果卅 九印孫送壽糕茶十四

初六甲辰晴

晨叩醒訓視二伯疾 飯後与子常芬香、子義 視荊偕常芬蒞雲

路國醫若偕往蕭生小飲，与蕭乘甫、吳伯謝等同飲

初七乙巳晴

少園來訪欽若霖不值 欽若霖來 送羅甜燭九 百六十

初八丙午晴

晤和村、王冰梅 花弍元 收二千百卅文 [illegible]生紹不之

存洋九十三元八角五角 錢二千四百八十六文 上借用百卅文

甲辰乙巳十二月

廿五

十二月初九丁未晴

初十戊申陰

十一己酉晴

阿金晚来共去十五天

十二庚戌晴

十三辛亥晴

卅年乙巳十二月

飯後到東棧與承清至觀西照相又至養陵即歸　外祖母書

孺人忌設祭二角半　十二南送薛蟹芸酒菜一席　一元八角　另卅

梅大房送順風糕一元　付傳帳三元五文　補付景記廿元

鑲帽花色金鎖　一元二角　收摩　五元

卯刻偕通姪及金弟至蔡家巷東口下船開至北街邀欽君霖同往

到馬路西元館吃麵坐馬車至閶門下船午刻抵滸關川墓　酉刻歸

和材邀明日申刻偕媒人　付作媒大喜糖　拾元

晚到和材處偕媒潘劍之蘇及濮怡蘇錢宿席共奉刻至和材

同席夜歸　正午作篤矣　兌洋十角　收壹元

嵩三雅承清來洋　送怡增太冠箱　一元六角

十四壬子晴

十五癸丑 乍晴乍雨

十六甲寅 早雨

十七乙卯 晴陰 隆慶

十八丙辰 晴

轉票廿九 兑一元收五十壹千四百五十五文 存洋五十三元六角 又二千四百四十文

到承定寺拜宗伯又從之聽訓晚從伯父通知遠又蘇又滬書又寄莪邊

雨後出行 劉晚志山隱

晨以家穀拜扵初交寄延濟蘇抄劉又蘇百下鼓同後雅二兩 燒八

衛借 三元

晨到和耕處通士書與士甫蔚豐泰壽田依照濠至江

寄律處首送士喜撥 二兩 存洋錢二千四百卅二文 午元六元九角

以家邀回門酒肆之 隆慶錫清送繪受二力六十 午炒六

夜二千七寄存待處迎付紫增書送双全至劉訓取祖恩 二兩六元

找又未欽若齋吳次興書四年 花椅送到胡湯十六

卅年乙巳十二月

廿六

十九日丙辰晴

廿

廿一日戊午晴

廿二日己未晴

卅一年乙巳十二月

蓮卿來交到祥記信和帳乃六十元 飯後至東昌棧祥記還

吳帳十元 與午橋至觀正興吃面 晚至森昌祥還紀初的

甚畫館吃晚飯 壽侍神周壽甫侍觀

萱巷來 晤許子方 式元 新債付四廿 又 收近華 十六洋 油二百

少園來 以還蘇 桃田價 九十元 交之 王脉梅來 和特送舉 加畢 壽世

柳桂堂來 送柳子彬 回的 工食九元 先付於 蘇權 三元

付怡棧房帳 廿元 存洋 式百九十九元 收房租 五十五元廿二角

付還張 石蓮漆帳 五十二元 付傳 三元 以將堂 又另帳 一百五十二文

天恭公生 上供 分 到瑞慶寺拜 大懺 於平與嘉甫 大船 年

歸子善 送侯連甫 子房同飯 飯後與午橋 到瑞慶殿

廿二庚申晴

王鶴亭

廿三辛酉晴

祀竈

廿四壬戌晴

乞印典午拜字甫書共為金山防務韻桐夜飯 [illegible] 古寶元定 四角

怡情太太出殯擬明晨下校 子善來 三桂來 借二元收

二千日午文人妻子送翔之等 付怡情太太喜帳廿元 又付十元

岑侯夫人送層糕一盤 蹄子一對 水果一籃 [illegible] 廿

糖包 [illegible] 十 夏嘉申送豬腿 [illegible] 對 皮蛋 [illegible] 紅蘭 [illegible] 黃糖 [illegible] 一筐

信航力 八十 送岑侯子剃頭一元 南貨弍元 降 收還翼八角 共世 收貳元

蔣懿伯及其姪發來還四百五利卅八元 以其伴交之蔣阿桂帳收

除前付壹百十元 送灶香燭果等 [illegible] 餘 [illegible]

送對門蔡甲 四角 少園交到外匯卅五元 [illegible] 又來外匯十四元

付肉一元 收可桓銷記 一千 [illegible] 欠 [illegible] 交孫圍以一千 [illegible]

廿五乙亥十二月

廿七

十二月廿五癸亥陰

入歲稽存洋百卅五元六千三百廿九文 付怡積太和帳四十元

代朱炳借與漆匠五元 付南棧修理帳卅八元 飯後至蓮香泉

沐浴即歸 存洋百四十八元六角 二千四百卅五文 付大小饅頭六千八百

廿六甲子晴

書巢母舅函送茶盤壹個、鹽一包、蓮心一包、樊麵一筒 以饅頭壹籠

送士甫 以皮蛋、麵筋、饅頭送太夫人 昭慶、朝英送菜二碗 子善來

交到租息式千四百卅四元 又[illegible]文 付味記兩合先四百廿元 又十角 收一元

廿七乙丑陰雨

六伯翁三來 書巢母舅來留飯 以租洋一千[illegible]元交稽文歲[illegible]

百廿交九文 [illegible]存洋[illegible]元 [illegible]

廿八丙寅雨晚晴

晨往實積拜 本生祖[illegible] [illegible]

廿九丁卯雨

又六元 收六千[illegible]文 存洋[illegible]元 八千[illegible]文 曾祖妣汪太夫人忌辰供[illegible]

三十戊辰除

还東棧五元　燈油一百廿三文　挂壽容　兑式元收二千一百七十文

付洋〡〡元　本十二角　付羊〡十九文

差条〡　地方〡　收南棧九元三角　佃租房捐　收房租廿六元三角　一千〡

收胡式元　付景記飯菜十式元　付味記酒食八千六元　〡四文

付蘭來　付傅〡七元　東房帳　付〡記押歲元一　衢四　景二元　龍一元

助夏[illegible]十元　派勤賞薪〡　鄧〡　又一〡　桂〡

梅〡　李〡　乳〡　俞〡　隶〡　傅〡　下灶八〡根〡

叔班〡廿　又折年夜飯三〡　年糕元宝一元　作年　擺攬〡

瓜子八〡　胡桃肉八十八　添果盤〡九十六　洋燭〡　蠟燭〡

〡八十五　存洋四元五角　〡〡五文　內〡　灶燈　康桂鍾八十　存〡　六千〡

廿八

雞蛋球　十七個
菊花餅　六個
小蝙蝠　十八個
杏仁酥　三個
如意酥　五個

芳蝶

洋燭
燭　二〇四千九　　二百二元二角
水果　二〇六千　　二百又二塊
學　十千
胡　廿八
共　十〇九
海果盤　一九〇元
洋燭　一九十元
年糕　元宝　四號　花六對
燭十二對

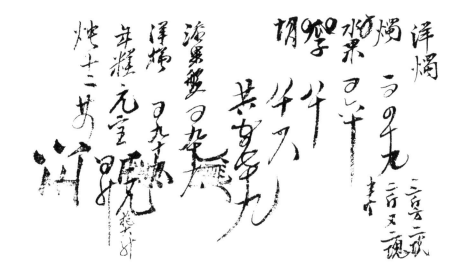

潘子嘉日記·丙午·丁未

（清）潘亨穀 撰

丙午 光緒三十二年 丁未

光緒三十二年丙午

元旦己巳晴

晨供蓮心圓子湯 午炊来 到午炊 壽觴歲、[illegible]堂上喜吉甫

翁三伯初来 錫客未見 飯後與午炊遊觀 至雲路閒暇

答叩歸 金火来叩喜 上年存洋五十四元五角九角 六千五百六十五文

初二庚午晴

晨供百合湯 拜客數十家 至士甫處與伯雷接三枚 禄况

鞋履絨帽飯 晤申蔔虞生 竹銘 綱、、 變音 秋帆 承豐 本生嚴慈

三伯三伯母 王芾卿夫人 榮侯 翁十二日晚歸 胡伯芳第二子拜節 錢五角

午炊壽下人封七名 甘一共四文 吴宅又三人 一百六

初三辛未晴

國忌

晨供扁豆湯 承祿承麐承剛来 少園師偕三桂 承清德卿

来 留鄭司務 詣杭畫卿来 飯後到雲路閒 與午炊

答訪王聽遇 遇二伯 雅乞 澄清 弟 苗香三萬昌 嘆花 與午炊先歸

三十二年 丙午正月

二

正月初四壬申晴

初五癸酉晴

初六甲戌晴

初七乙亥雨

初八丙子雪

三十二年丙午正月

晨供雞頭湯 至祥記對同子善結帳及店友盤查之畢以雅

聚興與蓋卿歸帳吃飯即分路而歸 三伯來

晨供蓮子湯 拜客數十家晤二姑母泊雲李瞻小松又受之至南

棧謁路頭與和村步園蓋卿沛如永清三桂德卿同飯後歸

晨到聚興與少園盤查即南棧盤查少園三桂同飯後歸[illegible]

要丁起 子 饅頭七寸 松管跟媽二冊存 洋五十四元五十四角 又四千五百四十五文

補付慈二元 謝記元 聚興式元 日用元 景記元 廿 收慈述根長元 十 南棧[illegible]

晨至北棧對同少園等盤查即與少園至東棧盤查飯後與

永清至桂芳啜茗晚歸 [illegible]

初七以前輪管封[illegible] 一千五百九十二文 少園來 和村來輪跟六元

初九丁丑晴雪

崙三子來轎錢五千
幹臣公忌上供飯後到東棧永清邀至孝義和晤小園沛如至雅聚
與梅孝若談 陶媽四千

初十戊寅晴

五世祖妣忌上供飯後到觀晤剛又偕至樓茗與梅岑偕至萃花
晚歸送午炊同錦慶時之女及其來拜節 十角 媽 卅二 雞蛋球 一千

十一己卯晴

傳士討留至四月廿五止 二月廿六日去

付傳除夕元三元 潘三元又支工元三 上供二百 對 畫元 存 洋一元四角 又 一千〇五十五文
收午炊還轎當封八角 飯後孫文叔來到東棧雅聚觀畫遊晤
午炊偕至雲路晤剛又季晤同啜茗 四小孫叔拜年 四角 四千

十二庚辰晴 立春

汪新宝又 二卅 做大金壽字 一千 午轎二 汪雲初 節九十
晨供圓子湯飯後到雅聚晤士甫玉屏伯雲宙生筱東

三十二年丙午正月 二

正月十三辛巳陰

十四壬午晴

十五癸未陰晴悛

十六甲申晴

三十二年丙午正月

侍梅陳子啓子即至祥記棧蓝卿等東棧少園冠清錫侯件

還與少園歸 少園印十六 全禮四百找錢小洋一元七千四 共錢廿 四千 八文

晨祝旭大壽即歸 少園來 味琴人書 班子四 先一元 夜一千四

昨春城貴園節行卅 夜供盆面油館

夏作卅 虞臣四廿 飯後到觀前東棧 桂芳與梅岑茗談即歸

晚君玉夫人邀飲與宋夢齡 錫九 伯芳 吳蘭生 鳳岩 范念萱 通紀

同飲 收麋五元 詩新塍 抵叅 知味樓 文行十二日已付去世

晨供元子蓮心湯 寄新塍味文巾礼元六 少園交到一千九百 入抵 舟燭 六七十

夜供盆面元宵 新塍行力廿 范蓉頭廿

十六日到東棧 雅園 梅岑 茗談 又至雲 起下

十七乙酉雪

十八丙戌晴陰

十九丁亥陰晚雪

廿戊子雪陰

廿一己丑陰雨

廿二庚寅雨

廿三辛卯陰雨

月上午宋竹緣 收李七元 陳弍元

存洋八元五角 錢大洋三千九文 付補上年送王虞雲鳴等 一元

收喜容花一元 收錢一千三百五文 破土物一斤

飯後到蓮香沐浴 即歸 少園來 收張子壽十二元 花一元 收錢一千

付十三、十五 盈面等十八 收喜容菜帳 卅六元 卅四 存洋六元五十角 錢二千 卅文 匠酒六十

晨祥記拜財與梅芬、子美、茂添 如祥 後鄉一席 仍

桂若晚歸 付傅 二元 付蓉 卅卜 灶 一元 九千 添菜八千 梓泉

收居祖四十六元 花弍角 存洋四十九元七十二角 錢一千三百卅一文

昨得少梅謝信 力 卅

门油一斤

三十二年丙午正月

三

正月廿四壬辰 雨風

廿五癸巳 雨雪

廿六甲午 雨 雨水

廿七乙未 雨

廿八丙申 雨陰

廿九丁酉 雨陰

二月初一戊戌 陰 夜雪

初二日己亥 雨

辛二年丙午正月

晨偕通娣帶久全至青石橋坐爰福大船至胥门約于姜卜

船開往橫塘店中 夜住店

未刻和林及張少鶴來 飯後即赴胥门店友照查卷

帳燈下結清 計得上年息一分有另 仍按五釐派 共記一角

寅刻拈牌拜財神 辰刻即開船 巳正三刻抵家 收舟資二千文

少園來交到外息廿五元 分・廿文 付送人簡帳三元 又三元 存洋八十二元七十五角 錢三千四十三文

兑一元收一千四百文 午樹交到房租十八元 付傅弌元 共記十弌元

外祖生設祭 燭八 收胡十弌元 蔭二元 日用干元 衢記卅二元 上供

用一千四百文 昔用八百四十文 存洋五十二元七十五角 錢二千七百四文

少園來交到譜記店息四廿八元 分四千文 松春借三元 四百六十文 收森裕祥廿四元 作松育棧稍 南棧

初三庚子雨

初四辛丑雨

初五壬寅，陰晴

初六癸卯晴

齋工計付至四月十六日止，後又十文

初七甲辰陰

初八乙巳晴

初九丙午晴

廿弍元以日本元入可松社，兑七十角，七千收一元

韓船帳一千五元　午刻來坐談片刻　濮院夏信卅

沛如、三桂、永清、德卿來交帳

孫文泉來收房租四元三角，二千二百文　大有六元弍角（次扣上來春稍）　許子方三元

周壽甫來　飯後慈親往新塍，帶梅先去，由新來船接班子，畢

蔣支工弍元　景記廿元　孫文泉來

孫文泉來　匠酒十六　喬司空巷口張子壽翻陽溝三百四十

飯後至東棧訪梅岑，晤子善，在桂林吃茶，沈萱同、孟卿又至雪深

與竹坪茗談，晚歸　匠酒十六　傳借四元

晨到松鶴喫麵即歸　飯後訪季曉不值，至祥記東棧，精芳晤梅

三十二年丙午二月　四

初十丁未晴

十一戊申晴 落沙

十二己酉晴 陰
阿金夜去計來十天

十三庚戌晴
阿金歸去

十

十四辛亥晴

卅二年丙午十二月

岑及其弟埔綬之到雲路帳午飯 並芬館歸 匠酒四十

晨訪季勝談 至出拙大壽 坐片刻 到通渠吃飯 次至聽訓與詩

同到雲路茗談 帳午飯館歸 廿衣送力 子 收康 五元 付傳 二元 下午畢

晨到盡竈日以達子管房契寄都交郵費 汪麗文 二角 找存廿 訪申蜀 至程記東棧飯

帳頭蕭卿過梅老桂芳茗談 小印歸 飲少梅代 請少梅作胡送餞 四廿

飯後到桂芳語梅谷 憶萱芙俊卿 晚歸 過吉甫 存洋三元六十二角 存小錢一千一百四十文 小錢

阿金借 三 存 洋五十八元六十二角 存小錢一千一百千四文 燭料 三桂來 飯後與三桂別

桂芳語梅谷子善同茗談 伯華交到汪範卿去年下半年租 廿 入可租 廿

收南棧房金 廿元 和拜來 以紅老六十贈之 晚書寄母蜀 送蒲蘭一

包力 十 以十枚送年灶 飯後到濟陽北棧雲路帳剛亭即歸

十五壬子陰晴

十六癸丑雨

十七甲寅陰晴

十八乙卯晴

十九丙辰晴

二十丁巳晴

燭八寄季生徐座分弍元 尭十角 收一元 午十文

本生已來 阿貴開井完工 樹一斤 廿八

程益卿來 飯後至乾源 據益卿同至觀西及東大來棧 訪路桂芳茲君

約蘭泉筱卿等即歸 晚六点鐘至北棧 坐片刻即至西白塔子巷寶業

字蒙叢書羅振樹鄭印到 據敘翁八点半歸 收李四元 陳二元 松翁十四角 佩文二元 十四角

子善來 友鵬送紅蛋 力十四 新腰行物二次 午十六 尭十角 收一元 二千

桂堂來 我付綠蘿 謹二元 培安 弍元 附二百千 以明日期票二千四十八 交午□

少園來 申刻 祥記據益卿梅玄同至桂芳又赴午□ 約雷□坐片刻

卯至北棧 寶業公堂内圖書館 夜與午□偕歸 付傅弍元 二百千 又服□□ 九千八

收房租 十六千六百元十一角 六千五文 存□ 一千□五千七元□ 洋□四十八元 五十三角

二月廿戊午晴

廿二己未晴

廿三庚申陰晴 附寄晚翠計壽十天計荷

廿四辛酉晴 寄十二月 廿二日 外又三元 [illegible]

廿五壬戌晴

廿六癸亥 陰雷雨 晴雨

廿七甲子 雨 春分

卅二年丙午二月

收張子壽十一元

孟卿來交到出售米四十石價一千六百十五元 午刻 慈親同家雅梅表弟送來斬

早時門由可飯後與稚梅至雅原聽陸鋒退至東棧晚歸夜稍

梅去 酉刻 至寶 [illegible] 圖 戌刻歸

少園來交到滙票紋七百八兩 入合申以洋一千八百元 入可柏 阿 [illegible] 元

接夏壽庭信及稚梅信

二伯來 至通和 [illegible] 晚至研究夜歸

收吳祖 廿三元 [illegible] 燭一百〇三 至 [illegible] 與 [illegible] 即 [illegible]

晚歸 存洋 入九元四角 五百八十九文 至新勝船 七元

陶送喜糕二卅 范厨來 一元 一千〇七十五文 入 [illegible] 八十

廿八乙丑晴　祭專祠　祀大禹廟

廿九丙寅陰　雨

三十丁卯陰

三月初一戊辰陰

初二己巳陰

初三庚午陰

卅二年丙午十二、三月

晨偕通ㄨ步至嚴衙前專祠舉行春祭ㄨ畢飲而歸種

痘醫徐子敬來為龍官種苗轎ㄨ一百十八　住湖杏里巷門牌八號

少園來交到外息卅五元　存洋一百六元四角　又廿九文　存錢二千〇十一文　新膳付力廿

付阿根租拔价茶四十元　錫箔一箱廿一元又分一角　六角　貴廿元　十付交到

三月八房租十八元　收房租十五元三角　一千九百文　付傅連生修餘　九百五十文　星記十二元

燭十　總二元　日用　元　平衡記　元　繼記　元　存洋卅二元四角　錢二千九百五十文　收胡十二元

少園來交錢上年官利三分之一　合四千　洋廿八元　以洋　洋　元入可根　子善來

交到鐵路買去時零田价星記三元　洋〇二元一角　錢　千二文　付記　廿元　以洋

洋五十元入可根　存洋四十四元五十角　存錢三千六百廿五文　言樂賢送糕十

少園偕利總　三桂永清來以支可根二千四文　少園季眉來即去

六

三月初四辛未陰雨
萬安展墓
初五壬申陰
初六癸酉晴
初七甲戌晴 奔莊
祠堂過節
初八乙亥晴

廿二年丙申三月

卯刻至大儒巷坐韓船 午刻抵萬安祭掃 祭畢雨 申刻過怡昌訪書巢

函甥談片刻 酉刻抵家 班子 八十 韓愛福大船 一元 又小船舟丁 一元 衛飯拳 卅

森昌祥邀喫夜飯 辭之

徐子敬來 轎子 丁 收糜 五元 加捐二元 又不 初 伙又二元 一角四分 上供九 上坟祭菜盤等 五元

詩夕梅信 存洋 四千二元五角 又 卅一文

子頌來 新勝信力 元一元 收一千〇九十文 景記廿元

晨至縣橋 松麟 舉行春祭 後祠引贊正祠分獻 胙儀祭 除果

即歸 徐子敬之弟子彬來 轎子 丁 六點鐘至寶業研究圖畫

八點鐘歸 過節 一元

伙全支工 四元 孫文泉來 到午州處

初九丙子晴

癸金晨去

初十丁丑晴

十一戊寅晴

十二己卯陰雨

十三庚辰晴清明

十四辛巳陰雨

和卿來青泉世兄來留飯咏梅來晚至雲路晤午

卿偕玉麐賀葉小峯叩圖書道八點鐘歸

徐子敬來輪子付傳涂松十八

雜佳一角 司卅五 晨到萬頭到聽訓視六伯疾飯後至崙之處晤並就

嘉棧既到敏慎晤和卿作卿同之賀業夜歸崙之來不值

徐子敬來輪子

十卿送菊花六盆乳腐四瓶辛至聽訓晤十卿子義等留飯後

至通裕舟老松到桂芳東棧晤梅春陪少山生片刻偕老松至雲路

赴午卿約

少園三椿來送孫聘雲賻式元以薛春塘來存洋壽元四十八角廿五日廿五文入

十五壬午 陰 夜風

十六癸未 晴

十七甲申 晴

十八乙酉 晴

十九丙戌 晴

二十丁亥 陰

廿一戊子 陰 雨

花宋計付至四月十二日止後晝

廿二己丑 晴

廿二年丙午三月

燭十 十卅來到午刻徐子敦來轎去守見一夜一千文

晚往裕錢實業教習宋來出歸收陳瑞祥弍元備八分

飯後至東棧祥記偕椿岑益卿承清訪嶰懷卿與椎岑至桂芳

邀老松老軒老先與老松中原要小飯晚歸 送徐子敦藤敬元

致夢梅信到通藝述子頌松同到小集靄安擷卿子英留飯後處樓開

與姚稚杖擷卿子英開文子庠子嘏同席飯後至書華達園吃茶既為

剛大處擷仁修步歸 彭錦濤夫人壽 八 子廿

少園子頌來付花厨二元 我還可 收房租五十三元十八角 五十七文

我付何桂松和永被裙價廿元 有寒疾

子頌來未見 存洋四十元洋十八角 九日七十九文

廿三庚寅晴

廿四辛卯晴

廿五壬辰晴 譚溪茶店

廿六癸巳陰

廿七甲午晴 冷 夜雨

廿八乙未 冷晴 夜雨 毅雨

廿九丙申陰

三十丁酉晴

病癢 付大來赤兄門面洋 新勝信物廿 八 [illegible]十

鈞伯各莊 少園交到南棧十九元二角 二十二文 森昌祥廿五元

陸秩之弟付一元 譚溪莊葵羹紅痧弟往 詠梅赫祖來

濮院司梅丹男送壽糕力廿 船子廿四 兄一元 收旦一千四

訪升升 升贈饅一香燭四 存付一千二百〇八文 升八十三元六角九角 收張子壽作五元

剃頭 新勝信力廿四

少園三桂來交到外息廿五元 今廿七文 又來外息廿一元 又森昌祥九元

答 回運昌祥丸丈不值 至升之表升 說壽與午姊等同飯 觀劇 晚先歸 [illegible]

收升升十八元 飯後到東棧祥記 訪梅太 儲星棧芳 晚到北棧的

詠梅談調 賣葉圓 夜歸 收房租十六元 二千四十二文 貳角 付花邊 一元 二千四

卅二年丙午三月

八

四月初一戊戌晴

初二己亥雨

初三庚子陰

初四辛丑陰

初五壬寅晴

初六癸卯晴

以全脫米計每一天計付下月至
八月初四日止後又去

廿二年丙午四月

燭十 季勝來 存洋百八十二元九十角 又一千四百廿二文 付景記飯菜十二元 收胡古十二元

付藍二元 二日用十元 衡記卅二元 存洋百四十二元九十一角 又一千四百廿二文 貼換錫爐鍋一元

少園來交到本年官利二百三十元 計廿八元 吳君夫人借洋一元 以洋七角

收少谷廿二元 存洋九十二元八十八角 又二千〇卅二文 陸瑞伯來 咏梅來

謝太夫人忌上供 少園三桂師如承傳德卿來看曉 三點鐘備道

往閶門大儒巷下船 晚抵橫塘門口 與少園少蘭同飯 夜宿舟中

晨開船 辰刻到木瀆 飲若霖處 到飯後與適從同舟人孫匠步至

靈巖山 探西施洞諸勝 即步至鎮上下舟 夜宿舟中

晨船仍開至坟上看打夯 飯後與適從乘山轎 同金蘆福游天平

無隱詩諸勝 遊餘登中白雲 晚到鎮 吳船 夜泊宿舟中

初七甲辰晴雨

初八乙巳雨

初九丙午陰

初十丁未晴

十一戊申晴

十二己酉陰

十三庚戌陰雨 立夏

喬行椿午後在船中，悶甚無聊也。夜仍宿舟中

夜雨，舍夜仍宿舟中。補付往常添士昌的

黎明開船，巳刻抵家。潘若孫送壽糕、果四樣。廿 存洋九十六元八角六角 存錢一千四百八十六文

貽換茶壺、錫爐，除舊錫外找洋半付范寸式元 [illegible] 四角 呈京記廿元

少園來。飯後與子琳訪仲深，坐片刻，偕至剛丈處，和琳亦到

與同遊獅子林、拙政園，喫湯麵、餃，飽，耕東晚各分路，與子琳

同歸。補初四上供賭。友鶴子剃頭，分式元

晚至寶業圖書教習未到，即歸。竟一元，收錢一千〇九十五文

妻丁送荳可 鹹蛋廿子 奩 叔梅來。壽申送補鷄簪力十八

媽折壓歲 四 學 紹伯四十 存洋十七元八角七角 存錢五百五十五文

卅二年丙午四月

九

四月十四辛亥晴

十五壬子晴

十六癸丑晴

十七甲寅晴

十八乙卯晴

十九丙辰雨

二十丁巳晴

廿年丙子四月

晨到三官堂拜付硯兄四十誕壽份 晚到寶業 明日同唐遠昭歸

燭十 蒼園來交到匯票紋平子二千五百両入百擋 平望信和安濮院

信物山八 收李治榮十四元 陳瑞祥三元 晚到寶業談

四日未來即歸 存洋八十四元八十六角 錢三千九十二文

飯後至乾興東棧三萬昌與奔垿到皖山劉墅坐片刻即歸

蒼園來 贊敏農來 飯後到聽訓 縣子善 洪如到東棧祥記

縣永清 益卿過 荣香梅 炎院歸 收張子壽十二元

蒼園來 飯後與年妹談 [illegible] 元 兩元 收二千二百

曾祖考忌上供 收先祖□□六元八角 友鵬來付□元 □□□

又入帳十一千十文 上供九日 存洋□□元九十四角 錢一千二百九十七文 楊樹森借照三

廿一戊午陰

廿二己未晴陰

廿三庚申晴陰

廿四辛酉雨陰

廿五壬戌雨陰晴

廿六癸亥雨陰晴

廿七甲子陰

廿八乙丑雨

廿九丙寅雨

蔣工計付至閏四月十六日止 詳後

閏四月初一丁卯晴

晨答費敏農，晤其子孟良，福熙即歸

少園三桂來，飯後至東棧 三萬昌與午村談茗 至東棧晤少園梅岑

少園來，以卅元入可樹門由可 勝 七十二

季臚來，存洋卅元九五角 存洋 各七十九文 至東棧晤子善、梅岑、少元、琴芳談茗

少園三桂來

少園來，交到外息卅五元 又 否十七文

付蔣工一元 少園來，收靡五元 松梅貳元角下 净欠三元西角分 許子方三元 無九元

付景記飯菜十二元 付記連廚三元 [illegible] 七十七文 胡 [illegible] 元

季臚來，晨三萬昌，遇益卿同至察院場源昌泰看屋，即至東

棧晤少園、琢齋，與益卿訪梅岑、慶祥記吸麵，午後與梅岑憶叢

卅二年丙午閏四月

十

計開

天青綿披風　出手壹尺六寸八分　長弍尺六寸　腰身六寸　袖口大四寸八分

天青夹披風　長弍尺四寸六分　出手一尺六寸八分　腰身五寸八分　袖口大四寸八分

天青單朝披　長弍尺四寸六分　出手一尺六寸八分　腰身五寸八分　袖口大四寸八分

天青紗披風　長弍尺四寸四分　出手一尺六寸八分　腰身五寸八分　袖口大四寸八分

白蜜色花緞綿襖　長弍尺五寸弍分　出手一尺六寸六分

湖色綈紗綿襖　腰身五寸六分　袖口大四寸　尺寸照蜜色

緋色花緞夹襖　長弍尺五寸弍分　出手一尺六寸四分　腰身五寸四分　袖口大四寸

湖色春紗袷袄　尺寸照緋色

雪湖花緞单衫　長弍尺三寸八分　腰身五寸二分　出手一尺六寸三分　袖口大三寸八分

湖色熟羅单衫　尺寸照雪湖单衫

大紅時底紗裙　長弍尺四寸　過腰三尺二寸

品藍花緞夹褲　長二尺六寸　脚管大五寸八分　腰二尺八寸

領圈綿单夹壹尺零六分

品紅縐紗小綿襖

長二尺四寸

腰身五寸二分

出手一尺七寸二分

袖口大弍寸八分

品紅縐紗綿褲

長二尺六寸

脚管五寸八分

過腰三尺

大紅繡花裙

長弍尺四寸

過腰三尺二寸

照時式樣做

年	年	年

歲可棧租冊

字第 號 佃住

佃 戶	免米
邑 都 圖 字圩 甲 催	
田 畝 分 釐 毫 坵 坵	
減實米 石 斗 升 合	
力米 斗 升 合	

年	年

閏四月初二戊辰

初三己巳晴　阿金晨去

初四庚午雨陰

初五辛未晴

初六壬申晴

初七癸酉晴

卅二年丙午閏四月

蘭泉在雅聚縠孫邀，晚歸。收房租洋十一元十三角，又六千四百廿八文。燭十

晨到圓通菴拜李少梅安靈，飯後遊其個師園，即歸。補付

蕊元二月十元，衛記卅弍元。存洋二千六元〇五角，三千七百六十九文

李曉峯來，貼其親媽壽金二元

蘭孫以三桂永清德卿來，收南棧廿弍元

飯後至祥記棧，與梅岑、圳雅亭小敘，茶後晤子美，柬單生聯曉詩，方晚歸

桂堂來，晃記廿元，漆匠修柱洋一元，洋油廿。晚到實業學堂

習圃畫，夜歸。濟少梅作力廿五，匠酒廿

詠梅、姆祖來。飯後訪梅岑、卓孟卿，至其家，坐片刻，即至李

曉霞談，遂往雅聚與梅岑、聯兄小敘，茶後去南濠達歸

初八甲戌晴 三桂來午後至東棧晤梅岑同至雅聚啜茗晤子善老甫與壽衡到萬金小酌晚歸

初九乙亥晴 裁縫袁來 咏梅來 九天來 收咏似還款洋二百元

初十丙子晴 三桂來 胡伯芳來 以九還二百元入可楨收麋三百元仍去角分付范二百元二百元

十一丁丑晴 晨到費敬農處為其三子作代助與眾稽夫領船至山宅李及鄒家午刻仍領同盤至費處與稽夫敬農仲深孟良同飯、後仍歸步至雅聚晤梅岑壽衡至季樵處仍同至雅聚與梅岑話別熙甫來生極兄季樵啜茗晚歸

十二戊寅晴陰 步園來 兌十角七十 收一元 存洋九元九十又角 二十八文 五十五文入

十三己卯陰雨 咏楳林祖來

閏四月十四庚辰陰小雨
十五辛巳晴收大雷雨
十六壬午雨晚陰
十七癸未陰 收×支
蒔生計付至五月十七日止
十八甲申晴
十九乙酉雨
二十丙戌晴

廿二年丙午閏四月

友鵬來未見
飯後至東棧吃甚汁 至稚泉晤梅岑子美同啜茗晤仲
歸 當晚歸 燭十
子美送詞稿傳執即託午橋函送至農務局鄭曾樸處 稟紙 廿
門蒔支工一元 收李 三元五角 隸一元三角 五十二文 匠 酒 廿
晨至聽刊到天官坊弔蔡老人 與吏攜盞許鑑齋壽同後之段
通始生片刻即歸 聽 收侍壽 五元五角 阿貴砌灶點心
手燭支 燭十 匠人喜日 又麵廿 飯後至東棧稚
晤梅岑三萬 三村 洋 錢 平望信 廿 廿
晨到松鶴吃麵往聽訓晤子義晤松善夫即歸途遇子善 飯後

廿一丁亥晴

廿二戊子雨

廿三己丑雨

廿四庚寅雨陰

廿五辛卯風晴陰

卅二年丙午閏四月

到雅聚晴梅岑聯兄士甫至三鳳昌晴 三桂 往鄉 吳錦卿 見行

訪和軒談良久 交畫圖壽 夜歸 友鶴夫人來 轎飯卅文

又去十六文 又銀六角式 落鏝四千文 兄廿角 文半 收式三元 付元三元 四十

廿園來 孫 文甫來收房租 卅一元四角九角 兄十角 廿十收一元 九十二三人

藹士村祖及蘇州本家來求存米業 帮 吳衡堂 四元 洋四元 廿八角 千文

妙園來 饅頭七十 榜子四千 門油 兄元 收五千四百五文 新膝

信方 安 存洋四三元 廿角 七十三 又十二天

晨到太官坊賀小松文剃頭與子牧寬如倪甘亭同飯後歸

祀一元 班 四千

飯後到雅聚晴梅岑聯兄士甫至三鳳昌晴 如園 沛如 永清 德卿

十二

謝

奉祀孫潘亨穀曾孫承典
承厚拜

謝

奉祀孫潘亨穀曾孫承典
承厚拜

閏四月廿六壬辰陰　廿七癸巳晴

廿八甲午晴陰

廿九乙未晴

三十丙申晴

五月初一丁酉雨陰夏至

初二戊戌雨

廿二年丙午閏四月

雨後歸　胡伯芳來

宋伯華來　飯後與梅含伯華往雅聚啜茗　午炘亦至　晚歸

與午炘同歸　收九思分子午　午炘母送物力二角

少蘭來言，到外屋卅五元　言已收九十五文　南棧廿弍元　以紋九兩六錢八分扣

友卿夫人答盤力四角　慶送甲魚扁尖力一角　存洋九元又廿一角

書巢母舅來，贈銅匣只、補藥路送物力二角

收午炘租十八元　收房租四元二角　付洗弍元　又付　又買帳一元　又找送酒十二元

燭十　收胡十二元　慈費元　用十元　衢記元　卅弍　存洋卅四元又廿一角

晨到照慶拜文勤太夫人　午後與午炘考棚仲韓季樵伯康往松泉啜茗

張姨　夏叩歸　友卿夫人答盤力一角　午炘送節盤粽六、鰣魚一尾、天碗

初三己亥雨

初四庚子晴

初五辛丑陰雨

共筆寫、什四文

初六壬寅陰晴

益卿來交到賓利七十五元 步園三桂節如承清德卿來三桂交到 出信已

架十五根 格一付 價洋各卅元 以一百元入可楣 付阿貴帳八十二元 華阿水帳

代彝十七元 多餘二角 付還東椒五元 找還洋卅二文 存洋卅六元各廿角 外一千三百四十文

付還祥記帳八元 找還各二千 協泰昌菜帳四元 花四元收足四千四百文 陸嬌起二七十

派節賞 蔣各四千 双各二千 桂各二千 梅各一千 金各二千 陳各二千 來各二千

俞各二千 根四千 花各一千 觽夫各廿 差条六千 地方各一千 午炊書音嬌 五人各二 各三千

吳宅媽六角 周各四千 季好婦前四月 午炊還滿帳十七元 范廚以金鑪

一付押洋六元 已還 存洋卅二元各廿角 外三千各五十八文 胡媽 廿二元 八十五 十角 收一元

初四送午炊新菜肉一各 及豐蛋 收二忌 還各帳九元 找出各九十三文 景記廿元

得平望穆梅信 以酒二瓶 月餅 雇王原航 補收許子方一元 五角 糜式元 仍二元六二千

卅二年丙午五月

十三

五月初七癸卯晴 雷雨
初八甲辰陰晴雷
初九乙巳晴
初十丙午晴
十一丁未晴
十二戊申晴 雨
十三己酉陰 忽晴忽雨
十四庚戌雨雷電
十五辛亥雨雷
十六壬子晴

卅二年丙午五月

少園來 三桂來
宋伯華來 飯後至雅聚與甬之叔姪茗 晤梅岑 子姜 伯華
壽甬姪 與甬姪同歸
飯後偕壽姪到閶門 候山西劉□□ 茶談 三点鐘到三節 易情水陸剛丈
通姪挽與午峰 甬通姪偕歸 酉刻往寶業公所堂會閱戲一晝夜
歸 付花二元 戈元 存洋一千八百四十八文 藏元四十五角
臥室搬至前房中 少園來 始沐浴
晨至敏慎 弔樹坡夫人 晤叔和 叔剛丈 即歸
少園來 剃頭
燭十 炭簍四角 十六 叉力 十 收李紹榮七元

十七癸丑晴 雨陣

十八甲寅晴

十九乙卯晴 夜雨

二十丙辰雨

廿一丁巳陰 晚晴

廿二戊午晴

廿三己未晴

廿四庚申晴 初伏

阿金來 計去五十一天 計工洋至

丁未四月廿六日止 揚州 後又去

最出通懇偕次女聽評書君拉北大 [illegible] 偕拜蒂

新生仲華 遍姑歸

先收陸壽 六元

領後外東橋雅[illegible] 以歸 攜布 五角 卅

俚布二匹 一元 我近日 付范式元 抵近日 又附借子碗 三只 卅

餘存來 收蘇祥 廿六元 存洋五十九元 又一千五百廿文

上供 范師母 男送 樵李 十八 送干炸和炸各十六只 二菜

收房租 四十元 十八角 四十六元 [illegible]菜 燭十

門由子 方少園來 蔬廚借 式元

高祖妣生及 [illegible] 陸 二人生 上供四位 [illegible]

廿二年丙午五月

十四

五月廿五辛酉雨
五月廿六壬戌晴
廿七癸亥晴晚雨
廿八甲子晴
廿九乙丑晴
六月初一丙寅晴
初二丁卯晴

廿二年丙午五六月
子善來 子常來 支前欠五百五十元 付君玉夫人借六百元 劉珏璘五十
付何桂仙 存洋三元 又錢□百文
芷蘭來交利以息卅五元 又錢卅六文 南棧房租十二元
收午節十八元 修錫酒壺茶瓶一元 收房租十二元廿四角 一千七百
付景記式元 付花粉前欠連節賬一元 找還卅六 存洋六元 又錢四十八角 錢廿三文
剃頭書僮來留飯 收胡租式元 阿苞還六元 療藥四百
絲棉五元 付蕊式元 日用十元 吉嘉記卅二元 存洋卅八元 又四十八角 二千三百八十三文
晴燭十 晨至張慶林午姊處 南人與二伯 午後崙三 同飯
飯後與二伯崙三疇兒諸姊 酉刻歸 仰與崙三 諸 晚歸
少片刻與諸人 雅等偕過姬婦 和村送荔枝十四

隆慶

初三戊辰晴

初四己巳晴 陪金去 計付至五月十七日止

初五庚午晴

初六辛未晴

初七壬申晴

初八癸酉陰雨

初九甲戌晴 蔣工計付至五月十七日止 已支[illegible]

初十乙亥晴 雨雷

收吳祖廿六元 每千文 收至九月廿七日止 存簿已出[illegible]元 四角八分 二千[illegible]十二文

炯蒼送筆五色 力牟 蘭生帶來先士角 收一元 送吳衡[illegible]元二

黃太夫人忌辰 陪金晨去 支工元 轉票五

晨偕午琴至花橋 賀志[illegible]歸 與剛文禄孫 吉甫 和琴 季[illegible] 同飯

琴偕媛帝斤三[illegible]人 偕午琴 四琴 剛文 星稚[illegible] 植[illegible]

咏梅叩 與午琴同歸 四琴往仁里孝[illegible]路

付景記元 廿四琴來

陸瑞伯來 劉門張[illegible]九十

門蔣支工弍元 崙三來辭行 存[illegible]四十元 [illegible]廿文角 二千[illegible]八文

至宋仙舟 送崙三行 答戴星階 [illegible]通[illegible]及[illegible]訓[illegible]

廿二年丙午六月

十五

六月十一丙子晴雨陣
十二丁丑雨
十三戊寅雨
十四己卯雨晴雨陣
十五庚辰雨
十六辛巳晴陰
阿金拜夜來 討去十天 計符
至丁未五月廿七日止 又支
十七壬午晴
十八癸未晴

廿二年丙午六月
修曉峰 付范貳元〇四百四十文 付和豐供菜 廿 存洋卅八元〇卅六角 又錢一千三百七十八文
三桂來 梅來 收張子壽英洋五元
錫箔貳元 新腐竹方 廿
先考生辰上供菜惜 一千四百 九千七文 存洋四十三元〇卅四角 又錢一千五百七十文
燭十 少園來
支可楣〇三元 付叢務局（交瞻洲）領來遠橋地價廿六元 又董信費卅元 局費先借卅元
佩梅 少園來 收李治樑七元 糜三元廿角 錢元〇廿文 陳貳元
晨到東棧 與詠清到三萬昌 晤浩如 子嘉 聆 蔡甫 落談 斥到 歸
少園來 覓十角 收元 覓一元 收錢一千九百五十文 存洋五十三元〇四十四角 又錢一千三百四十五文
收張子壽十一元

十九甲申晴立秋

二十乙酉晴

廿一丙戌晴

廿二丁亥晴

廿三戊子晴

廿四己丑晴　秋熱

錢立齋之燭五酒十　兑英洋弍角　收弍元

少園來　子坪帶茀嘉帥攜君來收房租六十三元廿角　又七十文　付范達

另帳弍元　又廿文　票紙廿　生地八角　洋四仟　嘉蘭翁君菡樹對照京風[illegible]

季卿來　立款於子坪出茀船廿　到王子四千　曲房孫[illegible]伯煙[illegible]　廿

菡卿來　巳刻得一女　飯後與子坪仲茀嘉帥携香圃至雪[illegible]晚

飯後[illegible]大雨三茀[illegible]晚歸[illegible]子坪茀嘉帥[illegible]

子坪世茀等在[illegible]飯[illegible]弍元[illegible]十[illegible]元[illegible]廿二

晨與子坪出茀至三茀[illegible]上嘉帥[illegible]

平望信力女　數辭梅信　兑弍元收弍千二百六文　秋暑甚

[illegible]孫澤又洋弍元又世角　弍年[illegible]文

卅二年丙午六月

十六

六月廿五庚寅晴熱
雙全早晨去
阿金工計算至丁未十月廿五日止 給洋...
廿六辛卯晴熱
納...嘉去
廿七壬辰晴雨
雙全晚來 計去三天不計
廿八癸巳晴
廿九甲午晴

丗一年滿十六月

吉甫送椒子嗆油將...力五斤 八ㄟ槽魚四塊 蒼ㄟ 子坪出蜀米 ...飯
食一千〇百斤 又蓋盆六十 又蘋果三角 十三 又糖果小点 五十 又燒酒 八角
送吉甫酒二瓶 餅乾二瓶 毛巾二方 肥皂二塊 送子坪易鹿茸四匣 蘋果
一籃 雅ㄟ 一千〇百廿二元 〇百廿五角 阿金支二元 五
晨川平糶局卯歸 送張鼎...十九
胡仲英出剃頭 邀飲午膳 爵之 ...扇一柄 胡送面糕一匣 卅
稚梅信來取米呈 匯酒廿 百花...十四
少園來交到外息 卅五元 ... 廿八元 南棧十八元九角 五十三文
孫文泉來 桂堂來修 ... 張... 十四 匯酒廿
少園二稚來 ...

三十乙未陰雨

七月初一丙申晴

阿金晚來計去六天不計

初二丁酉晴晚雨

初三戊戌晴晚雨

双金病了

路過達樓賞花，回閘雨過紅埠歸。匠酒廿 龍官推籬等

昨夜賊來，東路一段拿角來 徐介卿 匠酒廿 付景記飯十弍元 收薛社出租大八元

收房租六元十五角 七十文 付花二元 三角半 又另張一元 當罩文 存洋百○九元、百四十九角 一千六百廿五文

燭十 藍二元 一角 十元 衛記 卅弍元 存洋百卅二元四角 又一千六百十五文 汝租社

剛丈來與世和社 大社 剛丈到蠶照梅夯子 善角 晚比雨

午社 歸，匠酒廿 爾笙用 四 卅三文 補前穆安等 刻春班牙 一角

二伯來收胡租十弍元 收許方六元 大角 九十 五元八角 廖五元

匠酒廿 存洋百卅九元三角 又一千○卅二文 平望信力廿 以洋百五十元入歲摺

蘭陳汝璞三檯德卿來 飯後遊安園 至三萬昌，晚午社賦茶

至雅照，極熱。去南伯華與適遊 匠酒廿

卅二年丙午六七月

十七

七月初四己亥 陰雨陣

初五庚子晴

初六辛丑晴

初七壬寅晴

初八癸卯晴

初九甲辰晴

初十乙巳雨 晴雨

廿二年丙午七月

九点半鐘至新閘 坐轎船 午刻抵橫店 遇雨 過閘 船未泊

抵瀆川坟口店 宿舟中 匠酒十四 桂堂送麪四角 油二角 修樹分

舟移至鎮 在萬仙茶 叩下船 午初開 申初抵家 匠酒八十

給阿寶式元 景記廿元 匠酒半 百合十斤 二百四十 洋半元

萬芳行 見式元 收去式千四百八十文 存洋十七元 四月九 去一千又廿八文

濮院行力 一千 匠酒廿 王詠梅去

咏梅妹祖大園來轉崇入

祖妣生辰 上供 預送吉甫壽分式元 飯後到雅聚與通經

蒸若即至桂芳晴 梅岑伯華 嚴夫晚歸

大園來 晨到通 想祝吉甫壽 掛山樓人 至瞿到樓 宿澄清

十一丙午陰雨

十二丁未晴

十三戊申陰

十四己酉陰雨

十五庚戌晴涼

十六辛亥晴

續續歸班，因假日午，少園來。匠酒四十，沐浴。

付范三元，找還十。上供九千。范式元收去二千一百八十八文。

飯後到東棧及祥記，晤少園、益卿，至照業公所，晤琛卿，上衛葉英。

訪李聘卿，至桂芳處，與梅岑、少園談甚，晚歸。

飯後宋伯華來，同午時同出，至梅巷劉氏看屋，與伯華訪桂芳。

晚飯後梅岑至觀宇巷，蕉影、惠芳談甚，晚歸。楊成衣來。

祠堂過節。九叔、少園來。收廉壹元。

飯後到桂芳，與梅岑甚談，晚歸。燭十。

晨至宋棧聽雨，飯後申刻看雨，至桂芳談，瓣香嚴來。

梅岑晚歸。收李壹元，張甲耀一元，陳五千，吳式角五千。

卅一年丙午七月

十八

七月十七日壬子晴陰

十八癸丑雨陰 蔣工計付至八月十六日止 伙食

十九甲寅晴

二十乙卯雨

廿一丙辰雨

廿二丁巳雨

廿三戊午陰雨

廿四己未晴

廿五庚申晴

卅二年丙午七月

存洋十九元四百廿一角 錢辛合計文 君之視前宮歸 先共[illegible]角 收弍元

長安剃頭 門蔣支工一元 剃頭費十元 題茶弍元

范厨借弍元 飯後觀前東棧與梅卿在桂芳啜茗

小園來付范錢五千 又送節帳壹元 一千文 存洋五元四百廿九角 存錢一千者 又千五文

龍官推鬣壹元 五千六 新滕信力廿 先九十角 收一元

飯後李生來門 伯可收房租 五十九元廿角

小園三桂來交到南棧廿弍元 飯後偕園遊至北棧與小園三

桂卿德卿 至森記木行 看板在齊門外 啜茗晚歸 齊門外小匯

飯後至觀前買布 佃[illegible]定 又錢三十[illegible] 洋布等 五十三元 過陸瑞伯同至桂芳啜茗談

小往聽訓堂片刻 又至桂芳偕梅卿聯先晚歸

廿六辛酉 晴

廿七壬戌 晴

廿八癸亥 陰

廿九甲子 陰

八月

初一乙丑 晴

初二丙寅 晴

偕叔平、桂芳訪梅卯來聰訓夜宿于芳橋上

晨由聰訓偕子蕃到吳興甲考生員出洛唐刻出題之為

春以衛撰及今所存異之說之合論 夏日校殿內考用四庫署列二代其之義 本刻文卷與子義以

聰訓坐后刻歸 補收麻糯稻 廿七元 以前存以備用

大園來交到外塩卅五元 又二十三文 新勝行力廿 備三送 二

收年灯十八元 存洋百卅三元百卅角 付日京記做菜十三元

收三塩租廿一元廿角又付范式元六十 存洋 三千九百文

慈元 用十元 衛記卅式元 收胡十式元 存洋百廿八元 又三千三百九十四文

前吳徽堂告幫式元 晨到馬小巖處求診 撫宗爛喉

風四歸 大園來 收蔣子方三元 燭十

卅一年丙午七八月

十九

卅二年丙午八月

八月初三丁卯晴　晨至馬小巖處後至桃花塢施喉科壽卿處就診即歸
慶林來　孫三來未見

初四戊辰晴　晨到施綬卿處就診即歸

初五己巳雨陰　晨到施綬卿處就診即歸　新塍姨母二表妹五表弟來接

初六庚午陰　以合夜來計共卅三天付至九月初六日止　藤雅的　存洋一廿九元另零六角　兌廿角收弍元　二千六百五十文

初七辛未晴　益卿來　芝蘭沛如詠清溎卿來　付景記廿元　子善來
姨母五表弟先去送轎卅一元　二伯來　領到農務局照一張費弍元

初八壬申陰雨　午姊和姊來　數遊程公祠即歸　惠嬸鳳髻約歸　九元　二百廿六
送妻楊米園元一　存洋九十九元另四十六角　另兌二千一百廿六文

初九癸酉晴涼　和姊來　修桶一百十

初十甲戌晴

十一乙亥陰

十二丙子陰雨

萬安展墓

十三丁丑晴

蔣工計付至十月十二有止 收又支

十四戊寅晴

又金工計付至丁未四月廿八日止

少園三桂來崙三棗 付花邊叁元 找還四百五十文 另帳 四百九十七文

錄奴來支百摺一千□年元交之 花式元收了 二千百八十文

棉花行用 三百九十 新藤仍力 女 棉葉 一元 一千○八十八文

卯刻至新学前坐韓船 午刻抵萬安展墓 酉刻抵家收

丁介輪也四挽三名 介乃飯百卅 韓大小船各一 犒飯各十容

洋貳元九角 赤缸罐頭二套 壹一元 畫百八十 花添壹碗菜一元 百廿八文

咏梅來门蔣夫工式元 辰至通也視嚴□病 □老松

夫人仍後歸 少園來不值 張媽經手以宮巷南口房票甲押

洋五十元 每月二里息 僕院仍力 卅 存 洋卅七元 百卅七角 □力八十二文

畫眉丹 一元 又金借工 三元 付阿桂帳 宅票陸十元 洋四十七元

卅二年丙午八月

二十

八月十五己卯雨

王鶴亭

十六庚辰晴

十七辛巳晴

卅二年丙午八月

〻付支可櫂四十元 存洋廿七元〻卅七角 存錢〻〻十二文 还東棧三元

莧五元 收〻五千〇〻半五文 收藥五元十角 扣頁季〻撥弍元五角二〻 浣香庵 補倫太〻房〻 六十

朱丹蠹叔賀人 还田價找六元四角 參帳五元 崙〻來 朱〻賀人

派節賞 蔣百文 鄒百文 双百文 梅百文 桂百文 金百文

陳百文 新百文 來百文 俞百文 耕文 范百 下灶八千 轎夫廿百

地方百 差条百 妻丁送菱百 新來乳媽卅一千 妹蠹下人八百〻千 〻卅二

燭八 存洋十三元〻四角 〻二千百五十文 錢七錢〻

筱卿交到祥和六十文 即付其宅需劉款 寄淡院八太〻〻〻弍元

國李錢榮 欠陳瑞祥三元 轉票二十

晨到松鱗莊舉行秋祭 余了贊 後祠西祠祭畢即歸

略受感冒

十八壬午晴

十九癸未晴

廿甲申晴

廿一乙酉晴陰

廿二丙戌陰

廿二年丙午八月

飯後至瑞行泰買洋布四疋歸 松雪順保媽等 神誦 八四千 今日 廿四

三太太、伯母等 付洋布洋緞等式元 二百五十

高祖考生忌供宋伯華來 收張丁壽六元 上供六千

飯後到東棧祥記晤梅岑同至桂芳閣啜茗

收房租六千七元十角 九十一 付范三元 外祖忌供連大錢共廿七 十七

梅岑、省園來 付丁坪幽芳及其郎少棠表弟來留飯 飯後至東

棧晤省園蓋卿永清 至桂芳閣 梅岑 書夫 艾臣 筱卿 裁縫做衣 一元 共四百

存洋八十元二百三角 付工資六文 棉花二百廿 送丁坪幽芳時菌一千 宮餅八百廿

端士等三人募捐安徽水南米灘頭修路費以洋式元交之木行

摯張景山來 存洋八十元二百三角 一千四百 辛工八元八

廿一

八月廿三丁亥晴
廿四戊子晴
廿五己丑晴
廿六庚寅晴
廿七辛卯晴
廿八壬辰晴
潭從祭歸

丙午八月
内伯言濮院絹力卅 華望絹力廿 柏伯言四件
辰初留適館至壽祠舉行秋祭 飯後與鍾如丁善卿社記出茶館
與二人至桂芳茶館 梅卿亦在 旁有陳漢章偶遇
飯後翁三來 同至桂芳茶梅卿 即同觀西塘花園 酒店看軟閑遊 伯雲即與
伯雲論及玉屛及其妹在安 庶其易小調 晚歸 收糜五元
陪權擬來 晚至桂芳茶梅卿 談即歸 大圓兄來 賜箱籠一角 廿式元
晨至大德堂上三禮上船 己正至潭從祭歸 半刻 辰
到與六伯三伯 午鹿 同伙 後即與
帆 歸 大圓兄來 即
桂芳茶梅卿 致新 又錢當式元

廿九癸巳晴

三十甲午陰晴

花廳工計付至丁未晋

二十日止　洋五元

九月初一乙未晴

初二丙申晴

初三丁酉晴

初四戊戌晴

收外息卅四元　一千有廿九文　慶音來新滕侄物孚存洋卅四元四角　又二千四百卅三文

收齋十八元　收信到東棧祥記　晤梅老同至桂芳茗談

社劉亭蓀卿處　孫收房租廿五元卅四角　式千二百七十文　付花式元　又四百九文

又兩帳洋九千二百文　又支工十元　景記備菜十式元　存洋三元洋八角　又三千百五十五文

燭八　李勝來收胡十式元　慈二元　日用十元　備記卅式元　龍三元

收慈還東棧帳三元　找還草之

三點鐘至桂芳與梅岑茗譚後歸

少園師於三桂總卿來補給吳氏中秋封四百

曾祖妣謝太夫人生辰上供　晨午刻至肅嫦省文盡留飯晤博霄

午牧申刻歸　班子回回　飯十四

卅二年丙午九月

廿二

九月初五己亥晴

初六庚子晴

初七辛丑晴

初八壬寅晴

初九癸卯晴

蔣計借至十二月十六日還

初十甲辰晴

十一乙巳晴

卅二年丙午九月

梅岑來晚後訪雲峯印歸 慈穀信十二書抹及此訃人到西園菌

園琪一百五枝七寸 飯八十 圓茶一元 寸 船一元 十角

飯後至東昇棧 渠水清來棧 晚菡卿約梅岑伯華到桂芳茗談晚歸

三桂來交到稿租廿弍元 二伯來 申刻至東棧 送午姊 四玉桂芳

偕梅岑伯華晚歸 存洋九十一元 又七十七角 又一千八合五文

出園東 剃頭 申刻到桂芳 偕梅岑出園 伯華晚歸 夜稚梅來

飯後到真人殿 偕梅岑子義等同至雲路二伯處 送侖之伯華

每第晚飯後而歸 補付畢記廿元 范借弍元 十月初八

侖之來 付蔣文二弍元 付范弍元 古年

晨至閶 居年夫人 偕祥符寺 四谷侖三拜引之 毋廿延 後至悟坊 飯後

十二丙午陰雨

十三丁未雨

十四戊申陰

十五己酉雨

十六庚戌陰風

十七辛亥晴

至祥記書鋪晤伯華，訪梅岑、秋桂芳、蓉，談，晚歸。班子

送陶君壽年大人喜幛代儀五角 存洋一千五元二角 錢七十五文 轉寄十八

宋季蘅子致書來 陽 卅二 跟班大四 四十

少園秋林來 宋季蘅子靚 一元 對門送儀十六

梅岑來 見贈元代 三千四百文 …… 詠梅送歸子

僕傭卅四 存洋宋 二千二十五文

詠梅來 伯華來 穰梅自新來 燭八

飯後偕穰梅至東棧 梅丈用 桂芳 伯兄 少園

園穰梅偕

支歲槽二千 朝 三千 二千 支 二千

卅二年丙午九月

廿三

十八壬子 晴
十九癸丑 陰 收去年十一月計去卅三天
二十甲寅 晴
塾計付至丁未十二月二十日止 收又…
廿一乙卯
廿二丙辰 陰
廿三丁巳 雨
廿四戊午 晴
廿五己未
廿六庚申 晴 祠堂…
廿七辛酉 陰
廿八壬戌
廿九癸亥

卅二年九月 丙午

寫均益梅卷 夜至廣通當中宿典

均宿典 收張壽卅七元五角半 李十四元 陳一元三角 欠元

晨到家 嫂姊來 付范除松林…今 范十一角 廿 收一元 收房租

付洋二十五元四角 八十二文 晚至典

均宿典 門油可

全

晨歸 收至典 祠堂過節 式千文

均宿典

晨歸 夕圓來 收外息卅五元 分九面 三棧來又則 則…

又收來外利 廿元 …十元 付吳小記飯菜 十式元

總折 三千六百五十
讓 二千五百卅

十月初一日甲子晴
初二乙丑
初三丙寅晴
初四丁卯晴
初五戊辰晴 時冷
初六己巳晴
初七庚午晴
初八辛未晴
初九壬申
初十癸酉雨
十一甲戌雨

曾祖妣汪太夫人生忌 上供 存洋多[redacted]七元 百卅七元 什三文 百九十三角
付二官工九個月 九月初四起 廿七元 茶頭貳元 又二角 傑人 四角 仮多 十三才
又前付義天哥貳元 付花四元 找五百七十文 又先仮百五十貳文 收大黃
燭八 蕊貴貳元 日用十元 繳記廿貳元 收胡十貳元
均宿典以百五十元入可楫 收英房租十貳元 廿三角 又貳千二百七十六文
梅侄歸家 共九十上 初三 已 送 八角 孫侄 廿貳元 一千〇 六十二文 字五角
付茶記廿二元 十二刻 劉典 補付龍二三元
晨掛牌 二房新帳 廿特 拘刹 元 廿貳角 收貳元
廿日 宿典 取劉聰租息 一千二元 入可楫 收糜二元
晨歸家 付戎運行記找息 三元 百廿九 付花二元 四卅 收典股息

廿二年丙午十月
廿四

十月十二乙亥晴
十三丙子晴
十四丁丑晴
十五戊寅陰晴
十六己卯晴
十七庚辰晴
十八辛巳晴
十九壬午陰
廿癸未晴

廿二年丙子十月
十二日四鼓入永豐棧 晨至聰訓通慈三官堂樹琴姊
丈字從馬 壽南吳同村等同館從此歸 既至典 虞臣伸嫂來
宿典 虞臣伸兩表姊同新勝馮緒一角
飯後歸家 收聰訓廿元 入石郵
晨到典 燭八
宿典 收李頌榮十元 陳承元 存緋好日八文 十五元七八分戔角
晨歸家 步園 佈小 禮卿來 布六角 戒出第二信力 四十八 麥康十六
冰糖卅 晨到翠桂芳閣與午村梅岑到聰訓
至桂芳閣到典 付洪子壽六元 又五元 宿典 十八上供房
收元長祖七十八元 廿五角 四十八 新勝行安收

廿一甲申 廿二乙酉晴
廿三丙戌晴
廿四丁亥晴
廿五戊子晴
廿六己丑晴
廿七庚寅晴
廿八辛卯晴
廿九壬辰晴
三十癸巳雨
十一月初一日甲午

均宿典，阿桂樑房一月，付兌貳元，收錢貳千〇四十文
晨歸家，少園來，寄書，樂買賀儀四元，付花錢四千
存洋九十貳元，又〇二角，錢一千〇四十八文，門油一月，邦仙阿梅弟四元，二孫來
少園來，飯後到典，兌一元，收錢一千〇廿文，花借貳元卅
阿金借十元
均往典，許子方房屋修理瓦窗，言明洋…元，先付二元
飯後歸家，收佃租十八元，少園來，六月以外息卅五元，合…文
付慈記十貳元，收糧租十九元，卅二角，錢八千，付花…一元…二千
存洋百卅一元，又卅二個，錢二千〇八十五文
燭八，慈貳元，日用十元，衛記卅貳元，龍二元

卅二年丙午十月
廿五

十一月初二乙未 晴
初三丙申 陰 雙全去
初四丁酉 晴
初五戊戌 雨
初六己亥 晴
初七庚子 晴陰
夜祠堂過節
初八辛丑 晴 冬至
初九壬寅 晴
初十癸卯 晴
十一甲辰 晴
十二乙巳 晴

卅二年丙午十一月

收胡祖 小洋二元 存洋 … 元 … 角
付金雙全前去阿金傭 十元
先祖考生日上供、晨歸 … 少園 … 上供 九千
□□送 錫箔 四十 慶送 羊肉 豬麥 … 碗 …
少園來 景記 廿元
兄一元 收 一千文 紹酒 … 燭 … 水果 …
瓜子 奇 廿 門 酒 … 饅頭 十五 条 糕 廿八
轉票 四 … 少園來 … 冬至用 除水果 … 戒元
存典、收吳霖根 廿三元 … 五角半
存典、… 許 … 元

十三丙午 晴

十四丁未 晴

十五戊申 晴

十六己酉 晴

十七庚戌 晴

十八辛亥 晴

蔣工計付弟來二月廿四 [?]

十九壬子 晴

二十癸丑 晴

上海到家 補送汪母甫夫人五十壽 弍元 新[?]付洋[?]卅

花[?]元 至聰如吃飯旅使至通[?]東店收[?]

一百廿六 [?]支元 一百四角 燭八元 洋收一元 旅[?]門[?]

存[?]洋 手三百七千三文

上海歸 鈞伯身上供 收陳瑞祥弍元 七角 李[?]元

茶食[?]溧 十四 壹元 成文百卅 花生卅 一壇酒四千 上供[?]

存洋八五元 百廿角 銀筒四角 付蔣[?]弍元 水果[?]壹

存步三文

收張子壽十六元 帶去廿元廿角 光一元 收錢一千八十文 先付李[?]大船送洋壹元

總統生王阿大 常熟三個[?]船 往新帶河金 梅先去 班多 一千四[?]

晨到寶積寺 存大樹母安靈與三伯梅[?] 年[?] 壽同飯[?]後與

伯[?]葉植芳 如何 李曉同[?]其昌小陶 晚歸

卅二年丙午十一月 廿六

十一月廿一甲寅晴

廿二乙卯晴
寄澤樹

廿三丙辰晴
孫金晚來計去廿天計工
但至丁未二月十六日止伍兩

廿四丁巳晴

廿五戊午晴

卅二年丙午十一月

伯武來少園來 付花二元 找錢 花弍元收 二千〇十一文
晚至蓮香泉沐浴理髮 野鴨一百廿 存洋又十元一百十四角 一千〇廿文
錢太夫人忌辰 王鶴亭送澤樹四元 花一元 換一千〇廿文 添菜一九
存洋廿八元一百五十角 二千廿八九文 何金晚歸 找船價二元 三角 飯上藥 ……
嫂太太張園見喚昭慶寺和尚做宅禱儀 秋林 ……
先考忌上供 另添菜 午送徽州家午橋與交底審一元
非怡燒今二棺等用 洋三元九角 存洋……十二元 九角
白油一斤 廿園來 晨到曲 晚歸 補收房租 洋十二元……
樓上仔洋一冊 三元……六角 ……六文 請新陸行方安
瘦音來 川龍洋一百元入可积

廿六己未晴
廿七庚申晴
廿八辛酉晴
廿九壬戌陰
十二月初一癸亥晴
初二甲子陰

晨到典晚歸 付阿桂修枝座料 念元
晨到典晚歸 王季野郎單 卅弍
晨到典晚歸 [illegible] 十八元
三椎采交到外處 廿五元 卅 慈叔同泉 以西蜀莲来總
十 西字廿六轎頭子 貳百 今七十文 龍祥號 費 付景記 弍元
付恒五元 找入洋若 收胡 十弍元 船多 四元 梅文蜜物 又廿卅
燭の 陽園の 時 藍記三元 日用 十元 衛記 若元 龍記三元
收鴻利祥洋 五百元 以三百元入何積 支百積 交干料付九搭
付洋 辛弍元 可八角 付乎 千百七十二文 劃收至灤船洋 六元 尚二一 未借
采雄芳 [illegible] 收房租 十五元 十角 一千六百卅
卅二年丙午十二月
廿七

十二月初二乙丑晴
初三丙寅陰
初四丁卯晴
初五戊辰陰
初六己巳雨
初七庚午
初八辛未陰
初九壬申陰
初十癸酉
十一甲戌陰
十二乙亥陰雨
十三丙子陰

卅二年丙午十二月	孫文泉來存洋貳百廿八元 錢貳千四百九十三文 收吳算氏欵一角 又半	少蘭等來交收 姜太夫人壽還四百元及利 四十二元 又六角 又六月利付至	十二月廿五 四角 五百元 以五百元入吉樽付珍記壽板 由殷石卿 五百元 咏梅來	存洋一百廿一元 六角 三千二百十一文 轉票卅二 匠酒廿	晨到曲 晚歸 收曲還蠟燭 找五百 五元 匠酒廿	花儀二元 明日啓修面剃頭一元 景記廿元	晨至徐省橋 坐曲船 申刻到横店 收起 酉刻抵南安巷廬	夜宿巷廬中	初十宿巷廬 上供四 惜搭巷茶菜 [illegible]	陶存故至 至坟船 我二元 又念甘錢 五十 [illegible] 全至坟上 [illegible] 洋箱 [illegible]
晨出船 午刻抵家 [illegible] 一千文 順風 [illegible]										

十五丁丑雨

十六戊寅雨雪

十七己卯雪晴

十八庚辰晴

十九辛巳晴

二十壬午晴

燭の付范烟四元 另錢卅三文 收范還弍元

喚頭慶壽傳見露處招婿太〻屋範搭頂壹 元伯華交到汪範卿

今年祖除扣去稅契三千淨收來一千錢二千帶 八百摺 力 廿 估清歲摺

修後可廿弍兩 作日付 歸文可摺 頭 另 洋九元可二角 伞丸文 借廿元

下鄉用及代付帳 可十二元九角 一可十五文 怡嬸太〻要壹角 另洋三元十三角 另九百四十五文

晨到曲晚歸 收李紀榮兄元陳三元 先一元 收千〇廿文

付洋弍元可廿四角 另四百五十二文 衡泉〻太〻帳 八十八

晨乘禮拜聽訓晚歸 收張子壽六元 淨欠五元 閣摺弍元已還

晨到曲晚歸

晨乘轎至大雨 道喜與伯久晚 伯雲[illegible]等同[illegible]

卅一日丙午十二月

廿八

廿一日丙午十二月

歸班四月 洋一元收一千〇廿文 收房租洋十六元廿五角 又五十五文

南貨弍元弍角 付桂堂工食九元 收錢鑪捐洋三元 又臣今收來石

桂人畢

存又洋 九年十二月 弍元錢鋪用 寄洗弍元 付花匠五文 桂堂

送柏子粉四月 存洋六十五元弍角 付 錢弍文 汪春甫孫女出閣弍元

花匠洋三元 還借項元 存洋四十五元 又九十八角 隆慶寺 存錢十二文

錫清送私貸二色 無中

又蔡公上供 洋弍元收弍千〇五十文 劉圃來 文劉 外息卅元 弍文

又米外息 廿壹元 付灰磚帳廿六元 以永豫零弍 半 入 指

去零存 記 妻送子 上供 今 晚到典

付典 洋一元收一千〇廿文

隆慶錫清貌寄運

十一月廿一癸未 雪

廿二甲申 陰

廿三乙酉 陰 四舍弟[illegible]

廿四丙戌 陰

廿五丁亥 陰

廿六戊子 陰

外祖母生日上供 粮元寶 又 祥記送菜[illegible] 廿 [illegible]

送竈果 假香 四百[illegible] 二伯米 送灶轎 五十 灶簾 掛錠 [illegible]

[illegible]

大閣來 轎扛 重漆 九元 晚到此

屺軒歸 帶平俞 [illegible]家相伯送[illegible]班子[illegible] 飯[illegible]

元寶 錫鍜 老[illegible] [illegible] 鋼[illegible]送菜[illegible] 花借 五元

桂園花生 小果 [illegible] 五百廿[illegible]元 屺[illegible]歸 子[illegible]來 交到祖息[illegible]

付[illegible]祖息[illegible] 八百[illegible] [illegible] 補[illegible]

阿桂[illegible] 参 僕夫人送物 [illegible] 付阿桂帳 [illegible]元 五角

收阿桂 六元 存[illegible] [illegible] 屺我元收[illegible]

卅年丙午十二月

廿九

十二月廿七己丑雨

廿八庚寅雨

廿九辛卯陰

聚來付英洋天計洋付至壬辰
十二月初五止

連借洋付至己酉又月銀目
止 收清去

三十壬辰陰

蔚之付至三[illegible]止
收清去

廿二日丙午十二月

存洋貳千三百〇八元五角
存錢一千一百〇四千文　少園來果盤物五角
八文　以壹千叁百
辛亥指數可抵戒入年〇元四角
還珍記一千一百文　利二千文　借支可抵　代珍記
還壽板帳抵五元
抵二百元　存洋九千五百五十二元三角
存錢式千三百九十六文
曉買雨呈曲
存典　兑三元收三千〇四十文
晨歸家收十八年祖十八元　李蔚之八十九
俞雲來
曾祖妣洋太叁　庚洋付袁成衣工洋洋錢合洋錢　二元
汪姆甫夫人
送共　四千　世二　上供　入分　兑五元收五千四百五十文　還東棧　陵元
找送洋八分廿文
還祥記來帳士元　收祥記官利二千元　存錢九千五百十八文
存洋[illegible]五元
存錢[illegible]
袁甫送點心　力錢　月蔚支工　一元　珍記押歲　一元　衛元　景元　式元　龍元
二元　付宋記編　十式元　煤几炭　甚園　　年糕　一元三角
找八十七

共二本

癸丑十一月廿付至五月十二日止

付南棧修理及開備家俱店一应（修整祖七十元）找洋〥四十四元　代吳衛生半斗貳元有　八五千

洗十八角　收元　少園　三桂來　胡　十貳元　存洋八角〥〥千九元〥〥千六角

差条〥　地方〥　壽〥〥千　郅〥〥千　雙〥〥千　桂〥〥千　梅〥〥千

金〥〥千　新來〥〥千　二房媽〥〥千　俞〥〥千　來〥〥千　阿根〥〥千　范〥　下灶

壽班又〥廿又　折年夜飯〥〥千　門酒〥〥〥　存洋八角〥九元〥〥角　五千〇廿八文

洋燭六角　共入廿二　全檯八古　找年五角　雙全借貳元　收三房租十二元十角　三千〥廿

付范四元　找入卅　又另帳五元　各筆二　付味記雨谷分派〥〥千五元〥卅三〥角　廿千〥卅九文

收珍記還代付各帳　壹百八十四元　四千五百四十文　付森泰節賞五文〥〥〥千　又又十二

又吳宅又〥〥〥存洋八角卅八元四十八角　千〥〥千九文　紹酒〥千

存洋八角　容卅八元四角　五千

卅二年丙午十二月　三十　〥讚文

丙午年終

光緒三十三年丁未

元旦癸巳晴

初二甲午晴

初三乙未雪

初四丙申冷

初五丁酉冷雪

黎明自典當歸　晨供蓮子湯　壽甫倫三來　飯後至雅聚與午

材棠晨往伯初處拜年晚歸　上年結存洋六百卅八元四角二分　另六千一百四十三文　又總弍元

日用十元　衢記元　世弍　龍元三元

樺梅先來　錢酒卅千　伯雲伯初友鶴志原來　飯後與樺梅

至雅聚暢敘二泊　子義王荷香　和林李悔叙談又　回歸

晨供香合湯　存儲洋五百九十三元四角二分　存錢六千四百四十三文　胡雀鳴卅二　慶鴻路上一分

晨借雞頭湯　少園沛如三桂永清德卿來　司禰貴一　均留湯

點　貢湖公生上供盆面酒十六　陸鵑廷四　錢弍陶存鶴四十二

晨供扁豆湯　出門拜年數十家　存儲三處吃飯　晚到典

晨供菜脯湯　往典　步行趙門　存儲洋五百九十二元四角二分　存錢七千廿四百四十二文

三十三年丁未正月　一

正月初六戊戌陰
初七己亥陰
初八庚子晴
初九辛丑晴
又癸亥
初十壬寅晴
[illegible]

三十三年丁未正月

自曲出門拜年，盤門樓、南樓、北樓晚歸。付景記月費卅元
[illegible]盤店拜[illegible]，春興公館、北棧、東北棧、盤基、[illegible]宋棧、伯[illegible]以雅聞
[illegible]晚至曲，晨自曲[illegible]祥記與梅岑、香濤、夢嘉、尹商、乾安門庵
伯後與夔喬至三萬昌啜茗，晚歸
[illegible]公忌辰，午後到業金泉沐浴，至雅聚啜茗，梅[illegible]
果生昨晚歸，以前輪[illegible]封一千九百九十式文
午[illegible]還封[illegible]之人[illegible]年，[illegible]到五豐公所[illegible]建[illegible]
[illegible]與梅老[illegible]芳[illegible]伯[illegible]
[illegible]其名小[illegible]數[illegible]晚歸，[illegible]
付[illegible]除[illegible]式元[illegible]一元[illegible]存[illegible]四[illegible]文

十一癸卯晴

十二甲辰晴

十三乙巳陰

十四丙午雨陰

十五丁未陰

十六戊申陰風

十七己酉晴

十八庚戌晴

晨往刻典。

收賬　轉票〇　伍冊八

晨祝沈旭初壽，見並聽訓，付俞豐圃會分洋一元，找〇〇。午後

步至硯前，往雲影閣閒談。[illegible]晴，通[illegible]小照，備歸，晚上打設供

往添董[illegible]根[illegible]　[illegible]頭[illegible]一

晨至[illegible]驗[illegible]公祭俞曲園，即歸，班〇〇。存[illegible]洋[illegible]元，[illegible]千[illegible]九十四文

晨往蘭亭　夜供元宵，酒　慶妹子女[illegible]年十[illegible]歲

晨往刻典。

晚至家。

接喜神　傍晚往刻典。

三十三年丁未正月

二

正月十九辛亥晴
二十壬子
廿一癸丑晴
廿二甲寅晴
廿三乙卯晴帶
廿四丙辰晴
廿五丁巳晴
廿六戊午陰雨雷
廿七己未陰
廿八庚申陰

三十三年丁未正月

至典，收之房租洋六十六元七十六角 四十

在典付花三元 找金番洋

飯後到家，濮浣竹方廿門油一可，借頭寸

晨至店，船下鄉，午初抵店，孫子義子長均來，借角存交

盤計洋並不二厘有零，撥六厘派店，宿，阿陳買弍角

寅刻掛牌，晨趁子義船往興福鎮，六五房安歸，至六時到家溢

在店飯後，從卿來，店船申刻到家，給子義船至茶安酒弍角

阿壽未出，蓮東飯後到典，給阿壽洋弍角

晚歸，夜擬穩卯

承祿夫人一元 付陳文元 十三 十六周上供 十三元 二千四百文 收蕊亞米帳十六元

廿九辛酉陰

十月初一壬戌雨陰

初二癸亥陰

初三甲子晴

初四乙丑晴

東棧油帳四元 存洋二百六十二元卅八角 收乍(?)十八元

存錢一百二十八文 揮梅來,即去

濮院請帖付力卅 付景記飯菜十二元 收房租四十二元角

收范徐進帳入錢八十文 存洋二十八元四角 錢二千二百十五文

收胡租十二元 付慈二元 日用十元 衢記卅二元 龍三元 寄仲小梅

表弟完姻分四元 燭八 存洋二十四元四角 錢二千七百文

付何貴翻造棧木先付叁百元 收何貴還上年欠四元 存洋三百八十二元四角 錢二千一百文

收外息卅五元 付壽灰錢廿八文 ……來交到上年害利…… 九元 錢一千……

收去債帳夯夫三元 付永康……壹千……元 入晚至曲,

晚到家 收吳一千一百角 ……送吉果卅二 伯武送佳果廿

三十三年丁未十月

三

初五丙寅晴

初六丁卯晴 葛母展墓

初七戊辰陰雨

初八己巳陰雨

初九庚午陰晴

初十辛未晴

癸[illegible]計共廿九天 計[illegible]付[illegible]有月

十一日上 收[illegible]文

范廚工計付[illegible]十四[illegible]

丗三年丁未二月

濮院倌航力 [illegible]中 錫箔一箱 式元 又角 [illegible]三千

[illegible]八元卅八角 [illegible]文 三桂[illegible]來 收南棧式元

飯後訪燕卿 偕至同福 求代陶買物以歸 山神[illegible]果壹元 [illegible]

黎明至大儒巷下船 午刻抵葛母 酉刻歸 [illegible]八十

船太小[illegible]式元 [illegible]十八 二百[illegible] 菜花廿元 [illegible]式元

昨自添菜[illegible]廿 十角 收壹元 存洋九[illegible]五元廿[illegible]角 [illegible]三千[illegible]文 [illegible]

晨至典 [illegible]來

晚歸

內子[illegible]至[illegible]陽 陶姬[illegible]式 少蘭來 付花式元 [illegible]又收[illegible]式元 [illegible]

付花[illegible]六元 桂[illegible]

十一壬申 雨

十二癸酉 陰

十三甲戌 陰 雨

十四乙亥 晴

十五丙子 陰

十六丁丑 陰 雨

十七戊寅 陰 雨

子伊偕周仙洲萬壽寧寶之 錫如 [illegible] 東 [illegible] 竹閣仙 [illegible]

酒四斤 □

送仲氏在楊 [illegible] 式元 [illegible] 送何 [illegible] 廿八 內子及女歸

閱報 卅二 大國 [illegible] 七角

收康 十六元 [illegible] 錦如 [illegible]

飯後至典 晚歸

晨至周 [illegible] 由 [illegible] 與嘉 [illegible]

寶 [illegible] 晚歸 送何壽 [illegible] 一百五十文 [illegible] 八

見廿式 十二 收式元 收吳租 廿式元 [illegible] 一千 [illegible] 廿五元 廿角

送吳又玉夫人酒 [illegible] 送林保 [illegible] 酒 [illegible]

卅三年丁未二月

四

十八己卯陰晴
阿金母喪去 計[illegible]十六文

十九庚辰晴

廿日辛巳晴

廿一壬午晴

廿二癸未小陰雨

丗三年丁未二月

送夏壽卿炎基等[illegible] 饅[illegible] 子坪處饅[illegible]酒擔併[illegible]

送孫玲酒擔併[illegible] 乾叁元 收[illegible]人

小梅上墳三輔船 式角 換元 給子坪處跟人式角 兌十角 收壹元

存洋百式元式角 子坪世叔等因僕阿金母喪去 上刻至閶門菓巷

至壽廿五文

為閔氏賀床 [illegible]通[illegible] 子[illegible] [illegible]飯[illegible] [illegible]酒[illegible]

三人洞 收李[illegible]元十角 陳式元 收子坪處還假借價[illegible]元

晨到曲 李振甫廿[illegible] 新[illegible]

收張子壽十三元 欠五元 收[illegible]擢[illegible]元十角 存洋[illegible]

晚歸

初[illegible]上供 付[illegible]元 [illegible]十五 胡[illegible]送[illegible] [illegible]

廿三甲申晴
廿四乙酉晴
廿五丙戌陰
廿六丁亥雨
廿七戊子陰
廿八己丑晴
廿九庚寅晴陰
三十辛卯陰

卅三年丁未 二月

壽糧果一百 兑一元收一千〇卅文 存洋式廿一元卅五角 又一千八百卅三文 補付答
濟英叁元 收縠壹元 補收等一百 存洋十一元卅角 又一千〇卅九文
晨到曲 門伯一百 收徐手教種花一百 共一千八
網 肇基儀一百 辛
晚歸 收麥五元 付老戴上莊四百文
晨到曲 祝
晨徐莊 到濟陽 夜歸 徐手教稿一百
晨收年租十八元 晨到濟陽 晚歸 汪幹卿 共
閑送聊 十 晨到 晨記 叁元
晨歸 訪伯 到濟陽 訪新親 晚陶

三月初一壬辰 晴

初二癸巳 晴

初三甲午 晴

卅三年丁未三月

顧桐峰經收從前北棧少園來交 八十元入承康摺 以百元入承根

隔八 字畫來 收外匯 卅四元 二千五百文 付過少園經收肉款 一百卅五千

付德 貳元 日間 十元 滿記 卅貳元 龍 二元 付過 貳元 日單 又皮帳一元 找出錢

存洋十二元卅五角 存錢一百廿五千文入 洋貳元收錢貳千可文 當銅錫傘若干 千四百文

收湖 十貳元 存洋 廿貳元廿五角 存錢 千四百十八文入 濮夏竹冊

少園來交 菜 汁 錢 又八元 付過節賞 可元 收錢

六月祺堂 廿貳元 徐子敬來 轉手 靈齋夫人 四 六寸 存洋五十三元卅二角 錢式千五百文

收房租 廿一元 十五角 待梅來

祖考妣忌上供 三桂侍御 嚴靜卿來 少園來 寶芳來謝喜

填 存洋 五元五角 三千 八千四文入

初四乙未晴
初五丙申晴
初六丁酉晴
初七戊戌雨
初八己亥陰
初九庚子陰
潭潭樁墓
初十辛丑陰
十一壬寅晴
十二癸卯晴

晨到典
在典付景記廿元
午後歸 午峰交到九五兩入錢摺以其存之
午峰來 至閶材坊洋中藥各五盒 買皮藥錢 錢拜晚歸
穉梅來 蒲院招寄九州 致雲樓借
晨偕午峰過堂自大儒巷下船 午刻抵黄門 篠樁與三伯一齊見
午峰子頌平等子房過婚日飯 未刻歸 匠酒十四 寶音來
帳黄門小船六吊 付花式元 如卅 少園來 存洋四百元 五十兩 二十六日午夜人 匠酒廿
寄子坪寫帳帖 付式元 晚黄
匠酒廿 送俞浴堂 十八
丗二年丁未三月

六

三月十三甲辰 陰
十四乙巳 晴
十五丙午 晴
十六丁未 晴
十七戊申 陰
十八己酉 雨
十九庚戌 晴
二十辛亥 晴
蔣六叔付至吾月十六日止
廿一壬子 晴
廿二癸丑 晴

卅三年丁未三月

晚至家 坐經酒 廿
晨至聽訓 節臣、沈君、[illegible]沈君、汪君[illegible]謂畢擬文印與沈君[illegible]
晚 過吉由田[illegible]其男小坊收歸，經酒 廿 送命[illegible] 一百廿元
少園來，以三摺及議帳交之 燭八 午後到曲
祭壽祠 修四十八
存典 收張子壽十二元 欠五元 陳瑞祥 貳元八角
晚歸 廿
付蔣六叔 貳元 收房租[illegible] 一百十二文 付范[illegible]元 [illegible]文 修整
午[illegible]來熱未[illegible] 吳送糕糰 十八 付阿貴送南棧[illegible] 元[illegible]
臥病 收糜[illegible]元十角廿 欠三元

廿三甲寅雨晴

廿四乙卯晴

廿五丙辰晴 立夏

廿六丁巳陰

廿七戊午晴

廿八己未晴

廿九庚申晴

祥梅收來熟點門油一斤 甘蔗六个六 咏梅來要兌

紀伯兄忌上供 存洋十七元九十五角 錢一千又卅九文 兌一角 找九十五文

李眉來 收庚儀來媽之人事四斗八 貴下人找錢十八文 二千 要送五百文

存洋十七元九十四角廿 存錢一千四百廿五文 上供一百文

少園來 交到外息洋廿五元 合錢又文 又來外息春季廿五元 飯後

與朱對門遊院 山劍壁里行刻 行至雅聚號茶店一元 飯後喝麵 往院

歸收竹林 曾祖十八元

夏壽廷寄來筍人參四十 章送可文信芳十六 新藤信芳廿 壽至東

橫祥記弟嘉卿主持茶品店 後至和壽 同至東橫 收歸 咏梅來不值

蘐音來 留飯 飯後同至咸福泰逛帳 逛少園 訪和祥 即與和祥大園

卅三年丁未三月

七

四月初一辛酉晴

初二壬戌晴

初三癸亥晴

初四甲子陰

初五乙丑雨陰

卅年丁未四月

義和洋 … 付范式元 … 收房租

洋卅式元廿角 … 付甚記十式元 存洋

燭八 … 元 … 十元

勤業 … 存 … 洋五十式元 … 晨到典 收胡十式元

存典

晨歸 … 來 曾祖妣謝太夫人忌上供 … 申刻訪和

…

子 … 十 … 飯後到東 … 棧 …

… 業公 … 談 … 刻 … 歸

… 存 … 洋 … 十 … 四元 … 元

初六丙寅晴　付阿貴洋四元半　少園來　收房欠二千貳角　錢闈立四角

初七丁卯晴　費敏農來　偕通始至三寶堂　拜大姑母六十誕　偕往訪和姊至

初八戊辰晴　覘前買物而歸　新勝行力廿　付某記廿元

初九己巳晴　晨到典

初十庚午晴　偕往至懸豐米行　晚歸　少園來

十一辛未晴　晨到典　付花弍元　有年

十二壬申晴　在典　莧畫元收六千八千文　存洋畫元半角　錢一千四百文

十三癸酉晴　晨歸　偕往至東城　晤少園和林三桂　四至一時　懸豐米行

十四甲戌晴　而議人何至中路世有諸　晚歸　新勝行力廿

備慈[illegible]元　付阿貴廿元　收旭利　小洞　入瑞泰稻

廿三年丁未四月

八

點錫方供壹副 卅斤 〇每 計錢四千三百五十四文
紫銅〻罐壹把 壹斤 計錢二百五十六文
共計錢四千六百二十文
合洋肆元 每隙
錢三百五十八

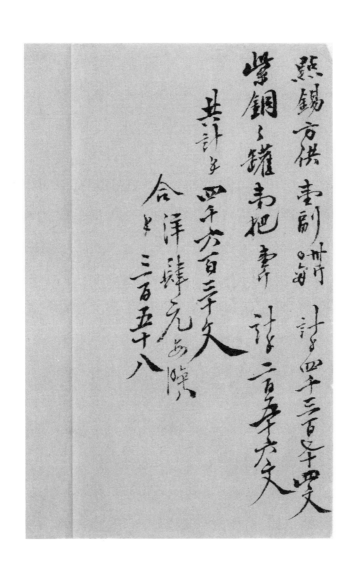

十五乙亥晴

十六丙子晴

十七丁丑晴

十八戊寅晴

十九己卯晴

二十庚辰晴

廿一辛巳陰雨

卅三年丁未四月

晨出西、燭八

由棧業公所票棧取洋歸

晨到典、兑英洋收一千〇五十五文 望茶館收傅子三百半 西零式角

由典至園遇奇存周生老人 聽書[illegible]行交典

文茶公所上洪九鈔 收三房租洋十九元十五角 買蜜錫方洪[illegible]四元 角九文

又買蜜銅罐一只 式角 洋十 得安[illegible]後力廿文 付[illegible]叁元 [illegible]廿四

蘭來存洋五十二元 又廿角 一千[illegible]五十二文 付阿貴文洋十元 飯後出看[illegible]

棧糖二十五園二兩 [illegible]棧業公所[illegible] 収歸 支[illegible]洋十元

付阿桂百元 存洋十二元 又廿角 [illegible]三文 收藥洋四元 廿式角 欠六元六角 八十

收陳瑞洋壹元 欠一千[illegible] 兑十一角 五十文 收壹元存洋十八元又卅角 [illegible]六文

廿二壬午 陰

廿三癸未 陰雨

廿四甲申 晴

廿五乙酉 雨

劉 以金計付至九月底止

廿六丙戌 晴

廿七丁亥 晴

廿八戊子 晴

廿九己丑 雨

卅日庚寅 晴

收李裕榮三元月付 松作理髮 收陳瑞祥壹元 淨欠卅五元

付油一月 花借式元 已扣 存洋廿元另卅角 一千零六文

晨到典，申刻由典至暨業公所，晚仍至典。

晨自典至金村西藏路，與佛如至砂皮路和好樓，劉家總商

會，晚公路出佛

晨至典，以金借去式元

晨歸，晚至典。

蚤典，暮歸，夜來，交劉外慰卅五元 又交 朱詩交籍十八元

張媽借押款先匯四千元 又利三元十角 存洋另五元另四十角 又式千五十三文

菜飯菜十式元 付花借款 五百 又另帳三百 四十文 匠酒十 王鶴亭

卅三年丁未四月

九

五月初一辛卯晴

初二壬辰雨

初三癸巳晴

初四甲午晴

端午乙未晴

卅三年丁未五月

送葉亮卿 胡慶餘堂藏麵 卅弍 陸媽麵 弍 又十 劉媽麵 弍 又十 新膳房 廿

存洋[illegible]弍元[illegible]角 又錢[illegible]千[illegible]六文 收三房租 十四元七角 一千[illegible]文 先付構押 壹元 [illegible]

燭八 付蓋錢 弍元 日用 十元 鄰記 卅弍元 龍 元 存洋[illegible]元[illegible] 存錢 弍千[illegible]八文

排錢繩及符 收胡 十弍元 晨飯 支戲相公 [illegible] 付洪昌[illegible]洪[illegible]廿千

雨衣 付洪昌[illegible]文 及前欠 合計足當[illegible] 收存洋 五元弍角 [illegible]九十文

君國回歸 交蔣三桂[illegible]來 交帳 陸媽伯來 存洋[illegible]五元[illegible] 二千[illegible]廿五文

付阿桂帳[illegible]元 又做堂[illegible]角 又根福[illegible]角 又翻芳[illegible] 十一角 作一元

還祥記米帳 十弍元五角 裁縫工食 九千五文 [illegible]角 [illegible] 弍角 付[illegible]泉[illegible] [illegible]元

見叁元 收[illegible][illegible]文 存洋 廿五元[illegible]三角 存錢[illegible]三文 發[illegible]

派節賞 蔣[illegible] 梅[illegible] 金[illegible] 新來[illegible] 范[illegible] 轎夫[illegible] 又[illegible] 桂[illegible] [illegible] 沈[illegible] 根[illegible]

共廿八天 存件大
蔣卉付來七月十六日止
伙食費

初六丙申晴
初七丁酉雨
初八戊戌雨
初九己亥晴
初十庚子晴
十一辛丑晴
十二壬寅晴
十三癸卯晴
十四甲辰

君奈來 地方 寸山門蔣文貳元 花借四元 朱姝壹元 媽媽兩元 [illegible]
又吳宅天寶 最到典 付阿貴還房價 四百元 支[illegible]參百元 [illegible]四十元
收祥記利 六千元 存洋十九元 [illegible]
付景記廿元 在典
在典
晨歸 [illegible]同來 付花[illegible] 存洋九元 [illegible]
飯後至雲路閣 晤年姊 回啜茗 始歸
晨至獅林寺 [illegible]伯祖 [illegible]飯後[illegible] [illegible]雲[illegible]同[illegible]至[illegible]啜茗 始歸
午後[illegible]
在典

廿三年丁未五月

十

五月十五日乙巳晴

十六丙午晴

十七丁未晴

十八戊申晴

十九己酉

廿庚戌晴　半夜雨

廿一辛亥晴

廿三年丁未五月

晨由三覺寺与彦卿、紫若內[illegible]　燭八

飯後偕適甥至曲，當衛閑，新泉、三兄，[illegible]嘉[illegible]壽園

其由吃法吃得[illegible]　一元　附　洋十元　[illegible]三角　[illegible]文

晨到曲。

不適。

晨歸，收房租洋八千[illegible]元五角，又張子壽[illegible]元，付[illegible]上欠結

[illegible]二元五角[illegible]　存洋[illegible]元　[illegible]廿角

付阿桂元半，收[illegible]十六元，[illegible]付匯[illegible]卅元，匯[illegible]

共計五角，洋[illegible]五角，飯後偕適甥至[illegible]

仰賢齋晚歸　支[illegible]元，付阿桂[illegible]元

廿二壬子晴
廿三癸丑晴
廿四甲寅雨
廿五乙卯雨復晴
廿六丙辰陰雨
廿七丁巳晴
廿八戊午晴
廿九己未雨
六月初一庚申雨

錢某人送上供米楓糰三十燭八 飯後至西上供菜廿[illegible]
晨歸 高祖妣及五嬸生日上供四位
收李伯榮二元
晨到燕
申刻歸 添做小金字卅 存義源十五元內廿五角 錢一千零五十九文
晨來藕翁到洪局遞至[illegible]柳內處祝壽與吳某人生日 和猪頭
觀劇 酉刻歸 班[illegible]錢[illegible] 收吳民事人租卅式元 又錢四十五文 收至六月[illegible]
付范叁元 楚翁人開拆[illegible]五角 付記飯菜十式元 廿六供八可
燭八 少園來交到外息卅五元 又錢五千八文 付慈式元 開十元
鐵安卅式元 龍叁元 存義源十元內卅五角 錢一千零九十五文 收胡十式元 斉十八元

卅二年丁未六月

十一

隆慶

六月初二辛酉晴

初三壬戌雨

初四癸亥陰

初五甲子大雨

初六乙丑陰 雷陰

初七丙寅陰

初八丁卯晴

初九戊辰陰

初十己巳晴陰

十一庚午晴 雨

卅三年丁未六月

晨到典 綱菴 送菜 芳 廿

十五 高祖升忌 上供 收張媽手還 十元 利一角 半 前利清訖

汪莊孫來交利 蘿 子嘉李年上半年 息 拆祖 卅六角 內付汀石大稻 大洋 現存錢洋通

三十 林永傳 許如來交利 寧波 棧 拆租 九十元 付還 端午借相機 四十元 六 三千 止

昨上供 芳存 洋 四元 又 廿六角 又 今 五千五文 花尉借式元 已 清

付景記 廿元 補收 房租 十六元 八角 一千 錢 廿五文 腹瀉

襪 夜 攤 收手 安 水 煙 袖 頭 一元 四角 兌 廿三角 共 八文 收 式元

二房 春 藏 強 做 偏 將 好 意 一元 計 四元 少 國 米

阿桂 去 領 拾元 存 洋 上 廿四元 又 五角 錢 二千 廿 二文 兌 十一角 五千 收 一元

收張子壽 式元 欠 二元 付 花 餘 七二 借 我 手 一元 又借 壹元 存 洋 上 十五 元 又 廿六 角 錢 二千 二 文

十二辛未 晴

十三壬申 晴

阿金來 計去日十六天 計洋壹元 付至己酉十一月初二日止 以後另去

十四癸酉 陰

十五甲戌 陰

十六乙亥 晴

十七丙子 陰

十八丁丑 晴

十九戊寅 晴

廿己卯 晴

付沈同興 寄桂芳平安函 三種 嘴茶 付椎膠 老伯兄 寄興通號

先考生辰上供 細香 柏餅湯等 式元 裝送四角 五〇二 晚膳 隔 燭 八 韃 廿

阿金晨來 收去洋供菜 六 十

燭八 存洋 六十三元 五角 錢一千九百卅九文 大園來 未楓樓 六十四 補十一

收吳 壹元 式角 合十一 許善齋 四元 劉 五 楊 三角 陳 式元 收元 五角 婚嫁 二百 四十

存洋 五十元 五〇五角 錢三千四百四十五文 少園來 付六哥婚 十八元 十一月翌日

六哥推鶯 一百 收張子壽 十一元 利人五元 掛沪包洗封印油硃 卅

晨步至寶積棧 辛芝伯不遇 即至穗和 飯後到稲原興通號

偕歸 存洋 六十三元 五角 錢 二千九百十五文 鄉六緊 一百卅式

陸稿仕象 一匯酒 十六 付范 除扒湯 三元 找送五半 蝦餅子 一百 早 謝灶 二百四十

卅三年丁未六月 十二

六月廿一庚辰 晴 中伏

廿二辛巳 雨

三壬午 晴

廿四癸未 晴 熱 蔣工付至九月廿五止作米

廿五甲申 晴 熱

廿六乙酉 陰雨 癸亥上

廿七丙戌 晴

廿八丁亥 雨

丗年丁未六月

收房租四十四元廿五角 又六千六百文 生地一斤八角 戒牽 意推鸞壹元 九十六 付何桂五十元

晨到典

付油可人口典 大園來不值 晚歸

十三衛蓮蓬子十一斤 可年 小園來

付蔣文二式元

換和泰洋鉄肆支交十元 又細講切衢一夜元付五元 是到典 又金

晚歸

小園來交到外息 卅五元八角 卅二文 收書閣息 廿壹元 付四元 四角

又收和與槑 收甘丹拔外存 收午姊出月租十八元 存

支永康理到

廿九戊子晴

三十己丑晴熱

七月初一庚寅晴 末伏立秋

初二辛卯晴

初三壬辰晴

初四癸巳晴

初五甲午晴

初六乙未晴

嚴川典既歸

收房租〇十一元廿三角 二千另八十五文 付阿桂支卒元 又洋鐵煙管戒 四元 翻修燈戒 四元

付景記弍元 付范三元 安斧 又廚閒帳 百零弍文 石洋 百〇弍元 百四十角 四千百廿五文

大燭八 收胡十弍元 又交弍元 日用十元 繳廿二元 龍三元

子西詩一子名承鄴字良甫號景鄭名家蘭 穩婆叁角 弍元 又考四十 陶媽送喜 二卅

張姓家媽送喜 卅弍 犀黃二一元 大黃三黃湯 廿六 醫 八十

新媵付力卅 晚吳稚原母為信郭生梅參歸 祝豫昌交弍角 又十

候張吳稚原小雨 梅參 顧 [illegible]

石洋廿四元 百四十角 又三千八百四文 范洋又元 收又 文 [illegible]

補收許子方元 付景記廿元 箱柜兩幢弍元十角 匠酒廿

卅三年丁未六七月

十三

初七丙申晴

七月初八丁酉晴

劉念悅來 計去十二天

計工付至十月初一日

初九戊戌晴

初十己亥晴

十一庚子晴

十二辛丑晴

卅三年丁未七月

存得四十元，四百卅四角。又十一千四百四十四文。補修牆門洞漏瓦酒七千

梅和泰舖結十二元，南貨七元。所出合卅元。寒儀壽辰四角，成衣十七。水果五角，卅出卅

謝怡蓮劉四娘卅三千，南貨六角，二元七角。燭三角，烟四千。燈火十一，添賴囊十一，壽二

祖妣百齡誕辰，喚寶積寺僧十眾來宅誦經一天，夜焰口一壇，撥念

歸叔午拜。堂中伯英聯元，繳卅三百，和舜引之、受之、伯雲、李䘒仲拜

參侯九初、朋之、友鵬、蘆場、來孫、拜梅、蘧音、吉甫、景煥、慶孫來

非閒壽開八角。又十九千五百文。又中桌二桌，寒儀共壽編，又四四千，壽星武元，付色四元，推還八角，又千文，謝四元，武

送慶孫物十四千，百合、蓮子、冰糖等二千二，鬧鈴壽星十八，還寶積寺

僧、蘇州夜焰口四千，又燭十二文，合付洋九元四角。晨謝客十數

家雨，往柳門致謝，簡武角，班五四。元，洋十角，收二元

偵啟

十三壬寅 晴

十四癸卯 晴 端節

十五甲辰 陰 晚雨

十六乙巳 雨

十七丙午 陰雨 小暑亥正

十八丁未 晴

十九戊申 晴

二十己酉 晴

廿一庚戌 陰

廿二辛亥 陰雨

存洋十五元五角 壹式千百四十文

晨歸 秋林 又周來 祠堂上供 付協泰 十元 十四角

燭八 晨刈曲

以金華 收李十四元 陳式元八角 將料修理

收歸

秋林來 歸於 秋林借洋八元 詠梅來 彰勝 月廿

先交 收房租五十四元 十四角 送 五角 付 四角

找過節 壹元 存洋五十元 九十角 千文

阿桂交五十元 晨 往 拍

積 收歸 晨刈曲 拔草 角

卅三年丁未 又月

十四

七月廿三壬子晴
廿四癸丑晴
廿五甲寅晴雨
廿六乙卯晴
廿七丙辰雨
廿八丁巳雨晴
廿九戊午晴
三十己未晴
八月初一庚申晴
初二辛酉晴
初三壬戌

卅三年丁未八月

在典、韓樹東作力二角，八四百念千
晚歸、花畫元收一千四百文，存洋十九元八分七角
收午時肖祖十八元
在家
韓樹自蘇來，出圓素交到外利卅二元，又四百五十文，給韓薪人方
晨仙伯過，接至三宿堂，接翁二萬九十誕，順送肖像遊紫山岳墓，晚歸，付花三元
顏老至寓，坐飯，晚歸，收房租廿九元，一千四百八十文，卅二角
文屬開帳一百十文，付豐記館飯十二元，存洋八十三元，四千四百八十文，一角
燭八 晨到典、收胡式元，付薪三元，開元十，衛記卅二元，龍元
、晚歸

初四癸亥晴

初五甲子雨

初六乙丑雨

初七丙寅微雨晴

初八丁卯晴

初九戊辰晴

初十己巳晴

十一庚午晴雨

十二辛未晴

十三壬申雨

十四癸酉晴

以閏三月付與承浩來皮帳 借蕊廿元 嘉四十元

晨到典

墨花式十元 光廿叁角 廿五 收洋式元

晨至海江親三壽作興 夜借滬 駐歸 分一三元

早寅核將伴玲失首蘭為之開發後歸

承濟劉頭 省開走蘭頭、承濟分元四 給劉元式 付花一二元

送洪昌旌夏 交銀兩 四元 日春劉蕢、老李子送喜儀四十

飯後歸 收洪昌及分算息介 洋四廿九元 以五百元入摺 塵多寸

癸卯至大儒巷出韓報 未刻到本濱 在坡屋餘由劉外天陽上岸至西、收十六寸

付韓船連飯 一二元 上坡轎四八十 塘棲三 二十 借祥記 二十元

卅三年丁未八月

十五

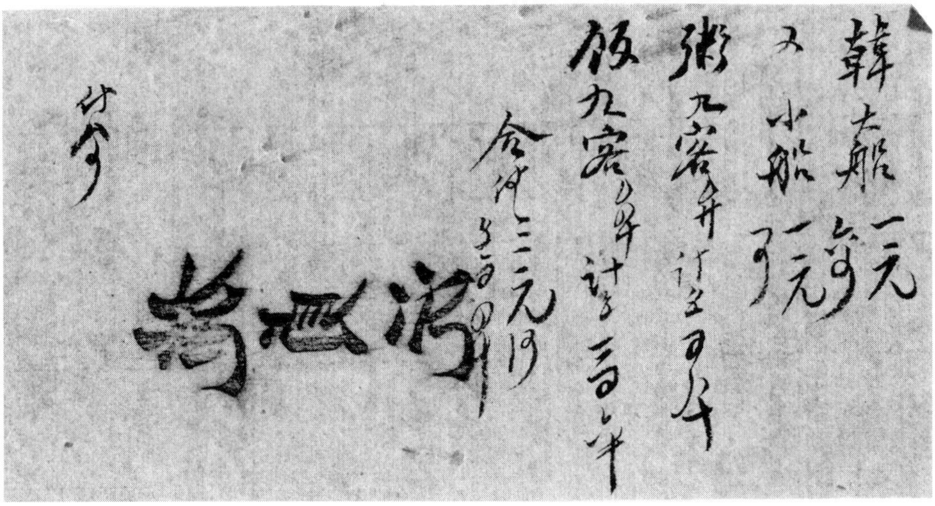

八月十五甲戌 晴

十五 送叢

共合十千

蔣五千付 ……

十六乙亥 晴

十七丙子 晴 陰

十八丁丑 陰

十九戊寅 陰 雨

二十己卯 雨

廿三年丁未八月

晨歸 甲圃來 益卿來交到息六十元 付阿桂帳八十文 ……

花支五元 存 …… 九十角 …… 送叢 …… 地方

派卸貴 鄭 …… 梅 …… 劉 …… 沈 …… 阿耕 …… 下灶 ……

蔣 …… 桂 …… 花 ……

見三元 共合三千 …… 燭八千 …… 下人 …… 九十 ……

送糕糰 四千 上坟用 一千 …… 元 …… 廿四文 存 ……

…… 存 …… 一千 …… 九十角 …… 四十文 …… 大角

九文來 飯後 …… 存 …… 收陳瑞祥 …… 元

高祖考生上供 飯後 …… 收 …… 壽 …… 元

收 …… 十一元 …… 新 …… 十

晨歸 上供 …… 付花 …… 又上坟添菜 …… 甲圃來 ……

廿一庚辰晴

廿二辛巳晴

三壬午晴

四癸未晴

五甲申雨

六乙酉晴[illegible]

廿七丙戌雨[illegible]

廿八丁亥晴

卅三年丁未八月

晨至松鮮莊與松兄沖醉收鄉債談餘[illegible]後季[illegible]蕭來一[illegible]鳴[illegible]

後歸差送沈少薌硯[illegible]香[illegible]一方郭[illegible]秋塵錫箔箱念弍元四角少一角

收房租廿五元卅九角[illegible]先[illegible]十[illegible]元先十[illegible]角五[illegible]存[illegible]

晨松鮮莊舉行秋祭[illegible]曲一角付[illegible]弍元[illegible]弍千[illegible]十

始[illegible]五十誕存宅[illegible]一角[illegible]一千〇送[illegible]一千文

收[illegible]艾元付油一[illegible]

晚歸家

晨[illegible]為其[illegible]刻[illegible]十六元

[illegible]收[illegible]十八元[illegible]

李友鵬送喜[illegible]二册存[illegible]合九十四文

十六

八月廿九戊子晴

九月初一己丑晴

初二庚寅雨

初三辛卯晴

初四壬辰陰

初五癸巳晴 因金收來計去罕八天計付至

初六甲午雨

十月十九日止

廿三年八月九月

少園交到外息卅弍元 又卅 收房租十五元十角 一千五百廿文 付花 叁元 百廿九文

付洋百元百四十弍角 又五千四百五文 景記領第六弍元

晨盡曉晚歸收胡十弍元 隔八

補付慈弍元 日用元 十 衢卅弍元 龍元 元 十一角 六千五 收十元

還借祥記十元 又 恨十三元 九角 滌徽黃李金子 百〇二 轉眾五

付洋卅一元百廿弍角 又四千八百卅五文

晉祖妣謝太夫人生辰上供 午刻招爲招飲與畢楞史 暑假夜友鵬

招飲仍與楞史招徐王儔 上演八寸

飯後至友鵬處與楞史領社到盤農家 晚歸 收吳 十元 卅弍元 廿九年九月二十日止

晨至盤農處道喜 為其三子作伐 午刻與畢楞史至友鵬處 願樞

初七乙未　晴

初八丙申　晴

初九丁酉　晴

初十戊戌　晴　晚雨

十一己亥　陰雨

十二庚子　雨陰　粵東祠秋祭

十三辛丑　陰　四壬寅　陰

十五癸卯　晴

申刻往老新寓　夜飯後歸　付昌盛記廿元　祥倚堂高蓮儕生媽四十

晚至敛農處賀喜　出分　夜飯後歸　許漢儒　廿兩

飯後至敛農處送喜　晚孟良至子與六處送喜　晚子宜邀至夜飯

寓吃夜飯十時歸　還聽訓參慢四元

晨至聽訓吊澄弟婦　飯後至敛農處　晚外園同歸宿餞

送錢氏婺館修　四角　付范三元　五十　存洋廿六元　百十八角　又多四千另五十文　二百東

晨偕迪娘到三官堂拜錢氏姑丈八十誕　飯後歸　晚到典

同典至祠　仍存典

晚歸

燭　八　又送汪添金家用洋　五十

卅二年丁未九月

十文

九月十六甲辰陰雨。日晨到曲。

十七乙巳晴

十八丙午晴 潭溪掃墓

十九丁未 雨陰

二十戊申雨

廿一己酉雨

廿二庚戌雨

廿三辛亥 陰

廿四壬子 陰

卅三年丁未九月

晨由曲至汪柳門談刻晚歸家

晨十點鐘與午林通姪至青石橋下船十一時抵菴廬與三仙巖大

午林姪兄隆元弟通姪同往即乘舟歸三時抵家吳遊倍媒

人收散船錢六角 存洋廿六元又十六角 二千七百八十八文

少園來 英送去書催力十八

少園來 九丈送醉蟹四罈力弍角 番四斤付范各善參元收 又另帳中 二百九十二

入紬一疋 存洋廿三元又十五角 二千四百廿八文

修洋錶壹隻十二角添料費 共壽洋拾元 到上

寶華樓購襪 四元 又贈盤物弍元 克元十一角 收壹元

廿五 癸丑 陰

六 甲寅 晴

廿七 乙卯 晴

廿八 丙辰 雨

廿九 丁巳 陰

三十 戊午 晴

十月初一 己未 晴

初二 庚申 晴

初三 辛酉 晴

卅三年丁未九月

收房租洋九十元卅弍角 錢四十弍文

晚歸 慈借柒元

祖香過節 和卿來 偕少梅往 配元 配年妹天寶銀璘 廣庚 叁角

家齋調士來 募遵階公浩仙夫人沈賻弍元 少園來 交門外息廿弍元 又廿文

又米外息廿元 收年妹十元 以壹百元付琢康存 十七元卅弍角 二十千零八十四文

彭藤往坊 卅 景記十六元 借嘉五千元 付花四元 送千

收房租廿九元弍角 二十千零八文 晚至典、補 廿上供 廿八 廿九上供弍元 拆 [illegible]

收胡吉洋二元 期票洋拾元 三六崖 捐 [illegible] 花搭等 君

嘉歸 補付意弍元 日用十七元 鄉記卅弍元 龍生叁元

幹臣公謐上供 存洋四弍元 又四十角 二千零十二文 彭藤往 [illegible]

十八

十月初四壬戌晴

初五癸亥晴

六甲子

初七乙丑晴

八丙寅晴

初九丁卯晴

初十戊辰晴

十一己巳雨

十二庚午陰

聰於賀三元九角半大

讓 耳貝計洋价一千

十三辛未雨

十四壬申晴雨

丗三年丁未十月

晨到典，晚歸

付苟記廿元　送壽禄壽錢元

虞姨母少梅、稚梅、袁平同彰來，晚自典歸，以到典知梅岑

于午刻付古絲綿六元

由典至梅岑送其殮，午後歸家，挑四

晨由閶來至聰訓，於日開倉，晚歸　付呢四元　我不近午

張靄卿來取洋扣元四角四角，二千四百〇九文

蔣二十付至十月廿一日止收支

十五癸酉晴

十六甲戌陰雨

十七乙亥陰晴

十八丙子雨

十九丁丑陰

二十戊寅晴

廿一己卯晴

廿二庚辰晴

廿三辛巳晴

付蔣燮之壹元 晨刻出

高祖考忌日供晨饌[illegible]共錢八分

收吳君玉夫人还借洋六百元又利洋二十元 以六百元并元入承康摺收清

手寄六元 欠五元 許寄六元 日晨到典

收房租六十三元 十四角

付范三元 廿二件 送廣姑物三元 籠梔楠匠僱三元

晨歸 存洋九十六元又五十八角 一千四百文 收聽洲租息三千柒百元 入瑞康摺 少元息

汪雲生來 晨借通婷至桂芳樓 雲生為其作保[illegible]

往天官坊拜松岑賀祖母百歲觀劇 晚歸 先劃五老店一千[illegible]

卅三年丁未十月

十九

廿四壬午晴

廿五癸未晴

廿六甲申晴

廿七乙酉晴 歸摩

廿八丙戌晴

廿九丁亥晴

十一月初一戊子陰晴

卅三年丁未十月

付油○轉票十 存洋九十六元○五十八角 〻〻一千○九十文

送汪竹伯九十二文 晨至聰訓弟子壽夫人晚歸

收蘭來聰訓送來租洋五百元入聚和〔〕五 十四 斗斛十八元

洋緞一丈 向金借五元 晨到典

晨歸西往宋仙洲處送張南生入殮晚歸 二人 〔〕

晨與斗斛到聰訓吳國〔〕 至典 〔〕

晨歸 蘭來交到外息廿二元 〔〕 郎又借五元 以聚和〔〕

還老店五拾元 收去十千○五千又〔〕 存洋○廿六元○〔〕

付花四元 買帳 一百九十八 〔〕 卅 〔〕 十二元

收姨太〔〕 收胡十二元 送〔〕 ○〔〕

初一乙丑晴
初二庚寅晴
初四辛卯晴
初五壬辰晴
初六癸巳晴

付憲式元 日用十元 衛記四式元 顧叁元 修眼鏡祖 七元廿式角 八千六百文
發餅九十元 又什角 十二千九百九十文 何肇基寓報單 四千 榮寶 初稿借 冊元 還不 約明年二月還
炭一簍 四角 又六千文 送鴻箔 九千式 怡
補入修理匠酒資 十元 廿
祖考百齡在家拜懺 清音九天二百三拍 剛亭壽聯 和材壽幛 季賢
仲華 穉楣 子嘉 伯瓊 絅夫 醒先 壽聯 鋈庭 筱青 耒宣 梅侶 乔耕 耒女
周保如 孟淵 佑卿 三桂 林 君子來 鄧又生 送喜幛 卅
胡送糕糰 卅 宋肖卿夫人 送 式元
晨謝客 散 家 晴 二姊 和材 嚴夫人 候 即歸 作 次年 材 抵 坑
劉 和材 卿丈 來 在 西 福 晚歸 萬記 廿元

卅三年丁未十一月

二十

初七甲午晴
初八乙未晴
初九丙申晴
初十丁酉晴
十一戊戌晴
十二己亥晴
十三庚子晴
十四辛丑陰
十五壬寅晴
蔣六十付至戊申正月十七日止

卅二年付未十八日

館役至嘉禾 和軒 樸段 劃 晚歸 新勝 付物 貳
蔣亦典 籃 桶 我 妻 伴 洋四元
送章 姨 世物 十元
晚歸付范 四元 楊 貳又 另 帳 貳元 一千文
晨至真人殿 祝 雅圖 壽 順 至 亦典 發 圖壽 壹元
館役自典至沙皮巷 和軒 晚歸
新勝付物 十五 賠 姨太座 座 用 六元五角 一千一百四十文
晨偕 面 過 往 廟 之 孫 信 媒人 吳 達 收 伯 詞 後 之 帽 之 子 蔣 同 在
館役 訪 達 歸 晨 夜 歸 楊 宜 生 來
晨 至 典 蔣 支 工 錢 貳元

十六癸卯晴

十七甲辰晴

十八乙巳晴

十九丙午晴 冬至

二十丁未晴

廿一戊申晴

廿二己酉晴

乞一元 收今年壹千百廿文 少宰冥誕日用廿七元四十九角四 八千另九十七文

晚歸 收陳瑞祥式元角 飽伯生上供

收張二壽十元 退洋五元 酒式十 灯燭廿 行酒百廿

寄吉兒葛助徐鹿八壹元

楊定生卓其楊程翠卿來 領支門油一千 印振千 阿桂來 白卿

收房租洋百四元 十二角 付寶積帳十式元 上角 付范又元 找还廿

存洋八十八元百卅四角 一千一百九十六文 冬至用式元 一百廿五文 種善局捐拾元

存洋七十六元百卅四角 8千百四十一文

晨剃頭

晨歸 錢太夫人忌上供

廿二年丁未十一月

二十

十月廿三庚戌晴
廿四辛亥晴
廿五壬子晴
廿六癸丑晴
七甲寅晴夜雪
廿八乙卯晴
廿九丙辰晴
三十丁巳晴
十一月初一日戊午晴

廿三日

先考忌上供菊素 午後到典弍元 處一元 早八 寅僕送物五十

晚歸家 盧送喜糕卅 猪蹄又卅 收典还鄉柳價五角

少園來 收午排租洋拾捌元 晚到典

往寶驤 去午壹元 戴吾候罗事分弍元

轎 承叟送喜糕廿 補十五日菜用弍角

晨歸家

少園來 交門外息卅弍元 八十文 轎 椒芙來 付景記十弍元

付蔡五元 司戴文從子送喜糕卅 付洋壹百另五元 司廿九角 九百五十一文

收房租洋廿弍元廿五角 轉 十 付洋 司千文元 司壹百弍角 三千百卅文

晨到典 洋弍元 日用十元 壹元 記卅弍元 三元

初二己未 晴

初三庚申 陰

初四辛酉 晴

初五壬戌 晴

初六癸亥 晴 金氏墓三月廿九（戊辰三月廿五）

初七甲子 晴

初八乙丑 晴

初九丙寅 陰

晚歸 秋谷交來霜九十弍 佳蔣承豐邀寄 卅弍

收胡十弍元 收宋棧 房租除去二季房捐 廿三元 十三元 角 付文修築

地坪五十元 園牆磚石十弍元 庫門石五元 前年 … 廿五元 … 盈元

晚到典

付景記廿元 崙之來 …

晨之寶積寺 芳松 …

晚自典歸

外祖母忌之供 飯後至任蔣穩質 … 晚歸

廿三年丁未十二月

二十二

十二月初十丁卯雨

癸計盛寶胄月五日止

除五十

十一戊辰雨陰

十二己巳陰

十三庚午晴

十四辛未晴

十五壬申晴 清録務

十六癸酉晴暖

隆慶

廿年丁未十二月

多花楊送秋谷大人張興彥甯料對同飯收掃班手

付范五元 趙迎單 轉票十三 以金交四元 匯酒三天十八

吉甫送稗蟹兩坛洋肉麵力可 上供二天一元 卅六

送伯武廿兩 一元 君到頭 尾接秦適喜遂往看秦夜宿

移碧之壽 頌喜錄帖 夜往宿往衡

同瀛壽平柳堂 飯後出購遠至中街路 易順而歸

書箴細鄉送紙大力 卅十 嘉帶送紙卅二角力 卅 存洋九十元 付二千二百 又二角 錢文

畫祖帶靚 壹元 李生赴葬 式元 二十日請工錢二元 晚到典

晨回典至連貝泉平板 與卿又 四下鐘蕃 芬欣歸

隆慶禮四元又二 十六 高送顧力 十

十七甲戌陰

十八乙亥晴

十九丙子陰微雪

二十丁丑陰

晨至三宣堂揆兴弟十周 澄夫人百日 作佛與澄弟查閱遺囑訓

晚歸 存洋八十八元〇十三角 錢二千一百廿八文

付阿桂往大鹿樓探逸之夜飯先付 五十元 晨到曲

收張子壽 十二元 收過五元

晨歸安園 來交劉米外息 廿壹元 收租 式二元 付戚拂 桂生

來付工食 九元 先施公司蘭權 三元 禮米鄰 雞蛋 一元

收洪昌西來基 附單三個月 合洋 五百〇六元 收午妹冬年租 十八元

存洋 八十一元〇五十角 錢一千七百〇八文 油一斤 付金大借 一元 慶妹送魚唇

及物力式角 共 還八門借嘉記 卅元 收租 洋四十九元十七角 錢五十一文 付范

入关 三元 一百年 存洋 九十六元〇五角 錢一千一百四文

卅二年丁未十二月

十二月廿一戊寅陰

廿二己卯晴

廿三庚辰雨

廿四辛巳陰

廿五壬午晴

廿六癸未晴

廿三年十二月

南貨賬廿八元三角二文 兑十二角 收洋壹元 付福桂野 付洋綠醬 式元一角 廿五文

曾祖考誕上供 晚到曲 李齋 洋七半

门油一百 價作五卅

晨歸外祖母生辰 履 阿淑賬福和號六元 沐浴 送灶洋 一百卅

讓音來留飯 晚後至曲

花借五元

晨自曲至寶積寺 本生祖考卒 誕忌 謝客 歸 晚歸

收隱林共洋四千一百九十八元 書九十四文 付衍記租洋六百四十式元 小八角 五十五文

付阿桂支元十 收坊租四十八元三角 付李瑞瑩修理一元 三角

存洋四千四百五十五元一五拾角 存錢九二文 付便桶釘地 又角

廿七甲申　雨

廿八乙酉　陰

廿九丙戌　陰

收外息卅貳元五角廿一文　晚到典　卅圜來付永康壹千元

是晨與韓梅伯歸韓卯金　卅圜來支永康壹千兩　交蘭頤處

結清永康貳摺存款　洋四元八角　付恩同順十五月　壹元六角　還東樓帳拾元　收洋四圜七文

付先洋六元　收屋租六千八百廿文人　付阿黃修理帳　五十貳元八角

天邑借款　四十元　還卅九　借加五千元　又恩借五千元存　洋二千〇貳元四角　又六千七百六十二文人

汪甸青夫人送燕窩一方　酒廿四瓶　對四十　廿三上供　三百千　排位十大宴

四千　燕窩送椅子二方

羔茶二方　地方二方　收祥記息利六千元　付祥記布帳十六元

收房租十元貳角　一千七百廿五文　洋燭三桶六角　六千　燈燭其貳角　燈油八斤　香合四角

插瓶二對　百口　門簾　三種來六對　付花四元一角

大多帳四元六角　收花先還借弍元　付景福飯菜錢弍元
又收廿　收柳拆節又二元

慈玲押歲珍壹元　衡四元　景弍元　龍壹元　二官壹元　賢壹元

派節賞　壽〡〤千　双〡〤千　桂〡〤千　梅〡〤千　朱〡〤千

根〡〤千　陳〡〤千　二官媽〡〤千　金〡〤千　花〡緣八千

廣班三人〡廿　又折年夜飯〡〢千　付袁成衣帳十弍元一角

存洋一千〇廿元〡十五角　付廿一廿九上供壹元　日常　還慈八八
存錢七千一〡卅四文　　　禁借廿元　計

收花還未付帳卅五元　〡〇九　午林壽　丞媽五人　〡〢千　吳宅五人　〢千弍

收梅桂還袁成衣帳弍元三角　六文　存洋三千〇二十元〢角
四千〡卅弍文

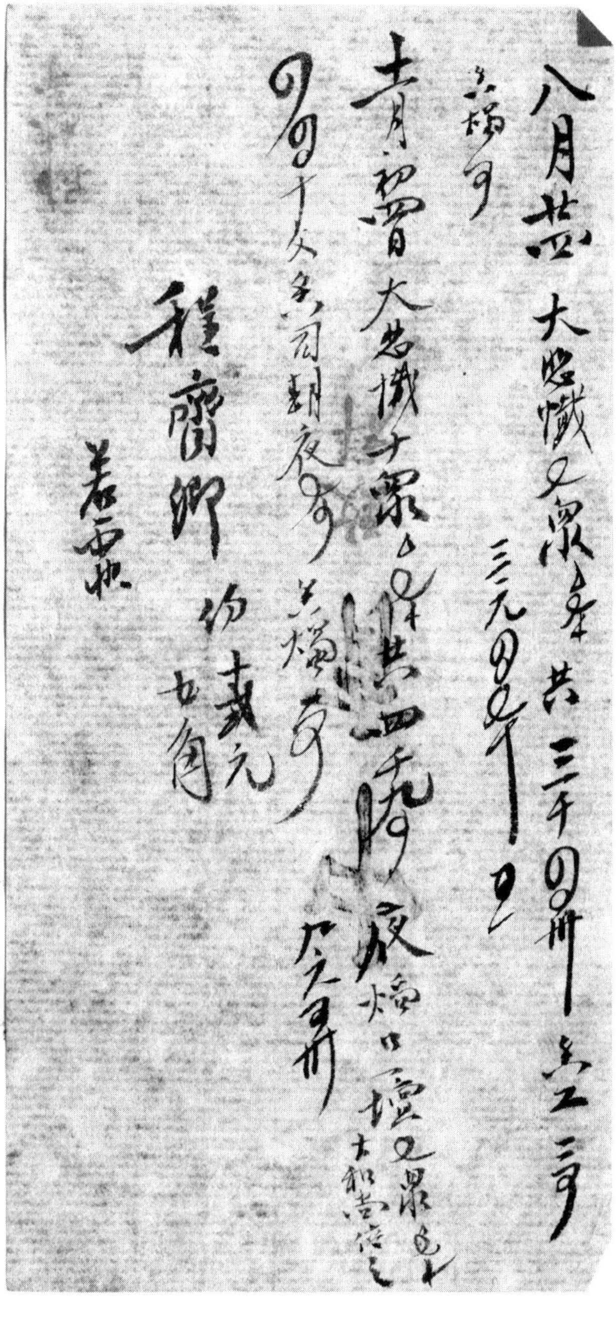
八月廿　大悲懺
十月初四　大悲懺
稚齋鄉
七角

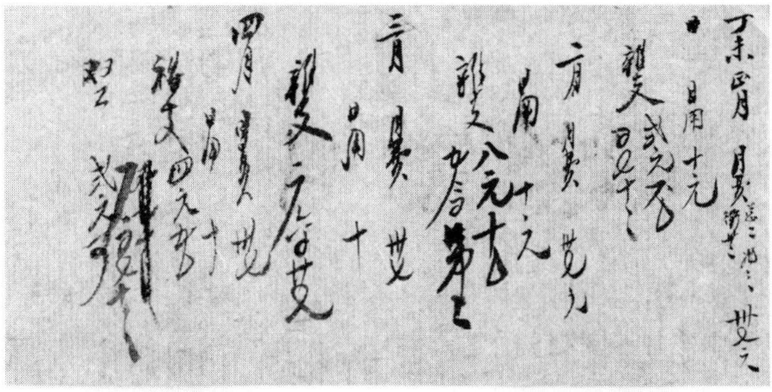

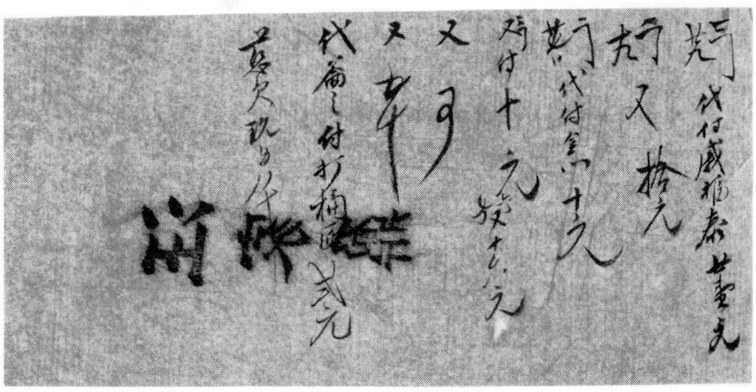

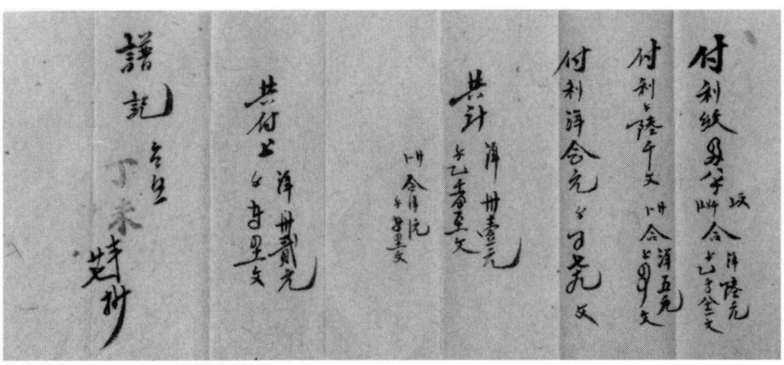

潘子嘉日記·戊申·己酉

（清）潘亨穀 撰

戊申
緒三十四年
己酉
宣統元年

光緒三十四年戊申正月

元旦丁亥陰晚晴 晨供蓮子湯 午刻來至午刻喜賀年拜喜神 崙三 承萱

來上年結存洋三千另四十弍元壹百拾捌角 多四千五百三十九元 付二慈貫弍元 甫十元

徽記卅弍元 龍貴三元

初二戊子陰 晨供百合湯 汪吉甫星臺 子義璇音來 剛亭伯雲綬欽絅之

子宜友鶴王小徐來未見 稚梅來留飯飯後與稚梅遊觀退

張壽卿 三萬昌啜茗晚歸

初三己丑陰微雪 晨供雞豆湯 少園三桂沛如亦清來留湯點司務

貢湖公誕辰上供盆麪

初四庚寅晴立春 晨供扁豆湯圓子 拜客數十家在吉甫處吃飯晚歸

初五辛卯晴 晨供棗桂湯 在典

三十四年戊申正月 一

正月初六壬辰晴
初七癸巳陰
初八甲午陰
初九乙未陰雨
初十丙申陰雨

三十四年戊申正月

由曲、出門拜客數家 盤南棧 在南棧飯、後至西棧盤查
晚歸班了 付其記廿元 妻子題可
晨至北棧盤查一氣 遂與少園至東棧盤查 在東棧飯、後至
雅聚臣 叩賞 子姪 叩歲 晚歸 收胡祖式元
晨至三官堂拜賀 姊母五十誕 及舍弟才世誕 飯後至鳳祠與諸姪
換之劉某方中喜 夜風鳴 叩歲 晚歸 收吳三月租 廿五元 廿七千 收至上年十二月止
幹臣公忌上供 即至天官坊拜賀 袁衡壽 晚歸班了 上午 酒 卅二
郎甫九十 五世祖妣忌上供 陸鶴題 七十 戊 初五以前客錢六百十
三十日 廿六了 初二了 發 一千零四百文 付范 初五七月 下忙四千元了 除借三元找 壹元 合洋 存洋二千五百六元零 七十千 了
付農 洋 壹元 存洋 三千五百五元 零 一千一百四十九文

十一丁酉雪
十二戊戌陰雪
十三己亥陰晴
十四庚子晴
十五辛丑陰
十六壬寅晴
十七癸卯晴雪
十八甲辰晴
十九乙巳晴
二十丙午

晚拜梅宲 即與龔
歸賸信力卅
晨歸大園東 濮院夏信力卅 酒 六十四 夜供油作盂酒
飯後到滙金泉沐浴 浴畢至觀音廟 遇姪 嫂 萬全山…
晚水餃子晚歸 轉宲 八 燭廿
晨供圓子蓮子湯 至典 晚歸 夜供 石膏簏 酒 六十 燭卅 四火
晨到典 李…轉管事 五十 燭八 火
元宵
晨歸收喜容 晚到典 付除夕祀元 付犁士 十八 昔用除帑 借戒 四十四文
晚自祥記歸 付花 四元 … 收一房租洋 廿九元 廿九角 … 卅

三十五共戊申正月

二一

正月廿一丁未晴
廿二戊申晴
廿三己酉晴
廿四庚戌晴
廿五辛亥晴
廿六壬子晴雨
廿七癸丑陰雨

三十四年戊申正月 廿二

存以洋三千另拾元 又廿五角 以八百叁文 晨到典

付油子花一元 收上一千另卅文 收彝祥廿五元

晚歸 馮翁 又壹雞毛帚 付 送高伯思樣 一元 送嘉

由偎頭瓜子四瓶 一元 送戴四通壽聯 付 送 客 又 付 錢 昔 付

馮翁九太弍 飯後 坐唐船至橫塘 酉刻到店 夜宿

在店 盤貨 和林 至 均到 夜仍宿 在年盤人 俵利

晨掛牌 即趁 子義 卅至萬安 先到 吳福塘 遂仍回典 吃飯

了後至 管家浜 即乘舟歸 酉刻 抵家 趙聰 初船 至 萬安 弍 同

四圓 未 付 後 至 通 好 即 天 官 坊 手 山 校 又 小 送 其 八 本

夜九下鐘 歸 收外息 廿弍元五角 十五

廿八甲寅 晴

廿九乙卯 陰 雷

三十丙辰 陰

六月初一丁巳 雨

初二戊午 陰

范六廿付至五月廿日止

初三己未 陰

初四庚申 雨

朱孝生來 晨到典 晚歸 存洋三千[illegible]元 又一百四十五文 [illegible]

收胡十式元 晨剃頭 至天官坊前小林大森興程子範

周少甫 吳[illegible] [illegible] 直[illegible]飯後送入號即歸 [illegible]

少園三柱來 交到南棧壽植廿六元 上年官利息存 一千四百元 收[illegible]廿八元

付晨記飯菜十式元 付范式元六角 九十九 以洋四千元付永康成檔

付慈式元 日用十元 衡記卅式元 龍叁元 燭八 王咏梅[illegible]月助式角

少園交到森息[illegible]十五元 九の 付貸價三元 一千卅四文 存洋五百卅五元 又四百[illegible]文

范支卅六元 午後到典 收三房租五十四元十七角 九十八人 [illegible]

晚歸 存洋六百廿三元 又[illegible]十八人

少園壽來 付還兩棧桐油記票帳三元 午後到典

卅四年戊申五月

三一

二月初五辛酉 陰

初六壬戌 陰

初七癸亥 陰

初八甲子 晴

初九乙丑

初十丙寅 晴

十一丁卯 晴 夫人六日止

十二戊辰 晴

十三己巳 陰

十四庚午 雨

十五辛未 晴

卅四年戊申二月

錫箔一箱 付洋叁元六角

送[illegible]英國兵 壹元

同典至城訪赴[illegible]校飲 晚歸 付君記廿元

農刊典

晚歸 付花三元

門簿支二弍元 晨刊典

存洋五百七十二元 四罕弍角

存錢 廿五文

步行至晚觀劇三君 晚歸

移源送來往範卿信并達子管房儀洋壹千元

燭八 晨刊典 寄仲子坪嫁媵 壹元

十六壬申晴

十七癸酉雨

十八甲戌晴　萬安長春

十九乙亥晴

二十丙子晴

廿一丁丑晴

廿二戊寅晴

郵政信匯銀廿力三　羌洋一元收羌乡壹千〇卅五文

晨歸　午餘述劉京祖乙丑付潘謝一份〇仟

黎明至大儒巷下船午初到虎丘巳初登舉下船酉刻仍

至大儒巷上岸歸　韓大小船飯粥三元角　挑工夫〇飯十八坎丁乙丑

鑵頭搬谷克　壹元　報翻糧栽　弍元　異隆風圓退寫

晨至隆慶寺拜訪華如印上若房首慈風來興　和姊乙丑載

若少園等　數千匯壹一致　存若翁楊飯　和姊乙丑載先生收歸

以票洋壹千元　飯廿卅入永康典　存洋乡廿三元〇罕上角　入仇九千弍文

少園來　門油一兮　付乾四元　〇五乡上枚菜　五元　乙丑〇千收錙

夜雨

甲申二月

四一

二月廿三己卯雨
廿四庚辰晴
廿五辛巳晴
廿六壬午晴
廿七癸未晴
廿八甲申晴
廿九乙酉晴雨

卅四年戊申二月
晚偕典、秉樞至聽鸝館，和坤至吳壽卿處與典，夜歸。璘姪　飯罷早茶十四
收房租　四月三元廿五角　九千　存洋四百五十九元　千六角　存外錢二千文
晨至花橋平秋谷處，與印香典、
偕典、至專祠茶行盤賬，順至樹本典、
偕典、至砂皮巷訪許洪和，與許玉美居前巷，順歸
晨蔣巾甫蔣禮保、偕默三顧竹齋一次、印歸，洪、吳興賢，則新橋
偕少園等順至典、　楊館子戲分　式元
飯後自典、與吾吳卿　至新橋　順至二嬸昌　印歸
收午橋三月房租十八元　收房租十八元十角　一千四百文　少園來
交劉小恩　廿元五角　八千八文　送俞曲園壽一燭、一元壽　一元六角　找還七六　付嘉興局　十元式

三月初一丙戌晴

初二丁亥晴 祀竈[illegible]

初三戊子雷雨

箱稚式幢 光元八角 又十五文 運陵洋錦台[illegible] 參角 付泡三元 又午

燭八 蒄式元 日用十元 衛卅式元 乾元 三元 存洋[illegible]五十一元 又一千八百七十六文 又羊五角

晨至馬醫科巷曲園處別 雲天官場 松山楚文 [illegible]

邵歸 琛 男 加十 兑洋拾元 校 十千五百文 收胡古月 貳元

存洋[illegible]三元 又十五角 又十式千八百四文 色[illegible] 九千 果[illegible] 四角 卅

送客姚稱[illegible] 錢[illegible] 焚香 灯燭 卅 [illegible] 十

修炊炊灯 十四 東[illegible] 十六 海龍坊 [illegible] 卅

祖妣考三千周忌 在宅供饌 積壽備會眾 夜燈一壇 [illegible]

國三桂添收 明德卿來 [illegible] 和叔 二伯 三伯 伯 初 壽 伯[illegible]

前孫[illegible] 香燭[illegible] [illegible] [illegible] 來 [illegible] 伯[illegible]來

[illegible]

五

三月初四己丑雨

初五庚寅陰 晴

初六辛卯晴

初七壬辰陰

初八癸巳雨

初九甲午晴

初十乙未雨

[illegible]戊申三月

晨出門謝客至新橋巷黃園之桂德卿至觀前訪諸二伯

子又叔嫂兄前飯後從老通照諸三伯處男意至決

後照程對飯桌息去即歸挑燈少 初三日添菜九十六

三官廳媽工錢七八元又薪俸壹元八角又百四十三文又修屋

付景記廿元晨下灣寄錢過伯雲以伯武所借三百元交之

初七松溪等閑譯書元卌角共六千一百九十六文又

日晨歸

日晨至王洗馬巷臨慶巷拜洋伯樵三圓飯後至觀過照興

晨又顧對至桂芳[illegible]晨晚歸

晨至獅林寺秋谷偕安靈飯後冒雨歸付范[illegible]三元

十一丙申雨

十二丁酉雨

十三戊戌晴

十四己亥晴

十五庚子晴

又出節帖入宮一元　又印之作料飯一元　日杞裕　潑繞夏請[illegible]傍卅

存洋日支元三千[illegible]文　寄夏壽卿由此處記介一元一角

朱蔡生來謝　存洋日支元三千一百〇六文　承錫壽楚卅二

午刻至新橋巷賀濂子福姪周諒嶠壹佰伍拾歸　孟卿來

付還蕘戴昌福華帳洋拾玖元五角　二官至潯陽　賀陳壽莊二千

送如夫人之物卅四　又出節日茶菜壹元　廿千　付萬錫方供架盒四元二百九十文

日晷到典、

至新棧晚歸　付洋布交洋綢等　找還二百廿　式元

日晷至沙皮巷領和尚擬女剃頭　順路至壽卿閣與吉甫晚茶

吉甫邀萬屋吉屏三人小酌晚歸　存洋一百九十七元一千一百廿八文　三十四角

三十四年戊申三月

六一

二月十六辛丑陰

十七壬寅晴

十八癸卯晴

十九甲辰晴

二十乙巳晴

廿一丙午雨

卅四年戊申二月

晨至寶積招沈劍秋看[illegible]小腿刮節後并看閔會收

與王金甫至新橋買山西歸　收李德榮五元

晨至新橋閔偉生　五伯和舞午飯　子生叔之伯協訓

夜到典　轉票也

飯後歸家　收張子壽十元　得毓生　笔十一角　收洋十元

晨出觀至新膳濮院　譯梅偕往　帶去卅元　十六　晨至典晚歸

晨至典晚歸　慶妹去吴　送廿元　慶手續八首　卅二

付笔弍元五角　收孫組　弍元　卅六角　孫洋四角　弍元　角

辛二二人　小谷五千四文

補十九下升班至野　卅　[illegible]　濮行力卅　孫洋四角

笔一元　收米一千一百五千文　阿貴邑蘇張隆正　元

廿二丁未 晴

廿三戊申 陰

廿四己酉 晴

阿金二十付付至癸丑正月十二日止 如閏一个計付至庚戌十二月

以全計去十天十二日止

廿五庚戌 雨

廿六辛亥 晴

廿七壬子 晴

蔣文二十付付至五月十八日止 又十八

廿八癸丑 晴

潭瀝掃墓

存洋二百八十七元，又四十八角，一千七百九十四文　门油一可　二月男媽初五止 六元

晨到典，晚歸，潘稼梅信

晨至典，晚歸，付還寶積寺帳洋拾叁元，又洋陸角

以全去阿壽借拾元，阿金借拾元，鍾伯三上供燭八、甘蔗四十

積吉卅　少園來，湯西俊五，擠十詞卅

晨卅鳳竹延卯歸，少園來

晨到典，晚歸，莧廿十六角，收洋壹元

蔣文二十式元　收太年六月租十八元

晨至鄭康支洋四百元，付九文借十四年 期至十一月底 傑至大隆花下船午正

抵嘉陵巳後畢事，午刻至任命(?)布歸船至六時，少園來

茲年戊申三月

七

三月廿九甲寅 雨

四月初一乙卯 雨

初二丙辰 雨

初三丁巳 陰

初四戊午 晴

卅年戊申四月

交劉外息卅弍元五角 又米息 念壹元 付還厚帳壹元

存洋 四十二元 卅六角 收胡千弍元 付恭記厰弍角

付范洋三元 合九元 存洋 四十弍元 八元 卅六角

燭 付芸弍元 日用十元 繳記卅弍元 龍三元

兑洋壹元 收 一千二百五十五文 存洋 一百七十元 卅六角 一千二百六十二文

步周 沛如 永清 德卿 三桂 吳壽 俊林 三桂 交劉康甫弍

個月 五千六元 收三房租 洋拾叁元壹角 二百八十文 收阿桂 猪 卅元

付阿桂五千元 收阿桂利洋弍元 存洋 一千四百 十三文 十二元 廿角

謝太夫人 送上供 南腿 方 付笋 等 督脂 糖 卅 嘉興糕 十六 甘蔗 十五

燭八 酒廿 午後與通姪 積 於午時 黃三 晚至

雙全工計付至四月廿六日止 [illegible]

初五己未晴

初六庚申晴

初七辛酉晴

初八壬戌晴

初九癸亥

初十甲子雨

十一乙丑陰

十二丙寅晴

十三丁卯晴

為全收去甫即歸

晨往季典，晚歸宿 雙全來

付菜記廿元 茲執回家班四千一萬 帶去用 廿弍角

立夏買蛋十八斤一萬 晨到典、海江去程力 十弍

收賢英三個月租廿弍元 收年 收芭還又桂飯作 鈔出囗存弍元

晨歸 少圃來 付權 訂戒陰曆 書萬元 付范一三元 五角卅

孫年言 十弍元丁卯 陳父 豫日 居與通娣至海江道喜飯

沈與韋肴大 莫芳嫂 晨悅歸 聰記一元 聘張先生壽

阿戒元 墾下送昔尹 匠酒廿

是晨到典 請至西先師 壹元 戒還一百四平 付三有肆三謝 一萬

卅四年戊申四月

八一

四月十四戊辰晴
阿金來計工伙至辛亥五月廿五止
十五己巳晴
加閏一月計工付至庚戌十二月十二止
十六庚午雨
十七辛未雨
十八壬申晴雨
十九癸酉晴
二十甲戌晴
廿一乙亥晴
廿二丙子晴

卅四年戊申四月

晚歸 楊光民戒觀一元 存洋一百〇七元〇子角 二百[illegible]文 錢

燭八匠酒廿 存洋一百〇七元〇子角 又書百八十五文 夜阿金來

晨到典 王偉雲處並書作住典 補一元 我還千

兑一元 茯一千一百廿五文 轉業 付留錫帽布六元 二百罕

飯後歸 收張子壽六元 廿八元 付金字滌元 五元 匣子七十

晚 侯來 蘧青來 存洋一百十二元子角 六百五十文

文恭公忌辰 收存祖洋一百〇三元五角 八十八文 付兑四角 收回四百十六文

上午橫塘 付范一三元一角 又五十文 存洋一百十二元五角 又四百六十文

晨到典 付油一百 收李銀榮五元 取金壹

晚歸 兑一元 收一千二百文

廿三丁丑晴

廿四戊寅晴

廿五己卯晴

廿六庚辰晴

廿七辛巳晴

廿八壬午

廿九癸未晴

晨至天官坊弔陸嘯霞丈，夜飯後歸。□□十八

晨訪魏牀丈，即至天官坊弔嘯丈，飯後送殯至黃鸝坊橋歸。

付四弟一元，收公一千百文，存洋〡〤十六元，□一千〡□□文

晨蘭來，季煥來，午刻吉甫、舫僧、張師吉人來，訪官幸

贈三元，費四元，席四元，贄四元，留飯，飯後與吉甫、雋樓、瓊臣

至恒寶齋，晚歸。吉甫送記書廿部，書廿部，又先生席

□元，收公年酒費〤，陶送糕粽四事，三角，八千，存洋〡□元，〡一千〤〤八文

收本年年十八元，茂備三元

晨到典

飯後三桂來典，同至滄浪亭與少蘭、伯歸。收外色卅貳元，〡〥十七文

卅四年戊申四月

九六

四月三十日甲申晴
五月初一乙酉晴
初二丙戌晴
初三丁亥晴
初四戊子晴

芸年散賬五月
收久大錢貸店會租四、五月十六元叁角 收至五月底止 押租加找 連前作五十元 會四元六角 收南
棧廿元 先廿弍角 四千 收弍元
伯雲來收弍記還本弍元 利弍元又角 付景記僧棠十弍元
收務租十弍元廿壹角 又三千八分 付范除傭找壹元 十九日 書房用 又廿六
存洋 又 昨存合元又九十七角 四十千八〇四文
燭二十 付黃弍元 日用十元 付瀞記卅弍元 龍元二元 三元 收洪
昌言附來官利洋四百八十八元 共去四千文 以一千〇年元入戚捐日報
晚歸 收祥記官利 指元 收胡十弍元 付祥記十元
付阿桂薪九十八元 少園三推德卿吳壽彤來
收南棧租廿八元 付還東棧四元 付書

初五己丑晴

〃

初六庚寅晴

初七辛卯晴陰

初八壬辰晴

初九癸巳晴

轉借六十元代換記付倉壽足八復又元 找還一百五 付聲吳衡堂二百卅 壹元 角

晚晴 收壹元 張師爺 敬先元 存洋卅又元 一百 廿角 五十四 七十二文

付袁成衣帳八十 壹元 找角 文字訂陪 七角 先廿 壹元 借五元

晨到典 派節賞 蔣一百四十 桂一百四十 朱一百四十 巧一百四十 范一百 鄧一百四十 梅一百四十 三小姐一百四十 別一百四十

紫班夫人昇 差來一千 地方一百 森妹家下人四人無 卅八 吳一分 外二

吉甫送糖果一千 前送桃子油餅魚一千 慶妹送節禮 八十八

迎風橋送端午粽四千 存洋卅或元一百半角 先二千四百五文 錫元補節賞 八千

晚歸 付長記廿元 轉業十

轉梅來 讓壽集

晨到典

戊申五月

十一

五月初十甲午晴
十一乙未陰雨
十二丙申晴　阿金母故去
十三丁酉陰
十四戊戌陰
十五己亥晴
十六庚子晴
十七辛丑
十八壬寅晴
十九癸卯雨　癸金廿日訃世美，計工付至五月廿日
二十甲辰晴　伯子去
廿一乙巳晴
靜齋付至五月十六止

卅四年戊申五月

晚歸。付苑壹元六角，淨欠二元。支承康盛借二千廿，付承康大許摺

付張正隆做洋鐵壺、廣漆水三元九角。號八元四角五角，一千六百二十文

午前至濟陽觀二房庭板，後至北棧，蘭留歸。二房撥□一元

阿金晨去。蘭孟卿來，收蘭還借洋拾元，三百五十四文

晨到典，爲八

以金來

晨歸。蘭來。付苑一元，六角。淨欠四元。收二房租九元，□□□□

以蔣交四元式，內油一元，號　壹百□，撥元一千三百九十一文

癸金二十付至己酉正月初止

廿二丙午晴

廿三丁未雨

廿四戊申雨

廿五己酉晴

廿六庚戌雨

廿七辛亥晴　夜雨

廿八壬子陰雨

廿九癸丑雨

三十甲寅陰雨

錢太夫人生辰供，晨歸，修微齋，又金支二十五元，附燕三角

彭勝指車力廿

寄虞廷梅姊弔札式元，高祖妣常太夫人誕辰供，八分

晚歸，張倫廿元，月費一元

君至曲，收赤耕，付祖十八元

晚歸

壽蘅招消寒茗談，至和祥，又談，偕至程懋復古齋，即與古齋

至義昌福小酌，與益卿別曲

沁金，又金夜來，存絳，可十五元，可九十五角，可四十又文

晨歸，出園，三桂來，六人到，可四式文，卅式元，付景記修業廿

共年小盡五周

十一

六月朔乙卯陰
十
初二丙辰晴陰
初三丁巳雨陰
初四戊午雨
初五己未陰雨
初六庚申雨
初七辛酉陰
初八壬戌雨

卅四年戊申用
收胡士式元 付訖三元六角 進四十三文 存洋百四十元一千五角
佃六式元 存五百廿六文
燭八 計三元 式元 月用拾元 繳元 廿式元 龍三元 二元
送慶姪物 壽面 君到典
收吳祖 拾元式角 一千四百件 梅卓吾姪 存洋百四元 百仟式角 又一千四百九十八文
晚歸
高祖妣忌辰供 午 廿圓三種 往錢吳壽彝賀
君到典
付慧記廿元
晚歸
君兄至臨慶壽 柏表兄夫人六十誕 其式子醒祝 拜府 與似訂

隆慶

初九癸亥雨

初十甲子晴雨

十一乙丑晴

十二丙寅晴

十三丁卯晴雨晴

收隆慶條又收過出及祥記經手 收英江組廿三元 找出五角五十五

隆慶錫清寄蓮送菜四力十八 新慶付力洋

吳姓先□一元

薛梅隆 寄姪母自□來 收隆條付洋□元 三角 了九九文 除折二元

易全寶積□九印文三角五仰揚班四元 □十元 收多式

千三百五十文 龍溪推篷 五十六 一元 西牌 九十二元 了五十五角 多式千百十五文

書一百式文 巢觀九十 果盤香物參角 找出五十

先公八十誕辰 吳寶積寺僧十眾在家設供 薛梅□□ 一元

季眠 孟節 星甚□勗□劉大彪丈 二伯 張師 伯芳 子方 容

下午 伯華 吳慶 □四小姐來 客棧祥友來

卅四年戊申六月

十二

六月十四戊辰晴

十五己巳陰雨

阿金去 九月初五未時去 共十九天

十六庚午晴 熱

十七辛未晴

十八壬申晴

十九癸酉晴

卅四年庚申六月

君實賤妾去世 泰仙方 出門謝客數十家 往扁之處

吃飯後歸 班 班人周帳 箱根、燈洋 鈿 二元六文 送三妹貨 又洋鈿付 二三元 弍角

燭八 請沈醫筱山診龍官疾 醫資一元 轎錢 號 二十六 藥 〇二

炭卅八 燕仁十 阿金最去 兑一元 收 一千〇廿五文

午姊進來 請貝仲梅視龍官疾 醫資等弍元 仍請沈筱山

封轎錢 壹元 又〇五十六文 藥 洋三 燕仁 十三 洗借 四元

仍請沈筱山加早 一二 弍元 藥 廿弍 炭 四十 求仙方稿

仍請沈筱山加早 一二 弍元 藥九十 兑一元 收 一千弍〇廿五文

仍請沈筱山加早 一二 弍元 錢五 參三 燭五 大姐六十 前廿

藥 午 炭 十五 十 存 洋 二十四元 ...十千〇一百二十六文

廿甲戌晴

廿一乙亥晴

廿二丙子晴

廿三丁丑晴

廿四戊寅晴

廿五己卯晴 趙全四錢去

廿六庚辰晴

廿七辛巳晴

求仙方轉事 六編 半午 收房租洋 九元廿角 付

前起山課 開八 府洋 四貳元 九千〇六十三文 先一元 收一千六百廿五文

五月帳 小洋廿五角 九千〇三百四十文 門油事 府洋 四元四十五角 一千〇廿四文

刊買六方 九十一對 修廟堂 樓 扁 壹元

晨至仁壽里 邢艾生 娶 叩至典 求仙方轉事 五編 四千

晚歸

晨到三義廟 過吉人 益卿 談 薦至真人殿 晴

並至 又 與蘭 益卿 至三義 嘗 硯 蒲 還

晨至典 晚歸 收 年 租 十八元 先十角 收洋壹元

晨至典 晚歸 送 酥 九四五瓶 謝仔蕃 壹元

卅年戊申六月

十三

六月廿八壬午晴暑

廿九癸未雨晴

蒋二十廿付洋八月十六日止　汉又壹文

七月初一甲申晴

初二乙酉晴

初三丙戌晴

卅年戊申六七月

君兩典帳歸　洋一元　收出一千六百卅文　新緖信力安

省園東交到外息卅式元　九十三文　又米外息廿元　又匯票息四十式　入承康

盛福付大平橋樁四元　安徽水災捐四元　山蔭壹元

什錦蝦米晚飯歸　班用伝洋錢十四元

橋十八修宿式角　找還廿八　收全來　景記伝（？）十式元　廿式元

日用十元　衛記卅式元　龍洋　元　二百　元　存洋一千一百卅三文

收胡十式元　廿五天　找八百六十六　付花式元

承鄰春式

少園等來收南棧房租廿八元　晨來業府中吉有款

伝帳歸班用　老萬年金字卅元

初四丁亥晴
初五戊子晴
初六己丑晴
初七庚寅晴
初八辛卯晴
初九壬辰晴
初十癸巳晴
十一甲午晴
十二乙未晴
十三丙申晴

請汪允伯診男媳病，共醫藥洋壹元十二角，又八十六
三官椎蓆洋壹元五十六
譚筱耕來，付呈紀廿元，收房租卅弍元十二角，又廿四千；付庚五房租二十元，八十八
晨到典
晚歸，收許方元三元，存洋四百八元，又英洋七百五十五元，又洋十二角，又八十八文
祖妣誕辰上供
付花蓮芳帳一三元，付張上洪戲洋一元，何寶來，存洋四百五元，又洋十二角，又八十八文
何寶來，存洋四百五元，又五十二角，又八十八文
午後來，少往街，何寶來
補交新隆、慶泰、世傳洋壹百元
己酉四月付

光緒戊申五月
十四

逆節

七月十四丁酉 晴

十五戊戌 晴

十六己亥 晴

十七庚子 晴

十八辛丑 晴 陰

十九壬寅 晴

薛十一計 六月 上

二十癸卯 晴

廿一日甲辰 晴風

卅四年戊申七月

祠堂去供 阿張來

晨到典 祝歸 燭去

晨到典 收李紹棠十四元 元 轉票四十

祠堂上供燭 唯花 添菜 文

晚歸 送戴金字 四元 已往宮籍 四冊

付薛建壹元 錫白六方 式元 存洋 五十元 又五十三角

搬來場 晨與西 至石搗 祝 戴

晨後廢姊出 歸 收房租 拾肆元 付花

另邑 三元 先一元 收 一千一百卅文

晨到典 付還寶積 六月十三 四元

廿二乙巳 晴 風
廿三丙午 晴 風
廿四丁未 晴
廿五戊申 晴
廿六己酉 晴
廿七庚戌 晴 雨
廿八辛亥 晴
廿九壬子 晴 雨
三十癸丑 晴

閱說究至仙巖還歷上海中學待渡 晚歸 祠堂義[illegible] [illegible]元
存庫洋卅元又五十八角 門油錢 張師來
[illegible]曲 張五六月分備費八元
錫[illegible]羅[illegible]廿三元三角
晚歸 收[illegible]十六元 轉[illegible]五 戊仲[illegible][illegible]鐘[illegible]
晨至寶積 [illegible]辦[illegible] 與邦琳剛丈仲韡至三[illegible][illegible]
過[illegible]程[illegible]歸 廿一日東來得知一切 [illegible]十[illegible]鐘[illegible]
[illegible]園來 收外[illegible]十一元 廿文 收[illegible]廿八元 存庫洋 [illegible]文
付[illegible]連[illegible]帳 三元 又九十文 收[illegible]租[illegible]元[illegible]角 三百[illegible]文
[illegible]記[illegible]十二元 存庫洋[illegible]元又[illegible]九角 [illegible]文
廿[illegible][illegible]

八月朔日甲寅 晴

初二乙卯 晴 收

初三丙辰 晴

初四丁巳 晴

初五戊午 晴

初六己未

初七庚申 初八辛酉 初九壬戌 晴

初十癸亥 晴

甲寅年八月

燭十五付益式元 日用十元 衡記廿元 福記三元 二官三元 阿水做

仙殿還願 五角 晨到典 收胡十式元 存洋 日卅三元又五角 存錢六〇〇九文

晚歸 字款派存八千

少園 德卿 吳其來 館中茶葉十式

晨至仁濟堂 平頤交生 北坦 行至寶積 拜五叔二十周忌辰

雲前拜吉甫 五豆 仍至寺 晚歸 兑卅十角 收一元

菊園來 詠梅來 存洋 日卅元又六十三角 存錢一百九十三文 收許子方 三元

付景記廿元 晨到典 珠字號本 二角

晚歸 收洪昌匠附來息 洋四百九十四元 錢二百四十文 以洋五百元入承康摺

蔣士計付洋壹月十六日上

十一甲子陰 [illegible]

十二乙丑晴

十三丙寅晴雨

十四丁卯晴

十五戊辰陰

廿[illegible]房

付老三元 五百五十文 又借貳元 存洋八十六元已四角

轉錢五 晚到曲門蔣史一壹元 的七十八文 付謝姑八十

兑一元 取至一千零四十文

晨歸 付何桂匠帳五十三元 益卯來付還去帳六角 八元

收祥記官利七十元 秦日福六 十二帖 找五角

燭壹元 兑叁元 取叁千五百廿文 付還棧桐油帳五元四角 廿四十

節賞 蔣四百 梅四百 朱四百 成四百 根四百 花年

双四百 桂四百 范四百 巧四百 酉四百 綠件

當班 地方 各四百 差條 各四百 七千 刻謝 鳳然賀節 番三言堂報彩嬉

十周 後湊至香勝 雲 其母誕 堂掃 一原 紙生條二 付還東

棧貸帳 貳元 收還七百二 存洋五十三元四百十三角 存錢貳千八百廿九文

年林壹千八人四名 百廿八

卅年戊申八月

十六

卅四年戊申八月

吳氏媽二人四角　送味琴以洋綢壽帛廿三角　元以館用

百念千頃四角　劃已去玻璃四角　盤并慶妹節盤壽十二角　先生回去

轎錢二角　送午拜來彩蛋二角　水過午又蝦餅子十角　送慶妹女嫁

戊角　批賞六角　又媽六角十二千　今日祭共角　收还赤油帳四十元　四十六

存洋七十三元四世角　蔬一元　收錢一千一百卅五文　范借貳元

存洋六十元四世角　又兌錢十二千六百八文　晨買王院馬琴用壽　領收

歸陸仲良錯八千八

張師節貳元　另送壽糕果四角　吳氏人題壽又貳　送酒四千

門口初街翻講并洋一元　貳角　高祖考生辰上供　年後初興

阿壽還前借貳元　淨欠八元　膳上供八角　蔬一元　收出一壽卅文

八月十六己巳晴雨

十七庚午晴

十八辛未晴

十九壬申晴

二十癸酉雨

廿一甲戌雨晴

廿二乙亥晴

廿三丙子陰雨晴

丑陰晴

外祖忌設祭 神麯二斤 洋壹元式角 付記栈式元 七百[illegible]文 [illegible]角 仍欠貳元

黎明至大橋巷下船 巳刻至抵橫店 午刻抵蕭安 午正三

刻下船 未刻到橫店 申刻至余昌訪書寓 酉刻到

家 銷福大船 又一元 飯三百 九十九 粥一百 付寰福小船一元 又一元

收一千二百卅五文 轎夫二百二十 挑四百 飯八十 收一百五十 存一千二百[illegible]文 [illegible]

晨到曲門 油百 收三弟租 日十七元 十三角 廿[illegible]五百五文 代玲記[illegible] 卅 [illegible]

上收茶 半元 十角 子四十 辛[illegible] 四十 一 存洋四十[illegible]元 日廿八角 [illegible]三百八十三文 晚歸

日晨至寶積庵 九如夫人 蘭[illegible]海 汪春 子義 族 館 古祥 記

與董卿 玉三 萬[illegible] 晨 [illegible] 歸 館中茶葉十二兩 韓[illegible] 五

付阿林[illegible] 三[illegible] 十元 收[illegible]十八元 收廣[illegible]元 仍欠五元 [illegible]

廿四[illegible]八月 [illegible]

廿五戊寅 陰晴

廿六己卯 陰雨

廿七庚辰 晴 孔子誕

廿八辛巳 晴

范六詩參過酉五月十三

廿九壬午 陰雨

九月初一癸未 晴

卅四年戊申 八月

張師儉費四元 還不送 別范少梅 九角 孫洋一百念貳元一百七角 又錢二千中六文 送西

尚旅洋濟公會所代孫藉 貳角

晨閱曲 至專祠 華行社畢 至莊 陳諸姨處歸 搞

晨至莊 華行社祭 余公歲三次 引發一次 祭畢 命合而歸

廿蘭來交到 外冥惠卅貳元 卅九文 三柱來 米劉到東棧 交馮方法

至三蕭昌廿蘭三柱抄存 晚歸 孫洋一百西元一百十二角 三百文

范之二十元 何步儀子元 淨書 付景記貳元 收房租又元 平各廿 罢貳角

付还許蘊齋抑租找十貳元 付范貳元六角 八十八文

燭十五 蕙貳元 星甩卅元 謝記卅貳元 錢三元 寫三元

初二甲申雨
初三乙酉晴
初四丙戌晴暖
阿金晚來 計去足九九天 計
初五丁亥 晴 後陰
工付至本年三月初四日止
初六戊子 晴 雨陰
妻去了

見廿十六兩 收洋壹元 存洋 一百廿六元 四毛二角 一千八合九弍文 晨到寶積
洋卑荳烟如伴誕 假設興和粧收御剛丈 至三高昌 四叔 羞了 飯吃
祥記興益 御丈 惠 收胡十弍元
晚歸 永清 奠分 壹元
曾祖妣謝太夫人生辰 日晨 至高阝[illegible] 往長子家 初從服 以 海紀
柞 ○美叔夫人除履 後 往 [illegible] 到三高昌 四叔 [illegible] 其 吃酒
子常 晚 收來 收歸 安園 等 收 出 往以長二又 都田所 [illegible]
下午○六十○元五角 以 一千○六百文 付永康 上供 分
晨到典 轉 票 十三
晚歸 付景記 弍拾元 妻 送 美 司

廿四年戊申九月 廿八

九月初七己丑晴

初八庚寅晴

初九辛卯晴

初十壬辰雨

十一癸巳陰

十二甲午陰

十三乙未陰雨

十四丙申晴雨

十五丁酉晴

卅四年戊申九月

巳刻偕通過撥至大儒巷吳賫福小船午刻到滸墅祭掃祭畢會后

歸來，上刻抵吳石橋岸，歸船至之時，洋酒十四，兌一文，收五百四十文

晨到典，付修鐘壹角

送雲峰丈除磨分弍元，凌徙雄夫人弔弍元

晚歸，付范東師叁元，又四文，前欠一元，送溥如伯母信，又千，存洋又十五元，又四角，錢一千二百五十七文

阿桂送黃亭頭下岸，先付壹百元，其二三元，子嘉母壽壹元，傷風

傷風鼻塞，胡送高中卅

晨到典，雲送壽果廿二

晚歸

補十五日晨到典

十六戊戌
十七己亥 雨陰
十八庚子 晴
十九辛丑 晴
廿壬寅 雨
廿一癸卯 陰
廿二甲辰 晴
廿三乙巳 晴
廿四丙午 晴
廿五丁未 晴

收李七元 陳瑞祥貳元七角
買絲綿四元
申刻歸
慶林卅壽分四元 又祁祥貳元 付花五元 媒儀件 日平 共八元貳元
孫祥八元日四十八角 孫分八千十五文 小油一斤 君至真如嚴芸之曲
收房租八十四元九十角 收南二月租五十六元
晚歸 付阿水漆浴桶洗一 便桶脚一 馬桶等五 貳元 七元 張裕貴四元
付阿桂迄三月 董百元 萬亭利 晨兩過收持經姊書畫徽版段並服詞賤
至華通瀛與嚴君八娘雙叢的歸 孫祥分 卅八元貳角廿四 五百十五文 館茶叶十二
炭吉年 孫祥分 卅八元貳角廿四 一百四千二文
卅四年 戊申九月

九月廿六戊申晴

廿七己酉晴

廿八庚戌晴

祠堂上供

廿九辛亥陰晴

三十壬子晴

卅年戊申九月

晨到典中

晚歸家 錢三傑之

少園三桂來交到外息卅叁元四十四文 又壽外息廿壹元 又個壽利卅貳 [illegible]

往蘇 出月租十八元 復同梅青圃 安[illegible] 訪荼[illegible] [illegible]

到穆河 [illegible] 至三義昌 [illegible]

至其昌供 夜歸 存 [illegible] 九元 [illegible]角 [illegible]九文

曾祖妣生上供 今 午後到典

晚歸 收房租十八元廿八角 [illegible]九十二文 付[illegible]四元 [illegible] 仍欠貳[illegible]文

收吳叢氏租念叁元 找[illegible]五角 [illegible] 付[illegible]記股菜十貳元

祠堂過節 貳元 存 [illegible] [illegible]貳元 [illegible] 收[illegible] 一千二百八十七人

十月初一日癸丑 陰
燭十五 至貳元 日用十元 衛記卅貳元 龍三元 寫三元
兌廿角 收一元 晨到曲 收胡千貳元
初二甲寅 陰雨
晚歸 收許子方三元 又三元 張子壽十二元 仍兌五元 作洋一千二元一百四十五角 一千一百廿文
初三乙卯 陰雨
龔藤卿方廿元 蘭亭來 幹臣公生辰上供
初四丙辰 雨陰
送慶娃由墨醴 二元 作洋 一千二元一百四十九角 八十九文
初五丁巳 雨陰
門籌工貳元 晨至典坊巾 仲良秉修 王親 劉小的
蔣工計付至十二月十六日
(以上工支)
初六戊午 雨陰
晚到典 班仔 俊子 黎家十歲 一元 三六洋補 蠟燭及費
初七己未 晴
等一應十二元 景記廿元 代館係子君 宗瑞來 墨呂
晚歸 兌一元 收五一千一百五十文 作洋 十四元一百四十五角 九十七文
初八庚申 陰
晨至廟堂春节 二姑母 并送小孫 晚歸

卅四年戊申十月

十月初九辛酉　陰雨
又全去
初十壬戌　陰
十一癸亥　雨
十二甲子　雨
十三乙丑　雨
十四丙寅　晴
十五丁卯　晴
十六戊辰　晴

卅年戊申十月
阿桂找清三、四、陳修理十元　晨至堂前拜壽、甫百日即星[illegible]
[illegible]拜梅岑一週　與蓋卿、文俊卿、介華等合飯、飯後與蓋卿來
出至三多自[illegible]茶後歸　送吳方發洋綢式角
阿壽偕子善至三泰德又[illegible]付范建洋四元[illegible]
晨至典、兌一元　收錢一千二百五十文
晨自典至觀前巷與二姨母飲飯後歸　轎錢四百　飯錢[illegible]
[illegible]式角[illegible]付洋五十九元一百四十五角　兌十一角　收一元　一千〇卅五文
阿桂借洋廿元　其亭刊　晨到典、晚歸
晨到典　慶妹來辭行　借英洋十元
崇仁孝里轎四名　鄧阿土　朱双林　談張大　馬和尚　外加班頭一名　共四元

十七己巳 陰雨
十八庚午 陰
十九辛未 雨 晴
二十壬申 晴
廿一癸酉 晴
廿二甲戌 晴
廿三乙亥 晴
廿四丙子 晴
廿五丁丑 晴
廿六戊寅 晴
廿七己卯
廿八庚辰 晴
薪工計付至己酉正月廿一止
廿九辛巳 晴

日辰歸 高祖考忌上供 幼波弟行至廠塘橋 送戴星才
叅侯慶妹行 以叅侯借龍洋壹百元交之 上供八分
晨到典 送慶妹物共十五角
晚歸家 付范連館叅倉 三元 十二日五 卯父晚 收長生祖七十元十角 又二千文
門佃可
詩畫 大行皇帝於廿一日酉時龍馭上賓
號畫 大行太皇太后於廿二日未時仙馭升遐
收兵餉十八元
門薪支工一元
晨到典

當年戊申十月

三十壬午晴
十二月初一癸未晴　初二甲申
初三乙酉晴
初四丙戌晴
双全來計去廿五天廿二付
至[redacted]己酉二月初四
治工去
初五丁亥晴
初六戊子晴
又己丑
初八庚寅
初九辛卯晴
帖金去

卅四年戊申十二月
付景記銀案十二元　收九丈還借四百元　息廿五元
收胡十二元　收辰祖廿八元　廿二角　二千八百五十九文
安徽去年路捐三桂手式元　收勝祖十一千六百元　付入永康
祖妣生辰上供　普園等來　收南棧念式元六角半　存梅春百易李三桂
付景記念元　上供那可　存洋廿四元　一千五百五十九文　付還
前借二十元　付阿桂廿元　以日元付永康匯酒
付記四元　存洋卅元　二百廿五角　一千五百十九文　柳桂堂
最到典

親膳行力　卅

初十壬辰晴

十一癸巳晴

十二甲午晴

十三乙未晴 晚雨

十四丙申晴

十五丁酉晴

十六戊戌晴

十七己亥晴

十八庚子

十九辛丑雨

廿壬寅晴

廿一癸卯晴

晚歸 付范我連師洋弍元 又分四百文

本生豆親來 送汪劉二舍白米八斗 濟堂義倉代繳黃豆弍角 欠繳

王道鎔送燕糕廿 籍稚廿四角

晚歸 廿圓來 存洋十五元 三百文 米弍文入 有

十五 吳根初借九斗 賬明典 滕鶴柳坊六斗

銅錢九三洪 吾四十五文入

掃屋二三四角 燒柴一角 收八角

晚歸 收房租 洋十九元壹角 八角

柯桂芝 舍元 補付豆弍元 開元十 錢元

廿六戊申十二月

廿三

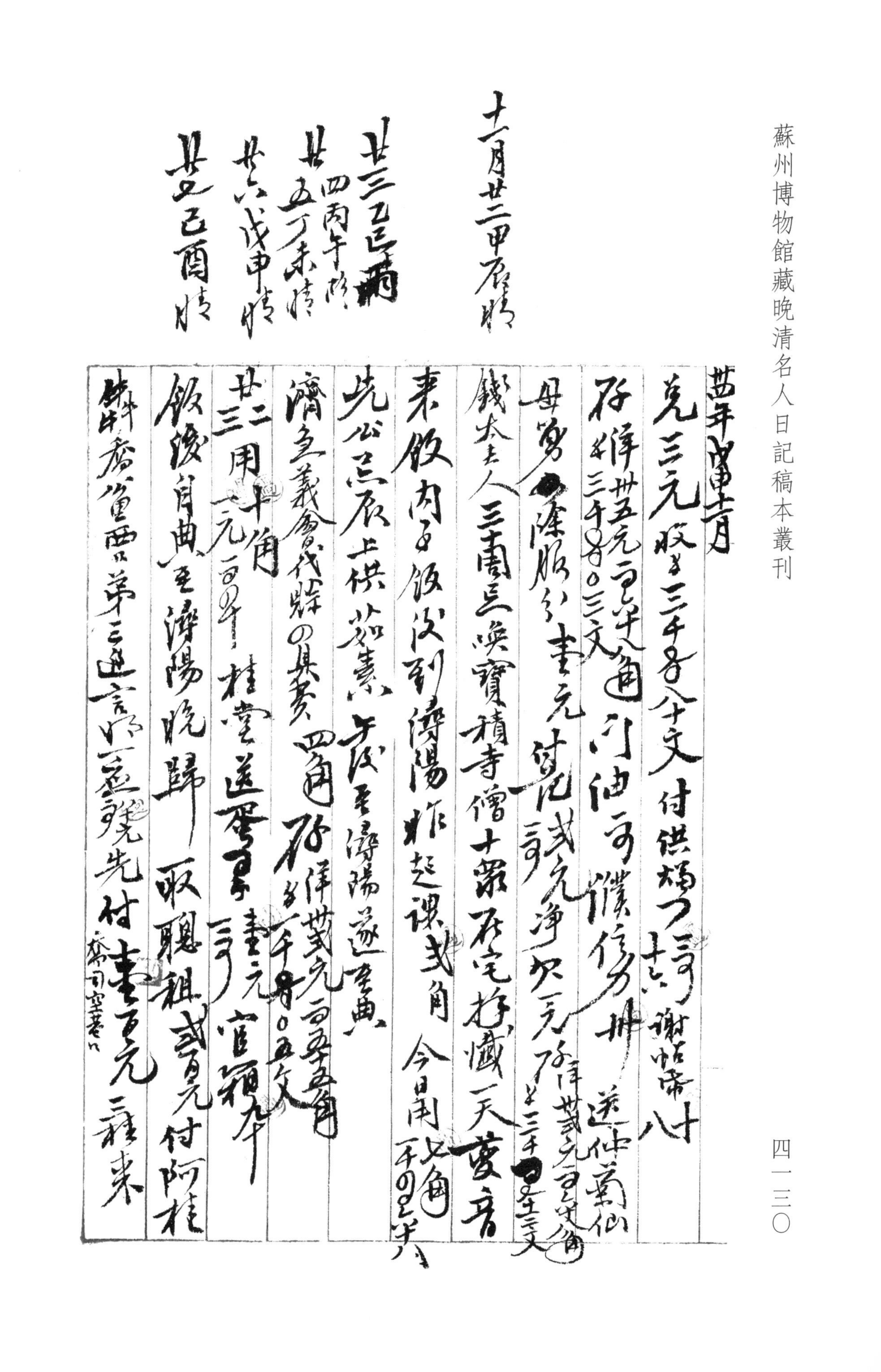

十月廿二甲辰晴

廿三乙巳雨

廿四丙午陰

廿五丁未晴

廿六戊申晴

廿七己酉晴

卅年十二月

[illegible]

廿八庚戌 陰雨

廿九辛亥 冬至 晴

十二月初一壬子 晴

初二癸丑

初三甲寅 晴

初四乙卯 晴

初五丙辰 晴

初六丁巳 晴

初七戊午 晴

初八己未 晴

初九庚申 晴

少園來交到 外息七千三元 收去井侍租十八元

門酒 四〇〇 冬至上供日添菜 一元 又支一千〇〇五文 大麯 角 燭紙一百九十 四十

存洋貳百十元 一百廿二角 收吳黃氏冬季租廿貳元 七百卅 付景記 十貳元

存錢一千六百八十八文 收六房租十三元六角 卅 至潯陽府滙

付花連蓆帳 五元 七百卅 又付冬壹元

曾貳元 日用十元 衡記 廿貳元 記 三元 鷺 三元 存洋四百七十元 一百廿八角 又錢一千五百十八文 慶善

送慶妹饅頭五個 肉十貳角 共四樣 又送東物貳角

晚歸 夏送老爺鷄蛋 修 七千

晨到典 付景記貳十元 初八初九上供 廿七千

收騎利租壹千五百元 代雲英寶封還洪昌典內所兼

佛房物點空洋九百元 以上六百九十付 兆祿

戊申十二月 廿三

十月初十辛酉陰

十一壬戌陰

十二癸亥陰

十三甲子晴

十四乙丑雨　阿桂來，計去卅五天，計工付至辛亥

十五丙寅雨　四月初二止，以又六

十六丁卯晴陰

卅四年戊申十月

十八至拜祠即歸　付花連阡年四元　一年又另廚用暖百廿

阿桂支平二元　啓省口　錫箔　壽魂　六元　布一元一角　廿一　珠花繳〇角　廿二

飯後往導陽搬歸　仲煥楣報喜　卅一　濟生義倉民夫　五兵　顏五角

晨至永康開吉期君設一百兩　啓予之　付九借　內子回家　雙全遞去

石牌九十五元　刻十三角　收張子壽十七元　許子方二元　日后到此

石牌女平戌文

晚歸　阿桂來　阿桂借　啓公里口　平十元　收胡十五元

少園等來　收南棧廿八元　還寶積寺賬四元八角　新勝

凌仲雄招家廿五　仲煥楣吊壹元　凌從雄吊壹元　支歲

楣戈千寺如安藕園　拜年女百元　戊五角　女廿八二文

請汪醫　黃亭頭新租　戴錢　敬之押租卅元　又房金二個半月　二十年閏月　十五元五角

十七戊辰陰

十八己巳陰雨

十九庚午陰

隆慶寄蓮

二十辛未雨

寶積紫封

廿一壬申陰

妾丁王鶴亭

張師脩三個月十弍元 節弍元 席壹元 存洋〇〇弍元〇〇廿八文 沐浴

仲範卿司梅窗章杲輔臣送紅蔔由旅店送來力〇 伯華來交

劉洪昌息〇〇七角 〇〇〇元 以五百元交劉 大部唐揩南貨〇〇弍元四角

存洋乃十六元〇五十三角 存〇十〇六文 內子購〇十三起 共〇元五角 廿一文 光 檢壹角 收壹元

光洋壹元收洋壹千弍百六十文 隆慶錫清送蔚罈菜二力 八十

付鄒阿大抱豆餅擁樹六元 代珍記四元 約明年來 存洋八千元〇〇〇〇角 一千〇〇〇六文

少園來交 刻外日 廿壹元九角 〇〇三文 又米 廿壹元 張師餅

寶積印林送物六套文二力 〇 付餅百年片 拾元 付范五元

存洋〇十五元〇〇〇角 存一千〇〇四文 光十一角收一元 光一元 收一千一百〇

妾丁送植子 寸 窪樹 四元 祥記送薑力 〇十 老虎送藕力 卅

共存年 戊申十二月

萬安柳桂堂

十二月廿二癸酉陰雪

廿三甲戌雪陰

送竈

廿四乙亥晴

廿五丙子陰雪雨

廿六丁丑陰雨

廿七戊寅雨

卅年戊申十二月

大恭公誕辰上供 桂堂來送柏子栽六吊 二店 九元 先祖生日 三元

存洋四百六元四角五角 又油二斤作錢 桂記錢 又角 今換 八吊 收到典

錢一千九百卅四文

齋名二會代徐精 式角 收聰訓祖洋壹百元 收洋料 壹百 大元

晨歸 糖元寶一 兌式元 收錢二千五百十文 晴 十八

收康租 八千九元式角 存洋參百〇六元二角 九十 錢二千五百四十文 收租生息

付阿桂修理帳 八十元 又送二戲花 敷亭 補卅 壹百拾元 收到典

收聰訓祖息 找洋四千壹百廿五元 付行記祖息洋 一百五十

日晨歸 先付行記衍合租壹百元 存洋三千 九十六元 二百 〇八角 錢二千 九十四文

兌錢式角 收洋式元 收祥記官利 六千元

廿三祭竈 送小姑太婆 七千式 付東棧帳 六元 找還 九十六文 祥記已還

廿八己卯　雪雨

廿九庚辰　雪晴

除夕辛巳　晴

共……

付裁縫二料帳壹元　至三月底揀付外祖百齡飯淡歸四角

來以識摺交之　蔣甜齋來以田四十二畝押摺津六百元　先收三个月息

十元　兌十角　收一元　兌五元　收洋六千青五千文　以式千

存元入彩標戴摺　存洋壹百七千五元　零七千六角　頭髮四千

九千二百七十四文

外國事　午後到典、支戴摺一千四　轉交蘭亭　交戴莲酒男卅

日晨歸　向邢借珍記壽宮漆帳五元　曾祖妣任太夫人忌辰

禮院　僕橫謝行九卅　上供八分

古給玉儀　各房壹元　獨四元　是式元　龍人壹元　駕壹元　賢壹元

派節賞、　蔣一百　雙一百　梅一百　花一百　坊一百

鄧一百　朱一百　桂一百　成一百　根一百

浦一百　花廚一　崇扛四人一百　又新年夜飯四人一百　地一

小福一百　下灶八百

廿年戊申十二月

廿五

卅四年戊申除夕

差条寸 孫洋壹百五拾元 又二千七百六角 洋烟三福 六角 寸

付景記飯菜 拾弍元 又四千八百文 先付西合味記壹百元 壹百角 黄太泰班頭堅 四角

付鈕老修理祠堂派 洋十 弍十元 收南機 念捌元 少图来賓存

洋三千元以壹千元付洪昌轉借 收房租 十五元 又壹千八百五千 四角

付范達名帳 八元 又四元 又借 三元 黃五元 孫洋五十元 又六千二百 五十八角 五文 孫庫 戊午 文

付我味記兩合分派 五十八元 又八千文 四十三角 收珍記滾存冥文 又千元

接炊 八千 孫洋 二千二百廿弍元 廿五角 五千二百卅五文

宣統元年己酉正月

元旦壬午晴

初二癸未晴

初三甲申晴陰

初四乙酉雪陰

初五丙戌晴

晨自典歸 付茲元式 昇元 用元 衢元 龍元 駕元 李曉東

十妹處家人僕婦叩喜 四人每 計 吳氏 [illegible]

滨存 運庭 拜 手 除夕門酒

晨供湯 至花 及專祠 至洪典吃飯後

至李曉處拜喜神 往祥記 與益卿 到三 [illegible]

貞湖公誕辰 上供盆 供雜豆湯 二伯來 三 來留飯

後到觀前 及聽 晚歸 [illegible]

晨供湯 晨出門到 湯

到棧 通姪往萬安 [illegible]

供湯 [illegible]

宣統元年己酉正月

正月初六丁亥　雨

初七戊子　晴

初八己丑　晴

初九庚寅　晴

初十辛卯　雨

十一壬辰　陰

十二癸巳　雨

十三甲午　陰晴

宣統元年己酉正月

晨歸　至東棧、北棧、西棧盤查，晚歸。收胡十式元，景記念元

午後回，拱來覓。至硯內處撥與千錢，在雲路閣啜茗，晚歸

晨至洪昌（内有去遇出），晚歸。通姪午前歸。發福船五天工八元，又首角一千〇七十文，百年

補初六張媽看三官廳一元　罷　幹臣公上供　友鵬二子来觀式元

媽吉七十四文　昨船錢　孫藥可打金易角　又少ま素世　孫庠一千九百五十文　又二戈千一百另五文

五世祖妣汪太夫人忌辰上供　友鵬来　内子往潯陽賀歲　付范式元一百三十　扣欠二元

昨汪文卿夫人及其媳四人来　媽二七十四　以前轉官二百十二回（外六）　八千文　陶媽二十二

又起七十二　金大一角　夾喜一角　張媽式角　俞媽一角　晨到典

晚歸　新滕信廿二

味琴公誕　夜供盆酒油館　王詠棋来吃飯　四千　又四十八　廿

十四乙未晴 立春

十五丙申晴

十六丁酉晴

十七戊戌晴

十八己亥雪

十九庚子晴

二十辛丑陰雨

晨供圓子 飯至東棧 晚中請芹生 在蓬瀛點心 三角 顧姊老元

至其昌小坊 飯歸 存行洋一千九百五十元 廿六角 存行八千九百文 八百九十九

晨供圓子湯 至曲 晤浩如 飯後與鋒如 在鴻館點菜

請吳千臣 申刻歸 夜供盆酒 元宵

晨到曲 家箴付夫人洋九十八 存洋一千九百五十元廿六角 入錢八〇〇文 內

晨至廟堂 卷拜二姑母百日 晚與蓉圃點心即歸

收喜神 三官推鶯 壹元 兑壹元 收錢一千一百五十文

張師閱館席 壹元 請沈筱山視三官疾 壹元 藥

門油可 存洋 一千九百五十元廿六角 錢一千〇五十文 兑壹元收錢一千一百五十文 沐浴

仍請沈醫 壹元 藥可 付范連 五元 收

宣統元年己酉正月

正月廿一壬寅 晴

廿二癸卯 晴

廿三甲辰 晴

蔣[illegible]廿日至二月十七日止

廿四乙巳 晴 [illegible]

宣統元年己酉正月

付[illegible]初九十三十八某栈廿一元十二角 初三初十十五栈[illegible]廿 收还东栈帐五元[illegible] 請先生[illegible]

茶叶炭壹[illegible] 蘇酒[illegible] 存钱[illegible]千[illegible]元[illegible]角[illegible]元[illegible]

兑壹元 收[illegible]一千[illegible]文 祥符寺巷孫[illegible]推蓉[illegible]弍元[illegible] 射香[illegible]

仍請沈醫加早弍元[illegible]文 藥[illegible] 兑弍元 收弍千[illegible]文 收森[illegible]

昌祥廿[illegible]元 彭課及[illegible]弍角[illegible] 存[illegible]千[illegible]元[illegible]角 [illegible]二千[illegible]文[illegible]

雜髮 仍請沈醫生[illegible]壹元[illegible] 藥[illegible]

桂堂[illegible]枚[illegible]雜樸弍元[illegible]弍元 柏樹[illegible]壹元 仍請沈醫

看[illegible]壹元[illegible] 藥[illegible] 蔣[illegible]一元

晨[illegible]初[illegible] 和[illegible] 微[illegible]

[illegible]與[illegible] 晴[illegible]

廿五丙午 晴

廿六丁未 晴 暖

廿七戊申 晴

廿八己酉 雨

廿九庚戌 陰

宣統元年己酉正月

餘利一分六厘公議按六厘派清第係先歸 夜宿店中

卯刻掛牌 仍出店船歸 酒力 巳刻抵家

午刻到天官坊拜陸肅夫 同至與世 午飯 倪詠裳 程玉範 吳問潮

律若 李博才 寶全 飯後復至通如即歸 黃仙世芳 少園來

收年林廿月租十八元 收洪幽借一千元 付還三桂一千[illegible]元 [illegible]

三桂來交到房租四百[illegible]元十二角[illegible] [illegible] 付和修理[illegible]元代

珍記付下衣漆料壹元五角 付還少園一千[illegible]元 少園來交到上年

官利夏見壹千[illegible]元 付還質帳壹元[illegible]文 收外息卅壹元 一千[illegible]文

存洋壹千[illegible]元卅三角 [illegible]文 收南機還壹千[illegible] 入永康[illegible]

付景記貳元 俄羅九十 付花除[illegible] 一元 [illegible]

二月初一辛亥晴
初二壬子晴雪
初三癸丑晴雪
初四甲寅，陰雨
初五乙卯雨作
初六丙辰陰

宣統元年己酉二月

燭蠟弍元　日用包十元　衢記卅弍元　說三元　鴛三元　張修四元

存洋一千五百零元卅三角　存錢二千八百九十文　收胡千弍元　補付[illegible]扶祖七元十九角　錢一千八百七十[illegible]

外祖忌上供　飯後與弟妹至蓬瀛毀茶和妹二伯子義

下午[illegible]子善均到　茶羅印分路至曲

晚歸轉票　存洋一千五百十元五十弍角　存錢三千九百九十一文

少園二孫沛如德卿受之青發來交帳

晨到典

晚歸　修六洪十寸

付景記廿元　午刻往馬醫科賀張子祥初子夏如往

醒訓祝六伯壽　飯後與敬夫至蓬瀛吸茶[illegible]晚歸

初七丁巳陰雪珠
初八戊午陰雨
初九己未晴
初十庚申晴
十一辛酉晴
十二壬戌晴
十三癸亥晴
十四甲子晴
十五乙丑晴
十六丙寅晴
十七丁卯晴夜雨
十八戊辰雨

晨到典晚歸 轉當
晨至斋斋處賀其孫剃頭 夜飯後歸
晨到典 布十二元
晚歸 斋斋來 付范三元 千一百廿文
晨出閶東至祥記邀往典
晚歸 收珍記還昔借會垂八元 存洋一千七百念七元五十三角 二千六百十二文
解會 收招和永五十元 收許子方一二元 送法治孕婦十五
錢茶葉二十 晨至專祠招子遠到典
晚歸 繳魚善會代賑捐五角 收李又元 陳二二元二角 下欠六十五角
存洋一千七百念七元五十三角 二千八百廿六文 送少那物五角 布一元
宣統元年己酉二月

十九己巳雨
廿庚午陰雨
廿一辛未雨
廿二壬申陰
廿三癸酉晴
廿四甲戌雨
廿五乙亥雨
廿六丙子晴 閏月二十付至二月廿六止欽差
廿七丁丑晴陰
廿八戊寅雨陰
廿九己卯雨

宣統元年己酉二月

收糧租改恒豐義棧租叁五元、戴星才子娶壹元
少園來，付筧五元又四（倪久支元），門補一元
晨雨，至葆橋祥記，飯後到曲、
收房租五十四元十三角，收廿 阿桂借邑越五十元，房廿元，廿元
午後歸，收午林寓月租九元，收吳黃氏春季租念元，武角廿
旌門支二壹元，張師脩費四元，不還原清了，子義送壹世
晨到曲，延年子完姻分壹元，沈芳子送酒壹十
晨由曲，至專祠舉行春祭，晚歸，徐少宰壽九
晨到曲，沈旭初送壽匾課廿，匠酒廿
晚歸，乃得一千八百八元七千一角，彭勝信廿四
一千四百五十二文

三十庚辰陰

付景記飯菜小十弍元 收南棧念八元 少園來交劃外貨卅一元九角 八千七

存庫一千〇五十五元七十九角 付花一元〇七分 又廚用帳二千 又斗一千五卅一文

收房租十八元廿七角 一千子 罕文 存庫一千五百弍元九十九角 仍欠壹元 弍千一百九十七文 內有〇〇二十七

閏弍月朔辛巳陰雨

燭十五 薑弍元 日用十元 雜記卅弍元 洗三元 鴨三元

晨赴郡廳第一區投票處投票即往瞷訓倪徐劉曲、祥記

還李如利廿四即記繹如付永生榴收銀十弍元

晚歸

初二壬午雨

少園詠如同往投票即至李處來交帳 至九大處投其票 未晤

詢即歸 班侗俠輔 以六百元入永康榴支永康李如付永生利也

初三癸未晴

典作售毛

初四甲申晴

宣統元年己酉閏二月

閏二月初五乙酉晴

初六丙戌晴風

萬安展墓

初七丁亥晴

潭涇掃墓

癸荃計付至閏二月初四日止

初八戊子晴 [illegible]

癸荃晚[illegible]

初九己丑晴

祠堂上供

宣統元年己酉閏二月

收歸洋一元枚一千百九十

晨至大儒巷下 三刻抵横塘 午刻到木瀆 兩刻歸 [illegible]禧大小船[illegible]

[illegible]假各處客 十角 貳元 [illegible]七十六文 插樹栽一千 轎二頂 二百文 八千

景记廿元 [illegible]元 邑到上[illegible] 平江[illegible]青石[illegible] [illegible]二間 計[illegible] 貳[illegible]元

又[illegible]三[illegible]五角 交[illegible] [illegible] 一千[illegible]五十文 八分五[illegible]元 八[illegible]角

九點[illegible]往青石橋下船 十点一刻 潭涇[illegible]

[illegible]元[illegible] 汲歸 三点半[illegible]船夫[illegible] 晚與[illegible]

[illegible]地者[illegible] 戲 歸 [illegible]件 [illegible] 貳元

晨到[illegible] 當[illegible]布[illegible] 錫[illegible] 銅[illegible]付 貳元 [illegible]文

晨歸 祠堂上供 [illegible]至郎廟[illegible]行[illegible]至[illegible]

初十庚寅　晴

十一辛卯　晴

十二壬辰　陰雨

十三癸巳　雨後晴

十四甲午　雨晴

十五乙未　陰雨

啜茗，遂至典，存洋八百，分五十元，八十角，給昇式燭十四

晚歸，付記連上次添菜及退部恨除契四元五角，祠堂邀部(?)月

做蘂栽十八戶十四文，上次自開律一元十三角，七十，送廿桃吳杏記，廿四，又角

收許子方三元，接雲真姨母轎子，見一元，收一千三百文，子子存洋八分四十元四十四角，八百十二文

並親辛領內子回姑歸，到火車站遊玩，身後歸，轎洋二元，挑夫價八千

[illegible]並親及雲真姨母車轎二手，帶去卅元，晨至松鱗二莊

舉行春祭，余至汾祠，今秋中祠引贊，出孝祠司事，祭畢會飯而歸

廿國來，送俞氏燭、粽、雲泥、柔等十二千，見一元，收多年一千三百文

晨到典，晚歸，存洋八分拾元四十四角，外一千四百八十八文

燭十五，晨到典，晚歸

宣統元年己酉閏二月

閏二月十六丙申晴

蔣工計付至四月十六日止

十七丁酉晴

十八戊戌晴

十九己亥晴

二十庚子晴

廿一辛丑晴

廿二壬寅晴

[illegible]工計付至五月廿四日止

廿三癸卯晴

廿四甲辰晴雨

宣統元年己酉閏二月

付蔣支工弍元　收李榮三元五角（仍欠七元）　陳一元三角半文（仍欠七十五角）

晨至馬醫科巷弔俞祖仁夫人，即至曲班，祠前飯，午後晚歸

晨至曲，晚歸　祀票（過）壹元（因撰蓮蕩二票）

送寶積印林律沙彌戒壹元　晨到曲，晚歸　送陳先烈香燭一元九角

黃園來，以外皇鴻派拾立之拜　洋二百廿九文　入有七元五角弍角　得夏季信

發訪陸信，付范碑三元（對止一百四十）又借一元　收楊祖洋卅八元廿弍角　十六文

濮院信力卅　油　覓一元　收一千一百九十五文　中年合洋九元五角　一千二百〇四文

阿桂支送平江路市坊先生壹百元（共色價百元）　又全支工三元　存洋一千九百四文

晨到曲，晚歸　送楊君婚二彩　子　卅二

晨到曲，晚歸　濟急會代賒損弍角　王桂林

廿五己巳晴

廿六丙午晴

廿七丁未晴

廿八戊申陰雨

廿九己酉晴

三月初一庚戌陰

初二辛亥陰 阿全去

初三壬子晴

三姪來 存儒 少一千〇〇八文 四十六元又壹角

晨到典 晚歸 阿桂支壹百元

夜至正鎮 蕭說 孫家 戒 貳元 還借雲樓母五元

收余兆 吉月租 十八元

廿四 闔孝 到外甥 卅壹元 手令全五文 付景記版集 十貳元 付記余八拾元

找貳元 廿五交又名帖 三千 收彥祖九元 壹角 四十分文

燭十五 付芷 貳元 用十元 衛 拾貳元 說 三元 燭 三元 到典

晚歸 轉錄 十二 訪陸 行方 卅一 收胡生月租 六元

廿八 闔等來 交帳 收彥機 四十貳元 本月二十七止 張許 五日 餚費 四元

祖考妣忌上供九分 午後至通 一些暱訓 至明月樓 嫖 嶽君令

宣統元年己酉三月

三月初四癸丑晴
初五甲寅晴
初六乙卯晴
初七丙辰雨後晴
初八丁巳晴
初九戊午陰雨
初十己未晴 花厨計付至九月初十日止
十一庚申晴

宣統元年己酉三月

叢丞丞舜至桂芳再吃茶，恨恨韻琳、三伯、秀丈晚歸。
晨到曲，存洋六百五十元八十七角，別五千百卅文二人，內存卅五千。
晚歸。
付景記廿元，晨至二郎、雲老、甲汪、觀老，至錢棧吃飯，蓋設。
至南棧，晚晚到曲。
晚歸，以五百元入承康摺存洋，日本五元八千七角，別五千一百卅六文。
盧崙三來，珍鍰通姪往上海，益卿來。
晨到曲。
晚歸，付花連仲海三元，月弁花支工五元。
晨到曲，匯酒四千。

十二辛酉晴
十三壬戌雨陰
十四癸亥晴
十五甲子晴
十六乙丑晴
十七丙寅陰夏
十八丁卯晴
三官媽二十付付至戊申十二月廿五日止
十九戊辰晴陰夏
二十己巳晴

晚歸 呢衣帽頂共[illegible]元共洋以外[illegible] 壹元一角 又十六
飯後至硯前即歸 花替二借弍元
晨到曲江 燭務五 濟急[illegible]借[illegible] 四角
晚歸 錫留一箱 力一角 廿弍元 收李七元 陳弍元又角
做轎腳燈弍 折[illegible]十[illegible]得 [illegible] 晚至廟
堂巷[illegible]二姑母[illegible]夜飯後歸[illegible] 十
晨步至廟堂巷二姑母 飯後送殯至瑞光寺[illegible]
同吉步歸 出夜 花替二借弍元 存洋[illegible] 二千[illegible]又十六文 [illegible]元八十五角
少園來 三官媽支二九元 付洋[illegible] 飯後[illegible]
蘧音來 收長生[illegible]元廿八角 [illegible] 收壹元

宣統元年己酉三月

廿一庚午 晴

廿二辛未 晴

廿三壬申 晴 發上計信 壬五月十六日上

收上海信

廿四癸酉 雨 陰

廿五甲戌 晴

廿六乙亥 晴

廿七丙子 晴

宣統元年己酉三月

門油弓收支藏糖英一百元 送陳弘嬌三百八 存保回八百五元 存弍千一百四十九文

丙子三十 初庚 賣上海八元 劉天官坊擇松 安賣以上海信

攜子臣我喜為其補衣 夜飯後歸 拍付 乳 壹元

晨孫館九年 至蘇州 送至海信 夜飯後歸

子義頭朝湯冊二 門蔣交上壹元 子臣我夫人觀壹元

子義夫人來上寧 共十二 合 文 永生櫃存 [illegible]

玄天官坊擇松庭公入祠 飯後訪伯雲 晚畫班 [illegible]

張師備費四元 晚歸 收午妹出月租十八元

花廚借弍元 存保月千元四角 存七百十九文 少園來交 到外 卅元 七角

又廿外四貴廿元 又滙 [illegible] 下午到曲

廿八丁丑晴

廿九戊寅晴

四月初一己卯晴

初二庚辰晴

初三辛巳晴

初四壬午晴

初五癸未晴

初六甲申晴

宣統元年己酉四月

晚歸，下午宿九十六

阿村楼（鐵桐行記）卅元，少園來收房租卅六元，十二角，十文，付景記拾弍元

付花根三十五（貝六元），又茂草存洋四十四元，又廿角，又弍千弍百六文

燭十五、慈姓弍元、日用拾元、衛記卅弍元、龍元、鶯元，收胡弍元

晨到典，前日二千一百兩移至糧捆四千，廿四上洪廿千

晚歸。芭蕉四元，黃菜、糧捆廿兌一元，收廿千二百卅文

曾祖妣謝太夫人忌上供。少園等來為少園捨相一百文

午後至篇之處，言其失慎未理，即歸。上洪九千

晨到典，收到泳生匯洋（子尚手，又泳生轉）

晚歸。付景記廿元，又付洋八十弍元又廿角，又一千六百文

四月初七乙酉晴陰

初八丙戌晴

初九丁亥晴

初十戊子晴

十一己丑晴

十二庚寅晴

孫[?]計付至五月初九日止[?]文

十三辛卯晴

十四壬辰晴

宣統元年己酉四月

至寶積扶[?]長吉舍弟誕　飯後[?]訓與[?]常[?]至[?]全[?]歸

抄[?]月行[?]過[?]　三六灣[?]糧壹元　送慶[?]物[?]壹元[?]

晨至[?]訓與法[?]至[?]帶橋下船[?]元[?]舟[?]至[?]朝[?]

中飯[?]二[?]三[?]嚴[?]等兩刻十[?]搖船到[?]祭畢[?]

[?][?]等[?]即歸　已九[?]　晨到曲

晚歸　付[?]式元　[?]双全[?]去　孫[?]來　存洋七十八元[?]一千三百[?]二文

晨到曲[?]夜東[?]機[?]　代館[?]兩庭[?]來

晨至[?]老與[?]園歸[?]玻璃[?]　孫[?]壹元[?]

送[?]濟[?]一[?]

晚[?]宮巷[?]歸

十五癸巳陰
十六甲午陰雨
十七乙未陰雨
十八丙申雨
薪工卅付至六月廿日止 後又支
十九丁酉雨陰
廿戊戌雨
廿一己亥雨
廿二庚子雨
廿三辛丑晴
廿四壬寅陰

燭五 飯後至寶華印刷局 校李十四元 月廿止 陳式元七角 下級 六五角
午後到東棧與山蔭查校至三萬昌吃茶 晚後 晚歸
留洋沙洋布等 我支 洋 畫元 嘉善行力卅 全禮二吉 卅ア 送楚士
管伯九十六 山蔭三柱來 下 洋 九式元 百六 上百八文 伯寬子送書 冊
門薪支二畫元 飯後至寶華與三桂到三萬昌茶叙 即歸
曾祖考文恭公忌上供 晨至通裕祥結賬 飯後歸 班 午
收房租七十九元 十四角 付門油 付 三元 付苑
上供九千 存洋 上十文 付阿桂支 五元 晚到曲
飯後至寶華 三萬昌 與山蔭三桂同歸 午
晨至永安寺接安 誕 飯 到東棧 三萬昌 三桂 後

宣統元年己酉四月

十

廿五癸卯 雨

廿六甲辰 晴 陰

廿七乙巳 陰

廿八丙午 晴 阿金歸來

廿九丁未 晴 陰

三十戊申 雨

阿金計去五十七天計工付至辛亥

六月初三日止 後查

五月初一己酉 雨 陰

宣統元年己酉四五月

晚歸印 吳茶公魚補齋 高郎 十九元五角 孫 洋九十五元 百卅三

晨至三官堂拜壽 吉人 廿付顧汲陽 坪 覓元 至一千三百卅文

晨到典、敝釣補裁只四戒角元 米一捆二角 半 送吳燭一百廿文

收洪昌達閏五月官利 五百五十戒元 七角 以一回元 入永康

午後至宮巷到三萬昌喫茶 佰 至利外盈 卅元 五十戒文 七角

收午米 租 十元 先付阿根五十元 又付我書店 五十二元

付洋九十五元 四十五角 付晨記飯菜 十戒元 阿根 四角

付花邊 九角 四元 借 收 房租 十五元 七角

燭十五 戀式 月 十元 衢記 卅式元 三元 三元 收胡祖乾 十式元

洋布等 壹元 棉花 染元 庫 共卅二

初二庚戌陰
初三辛亥陰雨
初四壬子陰晴雨
初五癸丑陰雨
廿二日分午 夏至

張師修二節月 八元 又節敬弍元 除洋四十三元 又 二千八分七千五文
泉孫賻弍元 晨到典
晚歸 兑十一角 收洋壹元 付兄叁元 收錢三千九分九十文
火園許奶禮卯三樣 壹元三毫 法幣交帳 收南樓 念捌元 收祥
記官利五個月 廿五元 付得 搭地基 二圓 廿九元 付阿桂 搭找
洋叁拾元 不還 相油賬 三十 九角 收麻米 九元七角 付还帛錢七元 找還
除洋八十六元 又 錢七千八分九文 裁縫 廿三工 四元四角 收 七元
收許子方三元 除洋九十二元 又 錢五千五百十五文
派節賞 蔣 錫 孫 梅 桂 成 朱 新美 根 英
花紅 茶房 十二

宣統元年己酉五月

初六甲寅小雨
初七乙卯雨
初八丙辰雨
孫六十討付至又月初四日止
初九丁巳晴
初十戊午晴

宣統元年己酉五月

拜壽十六人念二日廿八孫姪[illegible]元甚能飯後至東棧[illegible]之
往三萬昌吸茶即歸讀籍[illegible]貳角[illegible]共十六角
一山志來晨至寶積寺三拜祖百齡誕晚歸是記念元
送張家初宵[illegible]又運塊[illegible]日晨至馬醫科[illegible]送長家
初拾[illegible]至理髮[illegible]印歸[illegible]捐一千四百九十九文
晨步至六文廠[illegible]三萬昌[illegible]即往三官堂[illegible]
甫[illegible]五十誕[illegible]以歸
晨到[illegible]晚歸孫工貳元又[illegible]貳角
晨步至[illegible]張[illegible]母六十及其夫人五十誕[illegible]
晚[illegible]付[illegible]十[illegible]送[illegible]

十一己未 晴雨

十二庚申 晴 阿生婁去

十三辛酉 晴

十四壬戌 雨

十五癸亥 晴 雨

十六甲子 晴 晚夜雨

十七乙丑 雨

十八丙寅 雨 晴

十九丁卯 晴

燻魚饅首壹元 十一 廚修扛一百卅千 方蓉甫冀分壹元 晨到齒

存洋七十五元又十角 一千一百卅八文 濟急會代賑捐弍角 送畢佰九十七

領收與益鄉至詳記 三萬四千與芝園歸

收君宜還款 撥匯票 收 方雨 弍千四百文 又扣息 又一千四百 以一千四 入永康捐 以千

八分查大永康捐 燭十五 晨至公昌琴及觀石畏三舊遊畫

申刻歸 息壹元 收壹千一百廿文

晨至聽訓到三官堂拈香二文 同年即歸 班子 飯午 請王勤三

借三官廟 云石蘭風 看畫 壹元 存洋七十二元又 一千一百四十文 入寄

為剃頭 浩如來交潘林嶽等田契共一宗 計得元田一百畝

八分三厘 支永康捐 三千 五十一百元 付田價 五千 八千元

宣統元年己酉五月

十

阿全來計去大洋二付辛亥
六月初十起漢不備
五月十九阿金晚來
廿戊辰雨
廿一己巳 小暑
廿二庚午晴
廿三辛未晴
廿四壬申 端陰 晴
廿五癸酉晴
廿六甲戌晴
廿七乙亥晴
廿八丙子晴

宣統元年己酉五月

又收費隨於上半年二元 收洗記[illegible]甲[illegible]式等 五利式等 又永康栢
廿 園來 孫年半年元四[illegible] 一千五文 付范連歸除楊德一元 又[illegible]油[illegible]
廿 園來 接壽像六并楊李夏梭 收作恢祖 入十六元壹角
錢太夫人生忌 僕院暑寸 崙三來今年三[illegible]日[illegible]園[illegible]寸[illegible]
晨到曲 晚歸 濟急會代胰捐四角 昨上供五角 [illegible]葉[illegible]
高祖妣誕及五[illegible]誕 收午林六月分租十[illegible]元 以模李十二校送[illegible]
以孫贈秋林 飯後至[illegible]巷[illegible]益[illegible]斗[illegible]三[illegible]園[illegible]
晨與通姪至寶積弔十林 又晚歸 昨疾 壹元 [illegible]
晨與通姪[illegible]慶[illegible]二百[illegible]十誕 飯後[illegible]至由
飯後至[illegible]園[illegible]三[illegible]等到三[illegible] 收外息卅二元 又角四[illegible]

廿九丁丑晴

晨剃頭，乘軒至天官坊拜蔡松岑，皆談，飯後歸，下午始沐浴

收房租廿弍元廿三角，一千另一文。　蔭親魚思波巷毅孝壹元，托送孫轎子

六月初一戊寅晴 晚雨雷電

付花四元，二〇廿〇文又另三角，五十借二元，孫洋一百又五十元一千二百卅又二文，又一千角

燭十五，茶弍元，日用十元，衛記卅弍元，禮三元，鶯三元，晨至

曲院歸，收胡戈弍元，麦紫庵一了

初二己卯 雨

晨先到三泰，同陳君吃茶，即至真人殿，晤二伯、三伯，榮元壽始設

與少園至三泰吃茶，二四，同吳君看戲，晚歸

隆慶

隆慶錫清送菜四道，力八角，阿金借工四元

初三庚辰晴 初伏

萬祖母黃太夫人送上供八分，早後二点半鐘隨同至觀十方大內

部工計付至辛亥十月初九

初四辛巳晴 ……

晨洽公所，晚邀往三……，名印歸

十

六月初五壬午晴　寶積

初六癸未晴

初七甲申晴

初八乙酉晴

初九丙戌晴

初十丁亥晴

十一戊子晴　顧[illegible]計付七月十九日止　[illegible]

十二己丑晴

宣統元年己酉六月

晨到曲園 陸姪 付洋八元 又付[illegible]找賬洋角 印林送菜 力一角

晚訪東樓 三叔為[illegible] 助甘肅賑捐 二元

晨至通和 帶伯武兩十件 收[illegible] 至府衙

[illegible] 晚到東樓 送藥 弍元

晨到曲園 收吳黃氏夏季租念叁元 我出五角 [illegible] 洋一元 [illegible]十二升

晚[illegible] 付[illegible]三元 又[illegible] 一千[illegible]文

新[illegible] [illegible]元 [illegible] 九二[illegible] 弍角 [illegible]

吳[illegible]十角 [illegible] 五角 [illegible]

[illegible]大生地[illegible] 弍角[illegible]元 三[illegible] 至東[illegible] 到三[illegible]

[illegible] 收南[illegible] 念捌元 補付[illegible] 弍元 [illegible]

十三庚寅晴
十四辛卯晴
十五壬辰晴
十六癸巳晴
十七甲午晴
十八乙未晴
十九丙申晴
二十丁酉晴
廿一戊戌晴
廿二己亥晴

先考誕，上供四位，八角，分七件
二點鐘至東棧，三萬昌晤蘭亭，三樓以謝洋壹百元入永康櫃
燭十五。晨到典，濟貨六書各代購，四角
晚自照，到東棧歸。存緋卅五元，又廿角，絲廿八千六六文
晨到典，洋一元，收錢一千一百廿五文
夜膳後歸
午後至東棧，晤蘭，煙三萬昌晤，三樓蔡龍如，收再三談
夜至寓歸，付油一千，收房租十九元，十四角，付龍洋卅，叁元
晨至典，晚歸。收李七元，陳二元，陳武元七角，七角，麋卅四元十角，欠九元算
晨至真人殿，蘭生處，與錦三三萬昌九，至三萬昌和時

宣統元年己酉六月

十

廿三庚子晴
廿四辛丑晴
廿五壬寅晴
廿六癸卯晴 雷雨
廿七甲辰晴 晚雨
廿八乙巳晴
廿九丙午晴

宣統元年己酉六月

剛丈來 晚歸
晨到典、兌壯角 洋壹元 存洋 一千〇九十二文
晚自宮棧歸 十九 茶錢三百
未後至宮巷新民興曲園 夜往芳暇蓀 晚顧珠 晚歸
晨到典、門簿五十二元
晚歸
改年肆肯作祖七元 帶到至西公遞 晨仲銘來
存壹長擔箱 夜至面 邀往顧珠 顧
芳暇蓀至東棧 送墨晚去 晨至 衙前
志颺夫人邀往蕃府 擔 蕃晚夫人 壽一週 晚歸

三十丁未 晴 雨

七月初一戊申 晴 [illegible]

初二己酉 晴 雨

初三庚戌 晴

初四辛亥 晴

出門未支到｜外息[illegible]叁元 未作已會壹元 付景記弍三元

收房租十八元 十角 二千文 付記弍元 [illegible] 壹千 又[illegible] 二冊

燭十五 豆弍元 用十元 衡記卅弍元 [illegible]三元 [illegible]三元

存洋壹百四十六元 又四百三千文 收胡壹元 晨[illegible]九[illegible]

晚歸 [illegible] 收平江路朱[illegible]神祖拾元 [illegible]

六月四元八角 [illegible]銀酒壹一角 代賒[illegible]六角 存洋七十三元 又二千四百卅文

晨帶[illegible] [illegible]義莊 [illegible]

[illegible]至[illegible] [illegible]至福安[illegible]吃茶 [illegible]義

[illegible]福吃飯 [illegible] [illegible] [illegible]

出門三林等來 收南棧 [illegible]元 [illegible] 十[illegible]

七月初五壬子晴

初六癸丑晴

初七甲寅陰晴不定

初八乙卯晴

初九丙辰晴

初十丁巳陰晴

十一戊午陰晴

祠堂上供

宣統元年己酉七月

訪園三祥來閱報社經嚴君公留[illegible]以不至宦巷[illegible]補[illegible]十四

晨到三官堂拜安甫蕭立民後到通如處嚴君至桂芳[illegible]

至東棧訪園三祥均在進又彤寄壹百元[illegible]又二千二百九十五文送[illegible]九角

付景德念元毓十角又壹元居家[illegible]

晚園宦巷中歸

飯後到宦巷夜在典飯後歸濮院信一件

祖妣誕上供日后至宦巷今日排衙十一時歸飯後至東棧夜歸

三點鐘至宦巷[illegible]上灯時歸到村[illegible]

下午[illegible]三元[illegible]冊過節午後至東棧[illegible]往桂芳

[illegible]晚歸晨至[illegible]歸

十二己未晴
十三庚申晴
十四辛酉晴雨
十五壬戌晴
蔣六計付至九月廿六止
十六癸亥陰
十七甲子晴
十八乙丑晴
十九丙寅晴
二十丁卯陰雨
廿一戊辰陰雨

晨到曲
晚歸
晴 十一 付蔣六工壹元 午後至東棧 芳及 往 芳
晚歸 送嚴筱園夫人奠分弍元
付洋 一千八分 元 角 還 弍角
君到曲 送慶章拔貢 先弍元
晚自 歸 付初九上供 一千二百 供弍元
卅 園來 午後 晚歸 五十 元 卅四文
又廿六文 冊元 三帋 至曲 晚歸 謝 汪
草 三千 元

宣統元年己酉七月

十七

七月廿二己巳晴
廿三庚午晴
廿四辛未陰
廿五壬申陰晴
廿六癸酉陰小雨
張二叶付至八月廿三止
廿七甲戌晴
廿八乙亥陰晴
廿九丙子晴

宣統元年己酉七月

午後至宮巷邀壽田
晚歸 付今日止三天飯食九十 又歸三天錢 付謝廚房
晨至典 張廚來 診脈 付方冊
晚歸 付張宗一元 自今年工錢 宗八千 張廚工壹元 蔣幷一角
仲勛來 午後到棲芳 晚歸 取其票廿元 收李又元 陳三元
存伊百二十元 取 收 張緒八元 節式元
晨至瓴訓視 飯後與子義至自流 晚歸
少園來 交利外息冊元十文 晨記飯菜壹元
午後往東城 收租十三元 三十三百文 十三角
付張廚十天建歸 百

八月初一丁丑 晴 陰 雨

初二戊寅 陰

初三己卯 晴

初四庚辰 晴

初五辛巳 晴

初六壬午 陰 雨

初七癸未 陰

初八甲申 陰 雨

初九乙酉 陰 晴 雨

燭壹 荳費弍元 日用十元 衡記卅弍元 元讓元 三元 [illegible]三元 嘉[illegible]

付存冊 晨至曲 午後自曲至聽[illegible] 訪 [illegible]常山[illegible] 夜歸

晨至曲 代賒槍弍角 送吳蘭生[illegible]各四十八

晚歸 贊[illegible]送子常[illegible]弍角 九十 存洋[illegible]元 [illegible]文

收胡伯芳弍元 [illegible]等六人來 午後到曲

晚歸

晨至海[illegible]常[illegible] [illegible] 晚歸

晨到曲 [illegible]記念元 還張子壽[illegible]六元

晚歸

晨至真人殿 [illegible]至曲

宣統元年己酉八月

八月初十丙戌陰雨

十一丁亥陰

十二戊子晴

十三己丑晴

十四庚寅晴

十五辛卯陰

共二千[illegible]

宣統元年己酉八月

晚歸　付張貳元　又付[illegible]壹元　[illegible]

晨畫[illegible]存洋[illegible]冊元　[illegible]十二角　貳千文合廿四文　細素布壹元　[illegible]一角　炭[illegible]四角　三千

晚歸　見三元收錢三千九百七十文　代縣[illegible]三角

晨劉曲、城士手索去長子壽讌　[illegible]月　五元　[illegible]

晚歸　省來　收九月十二日[illegible]人[illegible]廿　戴[illegible]美　七千

晨巡例道喜　益卿來交到祥記官私七千元　[illegible]丁送姜可

派節賞　蔣百四千　梅百四千　朱百四千　戍百四千　[illegible]百四千
鄒二百四千　桂百四千　根百四千　彰百四千　全百四千

芙百四千　下灶百四千　地方百
張百　[illegible]茶百　轎夫二百四千　付東棧帳房一百冊　收東棧念捌元

午後黃棧　桂芳[illegible]　[illegible]方[illegible]　棧[illegible]益卿三桂　[illegible]

付阿[illegible]　書冊元　收洪昌[illegible]洋四百四十五元　[illegible]

十六壬辰 陰雨未晴

十七癸巳 陰

十八甲午 陰

十九乙未 晴

萬安展墓

廿丙申 陰

午廿 霊下人盘人计 二千 吳霊盘又二三分 〡〤千 又老太婆 〤千 又少霊媽 〡〤千 外送 十

百合壹斤 卅文 山葯 卅文 錢三保菜 〤文 收意還東棧帳 貳元 ……

晨至黄曲，以叁百五十元入承德 存 存洋四拾元 三千七百文

午後歸 少園來 送慶妹讀頭壹元 入〤卅 又 ……

高祖考生辰上供 分 送年糕 平果 二百卅

晨六時至大儒巷下船 七刻抵楓橋 午初抵方盧 未初下船 酉刻

歸 韓古船 壹元 舟錢 壹元 謝饭各又客 〤卅 ……二元 二千 十八

故丁 小學 …… 送年糕 入 ……

移泉 …… 少園來 收房租 ……元 十九角 八十 ……

三日 陰 ……合叁元 付張 …… 運 …… 三元 又上 …… 元

宣統元年己酉八月

十

八月廿一丁酉陰 雨

二

廿二戊戌陰

廿三己亥晴

廿四庚子晴

廿五辛丑晴

廿六壬寅晴

廿七癸卯晴

宣統元年己酉八月

上坂自做菜弍元八角 八弍文 付油盧翁三分費一元 書[illegible]十

洗一元 收[illegible]壹千二百廿文 又洋八五元[illegible]角 又六百卅五文 晨至[illegible]晚歸

飯後至留春社看芳姿晨晚歸 送張家[illegible]禮四角

少園三桂來 午後至東[illegible]樓[illegible]合至三萬昌[illegible]又[illegible]

晨至曲晚歸 濟至三萬昌代[illegible]一角

晨到曲晚歸

少園德卿來[illegible]行赴飲 德卿子完姻一元 飯後至春[illegible]

以往東[illegible]三桂[illegible]與三雅[illegible]桂芳茶[illegible]城[illegible]晚歸

晨至[illegible]莊秋祭余沖祠主祭後至祠分[illegible]可[illegible]

因[illegible]至[illegible]杯[illegible]初[illegible]三萬昌晚歸

廿八甲辰雨

廿九乙巳雨

三十丙午晴

蔣汁付至十一月十七日止 收五十文

張墅汁付至十月廿三日止 收五十文

九月初一丁未晴

初二戊申晴

初三己酉晴

初四庚戌晴

晨到典，付桂樹桐保戲共耕三元四角

晨自典至專詞峯行社祭，晚與諸君閑步，十鴻行晚歸，英果來不見

付蔣支二式元 薛筱园来，交到外國卅一元 卅三文 六角

付京鈔級案十式元 收米十五月租十八元 收房租廿三元 二千一百文 式角

付長連師三元 計卅 又二式 夕月式元 十二月初一 一兩 陳小 式元 司卅式元 司什六角

燭十五 昆式元 用 十元 徽記 卅式元 謝三元 鶴三元

晨到典，晚歸

收許子方五十元 早刻至東棧，為通經喫麵，復到杭芳蓮儀晴，磨夫

晨到典，晚歸 收許子方

曾祖妣謝太夫人誕，上供 六十 帳 收南

宣統元年己酉（一九〇九）九月

二寶嫣二付吴八月廿五止

九月初五辛亥陰

初六壬子晴雨

初七癸丑晴 潭經

初八甲寅雨

初九乙卯雨

初十丙辰晴

十一丁巳晴

霜降 大鐘……

宣統元年己酉九月

捐入公社倉捌元 喬司……[illegible]……楓園……元 式角 二寶嫣廿五 卅五

晨到曲晚歸 昨夜……入寸 存……八千一元 四千六角 一千八分 八千三文

景記式拾元 補付彭寿周貴七二元 同治六……來調查一去

晨十點鐘與卡林甬遁船至青石橋 坐韓小船 十一時半抵潭經

墓廬一時再二三伯嚴夫老田父甬遁船來 ……合飯後歸

三時至家 新膝修力卅

晨至廣生庵拜……太夫人五十誕 晚與甬遁船至……歸

補收胡士式元

晨到曲晚歸 付張錢元 共半存洋……八元 四千六角 一千一百八千三文

晨到曲晚歸 新膝……修力卅

十二戊午陰小雨　晴五分至東小棧照覆閘三樣二百文付三萬昌吃茶晚歸

十三己未雨陰　午後至寶若處樣晚歸

十四庚申陰雨　在家

十五辛酉陰　燭十五晨至典晚歸

十六壬戌晴　晨至典午後至東小棧與有諧付三萬昌買茶晚歸取喬公里新租

十七癸亥晴　右章文照押租壹百元付房租三月陰夕止四拾五元又貰二月實

十八甲子陰　註冊六元午後到東小棧三萬昌晚歸

付派章文照外費廿六元補付許子才二十元晨到典晚歸

十九乙丑雨　卯正刻次女生穆安錢元又方廿之午家德泊九十六

三萬湯卅大黃錢午莊來以外且及永康楷二文之

宣統元年己酉九月

九月廿丙寅雨

廿一丁卯雨

廿二戊辰陰

廿三己巳晴

阿金早晨去

廿四庚午晴

宣統元年己酉九月

馮受之來交承康摺票洋貳十壹元 收洋貳九千九十文 錢五十三文 合英

陶嘉禧恭喜洋十一元 收錢拾柒十四角 付張壽洋廿元 三元 又另文 另帳

等壹元 又四吊八 晨至潘濡卷樣東山大街 即至總部 串 老陸堂

發以歸家 存錢月五千九文 存洋五十六元 又九十八角

向油房阿寶支息摺存錢第三進 郭鮮香 壹百元 收壹串錢吊

一夜尺頭老張甘木老元小狗晚歸

飯後至東棧遂與看法至三泰昌晚歸 交承康松 英號

洋四百四拾元 付泰豐號賬洋油學捏倒洋一百九拾元 又義記號洋油合捏

倒洋壹百九十五元 收利洋 出月底 揚租十八元 即林鏡記洋壹千壹拾 四千

晨至蕭曲晚歸 新勝陞洋廿 孫仔洋五拾九元 又九千九十八角 入十九文

廿五辛未雨

廿六壬申晴

廿七癸酉陰雨

廿八甲戌陰晴

廿九乙亥晴

三十丙子晴

十月初一丁丑晴

晨至典、

午後歸

祠堂上供 飯後至東棧 三葉昌豫茗 晚歸

曾祖妣生辰上供 茶角二桂 木來交到外息、卅壹元 五角 又二文

又來外出 念壹元 飯後至東棧 以至雲路閣與嚴君戴茗 清晚歸

吳黃氏秋季租 念叁元 五角 寧五天 付花連師謝 一二元 一百十 又謝灶錢 十

過節及上供 弍元 五角 又買火爐一付 二二元 又賀壽 念年 子午

付景記飯菜 十弍元 並往新塘去 念元 收塲祖 十弍元 五角

燭 十五 慈貴 弍元 日用 十元 衛記 卅弍元 龍 三元 駕 三元 象 三元 聰明

並親來 舟至新塍 收胡 弍元 晨至典、晚歸

宣統元年己酉九月

阿金晚來

十月初二戊寅晴

初三己卯晴

初四庚辰陰

初五辛巳晴

初六壬午晴

初七癸未晴

宣統元年己酉十月

濟急善會代捐三月 六角 存洋[illegible]拾元 又壹角 三千文 百卅六文 收錢[illegible]元

晨到曲晚歸 還浩如參慎[illegible]元 五角 前日歲饌[illegible]十五

幹臣公誕上供自做菜三千 共飯設至申機三高自晚歸

阿貴交書樓[illegible] 淨米[illegible] 十元 配玻璃三千 洋鎗相式角 飯設至申樓至

雲[illegible]再[illegible]溪[illegible]在東棧[illegible]歸[illegible]三元

收宋天英二千 新[illegible] 卅 筱園[illegible]三樣三千[illegible]帳

收[illegible]十七元 [illegible]洋六百元入[illegible]康[illegible]洋五千[illegible]文[illegible]角

晨至寶積寺拜文勤公忌誕飯設[illegible]雲[illegible]文[illegible]

晚歸 景记念元 存洋卅六元 又[illegible]角 [illegible]千 又百卅文

[illegible]晨[illegible]申衙前賀[illegible]三[illegible]至三[illegible]二[illegible]卅一週飯設

初八甲申晴

初九乙酉晴

聰甫折價四千文 讓與[illegible]

初十丙戌晴

十一丁亥晴雨

十二戊子晴

蔣工洋付至十二月十六日止

十三己丑晴[illegible]

十四庚寅晴

十五辛卯晴

與三伯嚴君至鳳來吃茶至東樓[illegible]返歸

晨到典晚歸 [illegible]十一角 十文 收洋壹元

付春司太太[illegible]十[illegible]元 九角 至[illegible]詞[illegible]到明月樓

吃[illegible]晚歸

晨到典晚歸 付張建[illegible]三元 又蝦餅一斤

晨到典晚歸

付蔣支工壹元 晨到典晚歸 存洋念壹元 [illegible]一千九百六十七文

晨到典晚歸

晨到典晚至[illegible]巷[illegible]夜[illegible]返歸

燭十五 晨到典晚歸 [illegible]四角 [illegible]

宣統元年己酉十月

十月十六壬辰陰晴

十七癸巳晴

十八甲午晴

十九乙未晴

二十丙申晴

宣統元年己酉十月

彩勝僕廿 提桶四只佔二件 柳桶四 打包桶七只共計十三件 五元弍角 飯後往東

棧三萬昌晚歸

高祖考忌上供 買海菜五百文 三桂有法來 飯後至東棧詳記

三萬昌晚歸 阿桂借十五元 付庫壹元四百五十弍角 一千三百七十八文

三桂有法來 小女燕喜剃頭 阿壽還八元清訖

晨到興晚歸 晚燕親自影歸 船弍元四角 酒力壹角

胡伯英易建豐橋弍元 收朱梅榮弍元四角 飯後至東棧

遂往聽訓取到租洋壹千七百元 收壹千六百元 大郎康招至

雲錦僕嚴吳晚歸 收房租八十元廿叁角 付一百五十五文 付為連錢四元八文

付為帳 弍角 阿桂支五十五元 陳廿四五元 油一可

廿一丁酉晴
晨到典 錫笛箱念壹元又角 孫祥卿一千二百叁元 又一千二百九十八文 又十一角

廿二戊戌晴
晚歸 嘉善行物力八十 收兰芝双桂房贰元 又廿

廿三己亥晴
午姊四十壽 晨往叩祝 寄慶妹卅元

廿四庚子晴
晨至三官堂 孫大姊安葬 送至墳 吃開房酒 晚歸

廿五辛丑陰
送德之奠分壹元 少甫送鄉來 晨到典 六十文 歸 送余以布棒 九角 我分

廿六壬寅陰
孫祥卿七十九元 又五十元式角 存又 又一百 又十式文

廿七癸卯雨
收午孫十二月租十八元 晨到典 新泰阿叩來

廿八甲辰陰雨
晚歸 薛曆女送壽儀力卅

廿九乙巳雨雪

三十丙午晴
蔔來二十四刻 外包卌一元五角 四十七六二文 晨記飯食式元 付……三元 一百十

宣統元年己酉十月

十二月初一丁未晴

初二戊申晴

初三己酉晴

初四庚戌晴

初五辛亥晴

初六壬子晴

宣統元年己酉十二月

燭十五[illegible]弍元 日用十元 燭廿弍元 龍[illegible]元 鴛[illegible]元 [illegible]元

彭滕修冊 存銀[illegible] 揩元 [illegible]文 [illegible] 送俞香[illegible] 四角

方伯華帶其子子乾來見 收胡十弍元

晨至三橋[illegible]賀李[illegible]遷[illegible]之典，安徽渭橋[illegible]弍元

晚由宮巷歸 阿貴支 淨[illegible] 五十二元 代[illegible] 四角

祖考誕辰 晨至馬醫科[illegible]俞[illegible]清[illegible] 即歸 班飯 [illegible]

少園三棧[illegible]法來[illegible] 收南濠五十六元 上供八角

晨至東[illegible]以錫世五斤付之 到[illegible] 申刻至停之李[illegible]

[illegible]至[illegible] 晚歸 補[illegible] 廿八元 [illegible] 付[illegible]弍元

景記[illegible] 念元 [illegible] 廿日晨至曲[illegible]

初七癸丑晴

初八甲寅陰晴

初九乙卯晴

初十丙辰晴冬至

蔚討付至庚戌正月十五日

白手十步

十一丁巳晴

十二戊午陰晴

十三己未晴冷

十四庚申晴

晚自宮巷歸 新滕行物方十六

聘包玉書明年西席薪敬三元 午後至宮巷三弟處晚與少園同返

阿桂文卅元 淨存廿 門酒二羽 酒了 百雀對三文 午後至宮巷

新居及祥記東棧 晚歸 水乾果 十七千八

燭十 蔚支二壹元 至東小棧飯飯後至聽訓一冊至三萬白晚

歸 寄新滕衣包掛至平 付張錢元 又過 卅 三元

取到祖澤壹千元 入永康摺 冬至夜找 十式角 一千四百 羅 平方

藏 到曲八昨大發 聽祖五百元 晚付益卿存米

晚自宮巷歸

晨至東小棧 午后掛片 晚歸

宣統元年己酉十一月

補助

一月十五辛酉陰

張尉廿一日付李慶成二月廿三止

十六壬戌晴

十七癸亥晴 大霧

十八甲子霧 陰雨

十九乙丑雨陰

二十丙寅陰

廿一丁卯晴

廿二戊辰陰晴

廿三己巳陰雨

宣統元年己酉十一月

燭十五 張尉支三 五元

晨到典 晚自宮巷歸 新勝房冊 代賠損 四角

收李紹榮又元 陳瑞祥十四角 又三元合廿二角

錢伯元誕上供 收老信山羊皮袍取 九元 午後至蓬瀛沐浴晚歸

晨到典 晚上供

晚歸

菊米 十一元 收 九十二文

付張連師匠 四元 晨到典 晚歸

錢太夫人三七上供 收朱梅帶 式元四角 承福根商科

先考忌辰上供 以和素菜 昨今上供菜 十一角

廿四庚午陰晴　午後至宮巷巖返到曲□ 存洋壹百念元又□十五角 又□卅二文

廿五辛未晴　收稼租十二月份租十八元　志古又兵科舉人陸軍協軍校報单卅

廿六壬申晴　飯後至雲巷巖返歸　潘若士女送士喜儀□千 兑二度一千五百五

廿七癸酉晴　濮覺嘉若中堂送觀音香木者大壽八□十八 存洋又世元又□十五角 一千又九十八文

廿八甲戌陰　卅園來交到外息卅一元七角文 付景飯某小十式元 付張連海洋四元又羊

廿九乙亥雨　又□用等又五角 存洋又五十式元又十式角 又入合廿一二文

十二月初一丙子雨　燭主　慈式元 日用十元 衢記卅式元 說三元 鴛三元 賢三元

初二丁丑雨　阿金借工十元 說官媽子兒烟六角

初三戊寅雨陰　卅園之棋你奴學之 青長來交帳 收南棧 入念式元六角 什七元念角

劉計付至壬子八月初十日 汶又支　至蓮迅日花巷招梅等陳庭至錢□飯後歸　收稼租□

宣統元年己酉十二月

十二月初四己卯陰

初五庚辰陰大雪

初六辛巳晴

初七壬午晴

初八癸未晴

初九甲申陰

蔣二十付至庚戌二月十六止

宣統元年己酉十二月

晨至丹鳳吃麵 遂到寶積掛 三妹祖母七十誕 午後至桂芳閣

戲 晚歸 洋箱弍角 還存洋〡念九元〡卆角 [illegible]

晨到典

晨訪月款 念元

收麋十八元 弍角 [illegible] 收胡 弍元 叉 念叁元

晚歸 錫三 秦之 新膝佰力 卅

阿林借十元 外祖母三設祭 薛堂之 壹元 飯後至惠棧

與芷園在桂芳戲名 晚歸 送慶妹魚肉 五角 [illegible]

連送春帶饅頭 猪油糕 四方 弍元 [illegible] 三角

寄金成豆芽 [illegible] 阿林經手 存洋 [illegible]

初十乙酉雨
十一丙戌陰雨
十二丁亥陰
十三戊子晴
十四己丑晴
十五庚寅晴
寶積 卯中
隆慶
十六辛卯晴
十七壬辰

付張夫叁元 皆五年
晨到典
吳蓉黃煉橋楫 弍元
晚由廣生菴宮巷歸 魚廣角 戊膳橋四角
小孩太太甘園與通姪至廣生菴聽經至宮巷歸 施明揚三枚
甘園東興三枚 蘭園五枚 芳踏菱收歸 洋羽弍角
燭十五 諒德作色宣卅呀 嘉名坐包好九十 晨到典
寶積寺送物六字三九千 隆慶寺又託字九千文
送鐘允得母聯孟煩 晚歸 孫 八百卅文
南貨 弍元 八百卅八文 收麋 四元 一元 一千二百五十文

宣統元年己酉十二月

十二月十八日癸巳晴

十九甲午陰

二十乙未晴

萬安桂堂

宣統元年己酉十二月

僕院章差送老蔔一罎力卅 付洋燭三觔 三角 收存米百拾担

五百元錢利五十五元 以五百元付祥記 存洋貳百元 一千0四十三文

午後至宮巷與廿元 到景泉沐浴 賬洗澡 晚歸

送包雨庭代館脩貴八組 壽 共貳拾元 節貳元 席壹元 與包公

小酌 今日解年館 吃周德卿來飯 後與蘭至宮巷桂芳閣

茗 錫侯撫令生也 晚歸 支廿五役一千二百兩 以一千廿文交蘭不回

收年契 康成臣贈月餅 十八元 存洋壹百九十五元 七角 一千0四十二文 廣生堂

送禮 孫受 力 洋 桂堂送柏子糕 工居 九元 先付

權卷元 送 貳角 桂堂 送康保十

歲禮貳元 助 七元 收房租九十四元貳角 付長 四元

廿一丙申晴

廿二丁酉雪晴

廿三戊戌晴冷

廿四己亥晴

三日半

存洋贰百六十元又八千贰角 付油二千 夜雪未止 五姨太太陪坎
以上 日 金三十文

泰公誕上供 麦丁菜一桶子 千 午后至典

晨歸 以永康乃號 三日半 二文 午饭什九 利穀 一十五千 戒一 送押

藍受糕桶四 卅 燭一对 力 千 卅 押戒一元 兑一元 收 一千二百五十

收洪昌四 附 八元 以四元 廿六元付永生 收外息 卅贰元 八百四十文

付阿桂借壹百元 存洋 [illegible] 九十元又八千贰角 贰千二百廿三文 東棧送糖 卅

外祖誕設祭 送朱梅房記錄四方 蔺來

出外 全年壹元 送灶糖 还東棧 文元 午后

晚歸 洋燭一桶 贰角 收 还東 一二二九 一千〇八 送 〇二

晨至 家 設位 晚歸 到祖 贰 十〇 元 廿四角九

宣統元年己酉十二月

廿七

十二月廿五庚子晴

廿六辛丑晴立春

一

廿七壬寅晴

宣統元年己酉十二月

付星垣捐　三元　以一千元托緑如交益卿　先付拾兩合　四元

廿一日俱入　廿三交行　請先生十五角　嘉善　廿

存洋九百四十元又半九角　送慶林代亂糕圓三戶　五角

存錢九千零廿九文

晨到典　付味記兩合一百角　補付阿桂掃塵一元七角

晨歸　少園來　存洋九百四十元　七十八角　收康壽元

存錢九千零十九文

孫金寶長媽來　押去洋壹千元　收還洋六百元利十七元阿毛

東存洋五百另五元七十八角　陳棧借一百元

元念一角　收式元　收阿桂四十元　付阿桂南棧

修理帳式百元又代付酒五五元　收平江路新租　六元　除夕止　園子

付廉掛鐘卅　代珍記付阿貴做壽　日夜到典

廿八癸卯 晴 夜雨

廿九甲辰 陰

除夕乙巳 陰

派敬曾眉川

收朱梅蓀[illegible]式元 兑元六元 收[illegible]七千[illegible]千文

君歸 曾祖妣汪太夫人忌 上供 少園來 頭寸付張

厨明年飯夫三元 [illegible] 存洋一百十二元五十[illegible]角 [illegible]六千[illegible]八十四文 晚益卿來

交劉祥記官利[illegible]千元 補付[illegible]剩[illegible]四元

慈珍 合神歲元 景式元 嘉四元 龍[illegible]元 鴛[illegible]元 賢[illegible]元 燕[illegible]元

代珍記付阿冰帳找十元 阿冰借十元 洋鉄打盤十[illegible] 二百[illegible]

派酬賞 蔣[illegible] 桂[illegible] 朱[illegible] 福[illegible] 金[illegible] 鄒[illegible] 梅[illegible] 戚[illegible] 朱[illegible] 王[illegible]

笑[illegible] 下灶[illegible] 張[illegible] 轎班[illegible] 歲班折年夜飯四名[illegible] 羊斤[illegible] 茶[illegible] 地方[illegible]

衙[illegible] 州[illegible]元[illegible]

存[illegible]式千[illegible] 付果記飯菜十式元 少園來

收房租[illegible]十八元十式角 [illegible]酒二斤[illegible] 付味記[illegible]

宣統元年己酉十二月

十八

收臻記还代付壽宴幛各 合六元五角又九十五文 東棧还郵借 貳百元

少園又桌寄存前後 一千五百元 夜少園又交到 五百元 張厨

煖鍋肉帳 十三元 又卅四 夜八点鐘到幽 存庠 貳千二百五十六元 貳拾 各三千一百廿六文

潘慶瀾

寓潘家河沿中間路西

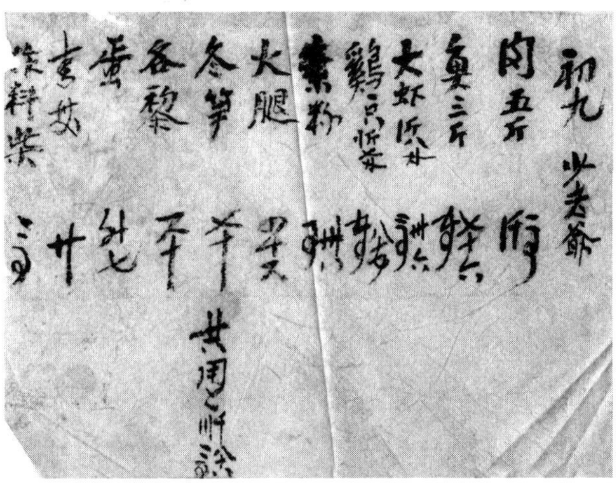

初九 少老爺

肉五斤

魚三斤

大蝦 斤

鷄二只

素粉

火腿

冬笋

各黎

蛋

韭黄

作料等

来字前所託兄之保信令勿
必寫哉因事未成特地通知
即請
子嘉姨丈大人 刻安
弟孝諧首
正月廿四

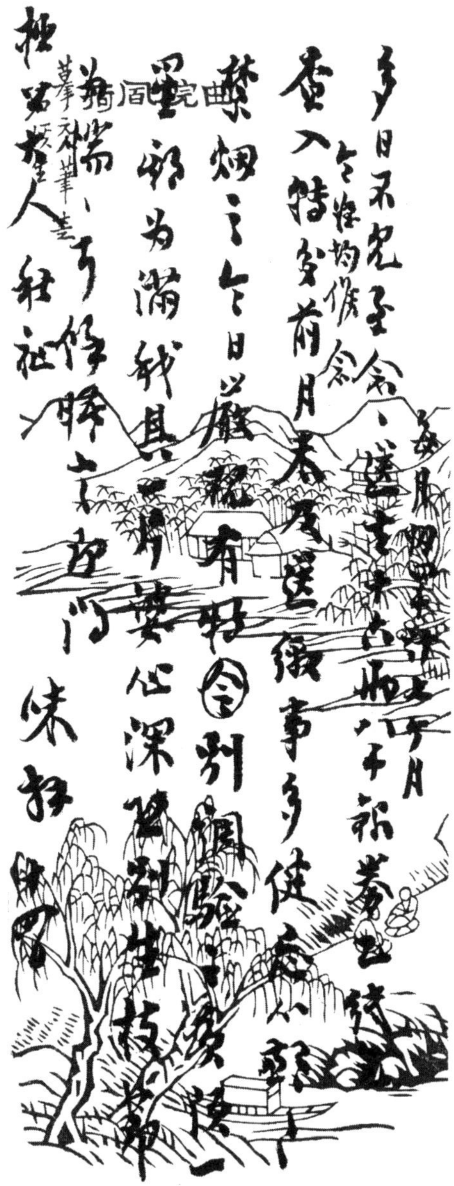

曲院風荷
摹新羅山人筆意

計 三年閏二月

繳張壽山 元亨利五堂 平江路中長椿橋南

六房屋兩間 計繳契六紙 上首白契一紙 鄭姓執照一紙

擡代兩紙

又司

洋五補總基地兩間 積慶橋北首 絕契一紙 上首紅契一紙

當經據一紙

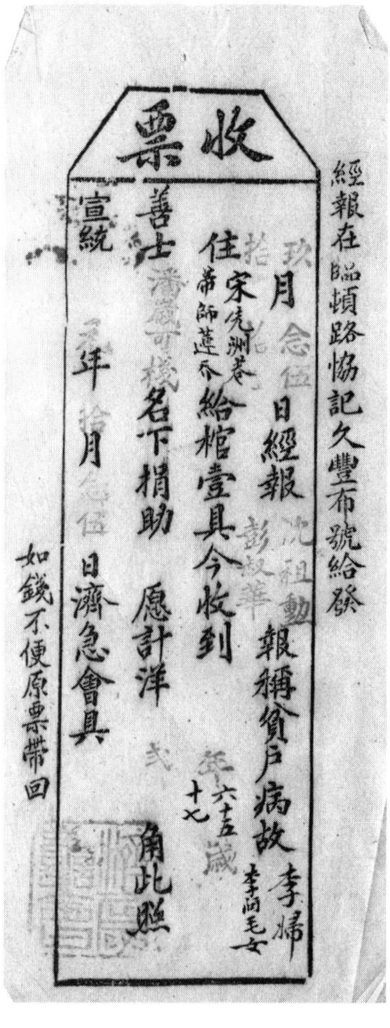

收票

經報在臨頓路協記久豐布號給發

玖月念伍日經報　　報稱貧戶病故李婦 李阿毛女 年六十五 十七歲

住宋仙洲巷 帝師蓮芬 給棺壹具今收到

善士潘嚴可棧名下捐助　願計洋弍角此照

宣統元年拾月念伍日濟急會具

如錢不便原票帶回

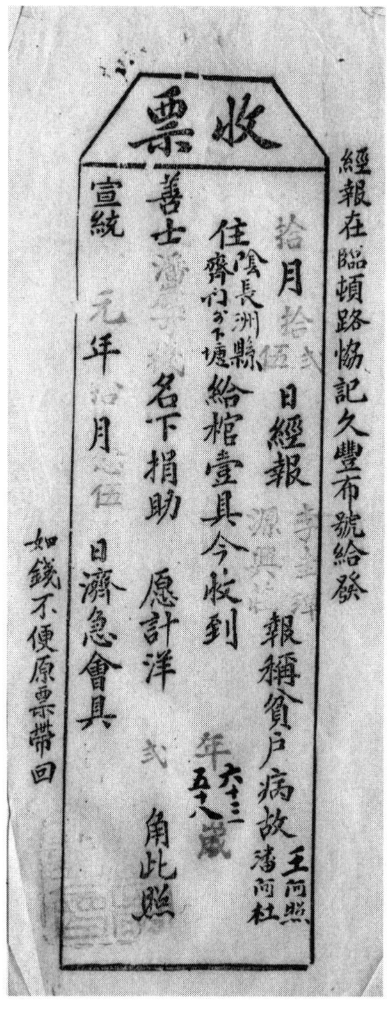

收票

經報在臨頓路協記久豐布號給發

拾月拾弍日經報　　報稱貧戶病故 王阿照 潘阿杜 年 六十三 五十八 歲

住陰長洲縣 齊門外下塘 給棺壹具今收到

善士潘子棧名下捐助　願計洋弍角此照

宣統元年拾月念伍日濟急會具

如錢不便原票帶回

己丑北行日記

（清）潘□□　撰

北行日記

五月廿六日黎明謁別宗祠叩辭 祖慈暨 慈親諄諭途中寒暖飲食叮嚀再四各含淚而言初次嘗別離之味辰初挈妻女登舟出葑門風大利掛帆未刻已抵崑城由車塘陸家浜至三江口停泊舟中暑氣逼人揮汗如雨戌刻起風陣大雨竟夜人頗清爽余此次出行為平生最遠之遊途念 重慈垂老 慈親多病中懷每覺悵然所望僥倖一第藉慰 親心未知命也何如

廿七日陰時有細雨即止巳刻到重古謁見 舅氏暢叙闊衷伯衡兄處五姪女偕蔣甥女就醫一路同行頗不寂寞偏

遊 舅氏新築精舍規模宏敞於此半日讀書半日靜坐亦是人生清福余倘獲一第必當追隨杖履時領謦言余之願也

廿六日晴天氣酷熱偶於梅花庵案頭檢得尤西堂集一卷蠹蝕殘缺首尾皆缺內數種 西堂剩藁僅存下卷 西堂小草 論語詩 西堂秋夢 右北平集 刻手甚好非近時坊本所比因展讀竟日藉以消遣永日下午與 鳴舅縱談古今頗暢至二鼓就寢

先日雷陣大風雨暑氣頓退 雲白師於昨三鼓從上海歸贈孫與閣呈東嬌余西道鼻烟一包膏藥兩方萘膏一匣並約明日送余至滬乘輪北上情意殷拳

六月初一日晴由重古赴滬雲師送余同行八點鐘舒維与儀梅話別未免兒女情長也酉刻抵滬寓大馬路集賢里天保棧帳房沈八樓湖州人頗圓到同伴錢翰泉等未到探悉招商局豐順輪舟於初二晚出口因籌維再四定意獨自一人乘輪北行不及待翰泉等矣因思此次往返初八九海晏開駛後能到津滯遲海上甚無謂也當晚訪秉安御嚴春波屏春源洋行二妹丈詢悉天津無熟人遂訪嚴春旋世丈於招商局其子應夫与余同門邵其招呼頗順帳房陳雨生吳蔚卿陳幼卿諸君並函致津局黃花農觀察卿翻鄉兄當可放心前往也

初二日晴往掃葉山房購石印書數部計價十七元余不甚論

價昨劉劉二元午前雲師來雲師寓吉祥衖全德興棧收拾書箱僕人張
錦芳勤邀吳師託寄信件於吳淞鄧世兄當即交明午
後雲師約遊城中城隍廟地極宏敞與蘇垣元妙廟
觀大略相同中有大池石橋與夏日甚宜登廊閣看徐小
滄畫與小滄雲師曲友也下午訪曲社中雲師與小滄又曲友數
人與閣同至全德興夜膳食蘇荔數枚飯畢雲師約遊玉
齡樓書寓忘其姓的留數刻至十點鐘雲師送余登輪揩別雲師代購京雞一双京料鼻壺一個
悵悵予身數千里初嘗遠遊之況味也
廿三日雨輪船出口到黑水洋風浪大作不能坐立因艄有嘔
吐者余堅臥尚不至是吳蔚仰等來招呼飲食余竟日食

發蘇滬信各一封

粥三次，幸夜間尚能酣睡。

初四日，雨，午前風浪仍大，物件皆傾跌，至申初漸覺平穩，時在青水洋，水碧於油，漸見綠色，夜間風和浪靜，安如平地，食飯一盂，在帳房飲食尚覺舒服。

初五日，晴，卯刻至燕臺，發貨，皆小艇載往，於洪波巨浪中一舟如葉，舟子皆談笑自若，絕無驚怖之狀，真履險如夷矣。是日風浪甚平，飲食如常，晚看舟友竹孫遊，二鼓就寢。

初六日，晴，辰刻抵大沽口，待潮發貨，停泊竟日，至酉刻始緩緩進口，天大雷電以風，戌刻即停輪。

初七日，晴，巳刻到天津紫竹林，有義和棧接客者，將行李交之，大中諸無缺余亦登岸到棧午膳菜與南邊大相懸殊寄果品一壺四碟菜一碗黃瓜湯清如白水飯尚好與家鄉米無異棧中帳友馮筠平兄常州人與星伯弟新之兄素識晤談後為相識為余雇舟至通州言明價錢二千有文連米在並一路並飭僕係渠同鄉住通州土壩託其雇車到局路不吃虧髮於期偕蘇州老友一道余初次遠遊幸有數人招呼幾勝尋常逆旅至別人地生疏出門無伴不免有悵悵何之之慨矣然迴憶家園豫順侍親課讀妻女團聚之樂已不啻霄壤矣為爭此微名離鄉背井踽踽涼涼為之憮然自歎也

初八日晨晴雇舟赴通州係載貨回通者余雇一中艙價二千五百文爲艙一李姓作主幕者受艙爲天津泰昌客棧接客棧使也刻開舟行數里大風雨北通州船船頭船尾皆無棚並無艙非風不行雨則停舟寸步難行蓋無棚則無置身地也至下午天稍晴勉行數里停泊小紅橋距津不及十里也且自津至通逆流而上水急不易逆挽舟者又不靈便所謂南人乘舟北人乘馬於斯信然

初九日寅刻即解纜西北風既擇以行抵暮至楊村泊舟小石村落頗幽靜是日行八九十里

初十日晴風西南係橫順仍牽舟稍快晚泊中流通馬頭

尚有四十里不及到此地四無村落只好下錨河中幸傍尚有一舟同泊余竟夜未成寐至四鼓即推帆進發

十一日風東南大順晚至張家灣停泊余在舟四日索無生趣時與金李二人談論北地風景或卧或坐不離六尺之地中艙滿舖並不能下舟子所食菜肴皆羶豚肉味皆平生未嘗者不能食余每日兩餐皆食所市之饅頭扁尖等類河水皆黃色如泥漿烹茶難飲四日間如受戍役之罪無事得詩三首

拾點行裝試薜蘿重闈依戀淚滂沱竹林祖餞蘭言永萱室叮嚀囑語多下榻渭陽親屢誨（余於五月廿六日移寓至外舅家小住兩日）分襟灑淚賦驪歌（彭兄何雲白師送余至滬登舟）幽閨倦繡樓頭候遙憶征夫意若何

蓉堂蘇行處書

飛輪北駛破洪波，百里重洋一夕過。蛟蜃奔潮濃似墨，藏虛四沽

船屋排拔海天極目渾茫茫，晨夕常眠窮抱病，聆到時風浪

際疎星殘點傍銀河

津門小憩斜日棗征車逆旅秋閑巷柝絲頻有青燈為伴伯

底知白髮聆音書，鄭莊置驛延賓處，王粲登樓作客初，猶憶小

紅橋隱約散霞臨水結茅庵

十二日午刻到通，先由土壩退盛家棧，見莊錦齋人，託其雇

車二輛進城，於西斷運總局晤釋參弟並松期隨八排於初

十進都，十一考到，□□只好補考矣。午後大雨，局中頗爽，巡雨

後爽氣撲人，數日舟中沉悶不堪，胸襟與釋弟聯牀暢

談畢十五錄科穉弟明日亦當進都余一人在寓無事約同行

先覲帝京風景一擴眼界

十三日微雨辰刻與穉弟同車由石道入都顛播甚不適意未刻

至米市胡同謁 八妹於便宜坊酒家時 七伯子嘉翼仲

松期皆在坐又晤戴藝卿石子元飯畢到子嘉寓所房廊

精潔宏敞余與穉松兩弟皆下榻疑野山房余自日寄馳數千

里船居馬背備歷艱辛至此始得休息夢寐俱安

十四日晴午前在寓午後至 八妹寓（在鴻陞客棧）申刻隨赴會賢堂園

家暢飲歸已戌刻余捐監四十五兩又執照兄弟費二兩半先由子嘉

代付至是向 八妹借五十金還子嘉[redacted]餘銀存餘 八妹本擬

付唐琇如五十元 汪六姑母二十元 余嘗函囑家中劃付眉滙

費矣 余此行大約須百金外 較南闈考費倍之 措置殊非易

〻耳

十五日 五更刻晴 松期輝吾赴國子監錄科 余無事 至巳刻始睡

起 午後偕韻林函 申刻大雨 慎清二弟先後出場回寓 是日未出

門

十六日晴 午後偕輝弟汲盦謁見果中七伯並伯母係福徵

識 西幸談 吐皆蘇音 繼談 先公在京時事 為之愴然 旋至

冀仲弟書寓 名欣味甘甚 申正散步至龍爪槐寺 烹茶肴

麵點 先腸內留款 刻所憩之室 顏曰蕉葉移窗 標器具均雅

發東蘇季信各一函

院外有夜合花數枝色極鮮豔可愛茶罷回廻遊玉陶托亭地極宏敞有廨事數處可供酒食另有一殿供梓潼帝君像余跪求一籤以卜終身行止係中上的云長沙靈通謫古今憐繡被焚矣獨自眠賴有官且閒散巴臺蜀馬共隨緣莫怪其言錄之以證日之驗否薄暮至便宜坊小酌係稚嘉翼三弟為螺弟壽暢飲歸途已月在闌干偏倚子正矣

十七日晴辰刻偕翼仲弟遊國子監並至辟雍規模宏敞琉璃瓦煊爛輝煌詢王者之上儀歸家已未初矣下午蘇泉來

十八日晴發山東仿衛信一函蘇季各一函午後牙痛甚幾不能合物後食雪茄葉烟一筒亮脘爽然若失晚間螺弟谷東即

於疑野山房會飲

十九日晴午後出門謁客僅晤裴（名維侒 號韻珊）芝渠與先公交好又與拜同年殷秋樵劉錄吳慎生吳觀瀾劉稚廣皆未晤歸邢七伯送西瓜十餘枚與嫂及諸孫分食也

二十日晴作敬止堂會課文一首文題故人來有贈又先造詩題髯餘雨後理經送也揣摩脫稿

廿一日晴作觀善堂會課文一首文題以事郊社之禮三句詩題賀雨詩成雲滿山成刻又竟此首頗愜意閱須的日發案未識能通知音否

廿二日晴午前無事下午散步琉璃廠縱觀書肆及文玩

鋪以松竹齋為最其餘亦頗可觀（過秦佩鶴師於松竹齋五溪行刺）是夜三鼓大風雨雷電交作

廿三日辰刻稍晴後復大雨午後微霽　八妹自甬通州來因明日驗

放必須到也即寓栞野山房晚間略談即眠

廿四日晴卯刻八妹赴部驗放余尚擁被而臥作敬止堂會課

文題子曰賜也爾愛其羊合下一章詩題蠟寒天分第一枝芳

晚未脫稿

廿五日晴天氣甚熱竟日讀文而已第一期約課卷案發余列第四（期第三戴吉木太史評）

廿六日晴接　母親信悉家中平安係十六日所發但知余到

天津未接京寓之信為未接到也晚間作約課詩頗費點題

廿七日晴約課詩文脫稿呈　八妹閱云尚平妥此課係劉乙

青值謀不知何日發票也

廿八日卯刻即起，隨八點進午門外驗看，入內東長安門，即下車步行數十步為端門，門前有御溝，所謂紅葉題詩者即此水也。有白石橋七座，其上規模宏敞，已為昨經見之物。由端門再進百餘步為午門，左右兩廊，左曰左闕門，為王大臣驗看之所，所謂以上至背後，歷級斜則跪背矣，王大臣諸監臨處也。出其地即昭朝之朝房也。由午門而進為保和、中和、太和三殿，三殿後為乾清門，不能入矣。門前有金獅二只，又金（殿四面皆白石欄干三層，數十級階甚）缸十餘只，其價不可論矣。其形為富有天下字。午刻回寓。午後與恬軒、燦臣、弟竹軒進晚飯。八點歸，食燒鴨，京中

寄蘇臺信第一函

最佳為南邊所無余到京已包四次頗厭老饕

先日竟日大雨寄蘇臺信第一函明日寄因雨不能送也天涼甚

可衣夾衣讀文數首覺近今閘作遠出前輩陳作不易攜

摩也是日移居間壁海寧人鄉會館因及宅將居八妹之雅無餘屋也

三十日晴寄蘇臺信第二函午後汪雅三來係海運局員此人老

於仕途海運已當九次矣約明日赴通接　八妹之夫人係八妹

介也晚間與　八妹暢談人品八妹謂余閱歷已深無往不宜語

於弟則宜京官翰苑也

七月初一日卯刻詣蘊和店訂汪雅三同行已擬雇車就道

大雨傾盆至未刻始晴泥塗未及成行仍返及寓

初二日晴寅刻即駕車出東便盤閘赴通，未與汪君同行，車西傑未刻到局，即收拾書箱一切，汪君亦於申刻到局，買蓋雨農備膳與汪君話別，並汪君若谿趙晚即登舟赴天津也。

初三日晴卯刻收拾行裝，挈八妹並夫人及鏡妹登舟，仍盤閘而行，閘上水勢激越，狀如飛瀑，自通至京計過四閘，申刻返寓。

初四日晴午後購京靴一雙，再至蜀伯託買京靴一雙，交帽纓一串，再拜交悉兄託帶京料細麼亦更，甚佳。晚間八妹出題詩云經始靈臺為題，試題庶民子來，為鈎課遣。

初五日晴午後金華舟來，秉炜綮泉之友吳慎生之壻，坐談，後刻接賓臣信，云伯衡兄有信，為余擬請六兩總之館，余本擬揚後

託張順寄雲師信一函並帽纓靴等蘇信在內

西山東此行甚便也晚間大雨（北地一雨沿街積水寸步難移可笑）不能回海昌襆被卧客廳榻上

初六日晴有四伯舊僕張順送王雅赴滬因託其帶致雲白師一函內附魚匠（晚翠）儼梅（慎齋）各一函並靴鞋（帽纓）烟壺[redacted]（嘴）其函呈雲師蜀託三物由黄錫寄也啟山畫（石也題）會課案（發）余仍列第四名及（蔡）芭清清千名外矣觀善堂會課案出余二等同苑紅四弟同人皆[redacted]（三）等（出課題苕明余郁社之視高）

初七日[redacted]（雨）是日文殺以[redacted]（誕）辰[redacted]子嘉處設祭余亦行禮

初八日晴天氣酷暑承八琳命題涼炎世界圖之畫荷花水仙余題七律一首身以[redacted]（鬱居）[redacted]（蓮）藏風田池塘荷花子具精神傳隨寒暑留形色不入繁華染俗塵四壁清風思君子一畦白雪伴佳人緣題妙筆開生面水炭指未共寫真第二聯頗為

八妹所費

初九日晴 午刻秦培蓀師招飲於嘉興會館在煤市街 西廊同座者三邑下闈者 申刻返寓

初十日晴 作館課題為詩云經始靈臺至庶民子來 八妹所寄至晚未能脫稿

十一日晴 作館課卷謄正 晚間大雨 歸海昌負車夫背而行

十二日晴 讀文裝殼 珊年伯來 吳管排蔚若 淑妹於午刻來

十三日晴 八妹引見入內城 珠爲之寐 實晚間同人撒蘭尼燒鴨 余出三場文 三鼓後大雨電雷交至 余入夢鄉施能也

十四日晴 午後觀瀾來為竹捉逃余大負失去三十金 下午赴吳

寄蘇信交董函

蔚若姻妹之招，步至萬福居，同席皆熟人，亥刻歸，寄接
壽卿信，佩梅患腰痛已愈，余寄家信並函，近四日內醒暑
畏常問南望遠十三陳甚源至廿歲大彭近日未知如何
十六日　晴　無事
十七日　晴　無事
十八日　晴　無事
十九日　晴　無事
二十日　晴　午後出門，謁宗晴曹先生、劉乙青、鄒景韓，至會館
謁黃庭公神位，晤張采南、張詢卿、伯揚，偕赴東首同僕
回，晤吳蔚若，時已掛暮，即歸

廿一日晴午前接種蕉信訪場後赴東壽讀上之而晤並云秋
闈兩謎同濟席午後子嘉約赴福興居飲同席皆三縣同鄉
潘子牧金華丹王伯蓉皆來余寓叫相公來則稍佳片殊屬無
謂遠不如六朝金粉也
廿二日晴陸鳳石來晤談良久午後偕金華丹訪趙國
子鹽小寓明日補考到也
廿三日晴黎明進頭場坐修道辰刻出題君子學道則愛人
詩題七月烹葵及菽未刻出場即出城回寓長途跋涉
頗覺煩勞
廿四日晴巳刻陸鳳石年丈邀赴蘇壽堂飲宴菜甚佳午後

招宴

廿五日雨觀閣學元來同為竹孫送行下午赴國子監吴慎生丈送

菜大烹暢甚

廿六日晴卯刻進場題經正則庶民興詩一瓶秋水玉簪

外策文體真僞出場三點鐘即歸寓

廿七日晴未刻吴慎生丈招飲於其家暢談文法

得墨卷之訣歸已戌刻矣

廿八日晴至慎生丈論文出示近作鈔正前輩擬備壬午

房回家

廿九日晴訪錢怡生於鶴奎會館出偕衡兄近況甚窘

余揚係擬玉山左未免与初頗打左午後謁儀梅函

差家中平安甚慰張順事去物件已收到囑贈羊

皮統兩件男寶孫胭脂鐲衣鈕等

初一日晴到順天府納卷途甚遠与國子監相近午前

歸午後至琉璃廠購考具並購書數種薄暮歸

初二午前會筆丹錫泉招飲於福興居午後歸寓

檢考申刻赴戴藝郛世丈宴席設聚寶堂同席

有王瞻卿左濱川舊友不相見者十年幾不相識矣

初三日晴在家無事送藝郛丈無近名齋文集一部

初四日晴午前收拾考籍申刻赴王芾卿世丈宴席

發蘇季家信
多一函

設福興居歸途已月上闌干矣
初五日晴無事寄蘇季家多一函得伯寅信並假函
初六日晴午後移小寓在貢院西轅背胡同鳳主政宅
同伴小汲蝶倩及怡軒王君九三兄茀卿丈與余也同寓有浙人
錢鳴伯為余姻親在里門所素熟者暢談離緒甚樂小
寓價計三十金每人派五金
初七日晴收拾考籃和邑芭園華丹陽老君皆來寓談
下午至貢院磚門內散步寓門與西磚門祇隔一牆也
初八日晴天氣頗熱午前同鄉皆來送茀卿丈及汪範卿
叔丈王笑山人嵐山丈汪藥階丈均送進至磚門茀卿丈代余

接截　八叔出到代子嘉接截，並就門首與子嘉原談幾為主大臣所可作科場法令森嚴雖步須謹也未刻余遂隨進場排擠不堪接卷後坐西文場闕字六十七號之余號南闈依甚三鼓得題終首題有若對曰盍徹乎次題之前令則不踰四句三節題人皆有所不為達之於其所為義也詩題自彊不息得乾字余於初九日四鼓四藝脫稿初十辰刻挖繕謄正補草至三點鐘出場精神尚不疲乏場作雖不十分愜意較宗作略精謄脫闈錄送　八叔評閱

十一日晴天氣甚熱日卿仍未送考未刻進場補點後着力接卷道與穉弟同歸坐東小天衢字十五號穉弟在第

一歸余連歸左為蘇城館勉甫右為松江楊雪舟與瑞子
齡、甫觀畢日與稚茀同飯矮屋中頗得親朋之樂題紙
來甚早未及三鼓首題易與天地準故能彌綸天地之道二
題在璿璣玉衡以齊七政三題其心崇如墉其漢如櫛四題吳子
使札來聘五題動則左史書之言則右史書之皆可不用經
解考經題稍有解而究以鄭說為準余五篇均蹙澤以詞
調滿幅一切說文疏解摒棄不事十二日四鼓脫稿十三日黎明
錄正草計十篇有七千餘字至申刻而畢出場適大
風起砂走石余與稚茀起步出龍門找寓方悟空大
而故住步間松期悟軒及會盟出場頗形踉蹌矣韋而正成

寄蘇垂家信一函

刻即晴依舊月白風清也

十四日晴午正即進場坐東文場律字七十六號策題五十五

條問頗簡蒙益非只多作出策易於完卷至日旰始已交卷尚不

啓關仍聽喧嘩不成事體故蒙題出遲之也第一問經學

第二問史學第三問奏對第四問河防第五問地理十五申

刻即開鐍余尋明及盦諸友相約綴歸將十分之九十六

日騰正申刻出場即乘車出城還及盦庵因海昌館不

能住遂設榻於廳左炕上朝撓着鋪頗覺煩瑣惚惚卧西

廂因獨坐 録字廿首出都

十七日晴在寓休息無事寄蘇垂家信作一寄

十八日晴 午刻七侄接場邀往真蘇館小飲午后至內果園觀劇余到此系第一次領略梨園風景也歸途已薄暮矣

十九日晴辰刻至前門購送人物件及皮貨等未刻回寓申刻子嘉仍赴便宜坊小酌

二十日晴 蘇府同鄉接場宴設長吳會館余衣冠而往未刻歸 八妹命代鳳石年丈題

慈禧皇太后御製葡萄畫幅七绝八首至廿一日午前脫稿

龍鬚妙筆滌冰甌繪出璇宮一味秋寵賁欣承頒紫明珠十斛詠涼州 涼生曉展映花天結綠參差顆顆圓似引金風涵玉露渾如雙穗秀藍田 仙毫揮灑露華垂染

猗翻新風藤橋不与荔枝争品味玲瓏一串翠年尾珠
编星磊落綠陰濃粉本重摹出九重御筆所世祖摹本同拳臙脂供
點染應知成竹早藏胸　佳種西來釀綠醽醁如橘柚
貢明廷錢飾欣賞標天繪寫向瑶臺猩色屏　紫絡婆娑
安入畫圖堆盤瑣瑣碧雲映圓雲色相藏金谷秀韻天
成懷綠珠　運腕出靈奪化工秋光滿架映蠡樣滴階
還比朱櫻熟翠繞珠圍出漢宮　琹牀掩映畫欄横秋
色都從著手成試看一幅鵝黃綃寫出圓融紫水精
廿日晴。無事。午後陸鳳石筆丈來號諸人觀試帖作詩帖又送
廿一日晴。午後吳蔚若來，同至吳愼生丈處小飲，與宴有

核甚精，三味已足充腸矣。慎生丈囑帶銀芬係京交，托
蘇州溫氏，約九月十六日來取。
廿三日晴。芑園約至便宜坊餞行，並延七伯、壽蘇、行蘧，
點心一盒、赤菓兩瓶及盒盤六色，並送兩色。是晚便宜坊歸，
已二鼓餘矣。
廿四日午後束裝上車，忽大雨傾盆，遂返旆。七伯來送
行，知未能成行，渠先歸，余等遂改廿六出都。申刻天
壇被火，及在庽望見滿天紅雲，至戌刻始熄。
廿五日陰，未雨。悉昨晚天壇燒去齋宮及玉皇殿，有白
玉寶座亦焚碎，傳聞須五百萬金始可修復舊觀

也申刻及鑫卿至便宜坊餞行歸途酣然

廿六日晴巳刻登車（余與臨軒螺舟先）及鑫卿揖別聚首兩月忽爲判袂殊覺黯然出東便門土地積潦乃無尺甚不易行至申刻始抵通州土壩　八妹先百命陳彬雇舟在彼等候（未得同舟）遂尋覓片刻始得登舟時　八妹尚未至晚膳無菜潦草煑粥充饑至戌刻　八妹仍不至頗覺憂慮

廿七日晴巳刻　八妹偕稚弟眷口始到始走四點鐘在進橋過雨（離通州二十里）遂駐宿爲是時余等在八里橋不過微雨數點雨彼處雨大如注異哉午後　八妹進城謁家

未能維

廿八日晴辰刻開舟順流而下迅甚因一點坐船發大隨時等候僅行百四餘里過馬頭停泊否則兩日可抵津門也

廿九日晴卯刻兩舟並行酉刻泊楊村時夕陽在山可觀景登岸散步楊村有分縣司巡檢自南至北約有二里之遥

三十日晴未刻抵津門泊舟制軍行臺之左八點登陸謁客戍刻歸舟並招商局海晏輪舟適開不及寫票後須候初三普濟矣枯守兩日殊屬無謂余歸心如箭益覺悶悶

九月初一日辰刻微雨午後放晴松芳偕怡軒穉齡登

寄蘇州第一函

岸余獨坐舟中寄蘇州家言第一函申信寄至晉甫老處囑其初八日雇舟至
老義和棧探問酉刻八妹招飲於三聚園菜頗佳而價甚昂
初二日晴午刻八妹命移寓浙江海運局閏商陛部郎未刻偕呂庭芷來舟時有天津道未晤
進口擬乘此舟南旋午後大雨徹夜
初三日晴余與梧清偕往城北龍勝園觀劇有小相王
佩香者色藝俱佳余爲之留連不置遂歸坐高陞尚未
進口余擬先歸坐頃少逸世妹到津寓義和棧贈美
國兵要一部少逸出使所著也
初四日晴謁少逸妹於紫竹林義和棧並晤陳介眉文暢
談外事風發午刻呂庭芷偕來答拜暢談良久始送

一品鍋、蔬菜又點心兩盤，知余先歸也。余到義和棧，甚措背
局海宴船初廿日出口，而高陞尚未到，余先還之，志路決午後
發行李至義和，繳國舟，有桐城方姓者約同舟至白蕩口登舟，因取
俟輪舟不能到埠也。余上坐東洋車至義和，怡軒、清惺兩弟
送余至棧，後渠等仍至雙勝園觀劇，余悵悵獨坐園中，正
無聊賴，乃至佩吾與二三小相息至廣間，攜拤暮而去，天色已
綠也。晚，出海宴須初六辰刻發輪，余暫住義和一宵，明晨
上舟。晚膳後與少逸縱談，族戚與哀感慨係之，三鼓
歸寢。
初五　辰刻晴。偕桐城方君坐小舟搖車至白蕩口，人貨擁

橋。未刻上輪舟，與紫竹林相去七十里也。附帳房蘇寶笙
並義和帳友金漱臣得房艙一間，偶仿潤葉英臣陳幼華
比連艙，不能兩睡，頗不寐寢。晚間臥被爲市儈黃菜霞所
余無事將污，並洗另換針線縫好，辛苦隨市也。黃洗不易
乾，不能臥，因於洋爐上烘之，至三鼓始得寢。
初六卯刻晴，發輪，午刻至塘沽，裝煤停泊，至申刻開出大沽
口，途遇高陞艦，順帶進口。想八妹及弟輩當來裝，就道矣。
初七晴，巳刻至燕臺，發貨，至申刻始進發。昨晚風大，同舟
有嘔吐者，仿潤幼華亦不免。余竟視若無事，殆體氣壯盛
歟？抑命中宜於奔波歟？至燕臺風和浪靜，同舟均逢大赦

舟晚渡黑水洋亦無顛簸之苦

初八日陰亮日在黑水洋波平如鏡倚窗俯視墨海無邊有大魚徑丈噴浪有二丈高洋人擬炮轟旋不見援去於此海表云數日內必有大風余等幸明日即到滬可無慮矣

初九日午前陰巳刻過茶山午後雨未刻抵埠余行李交鄭安棧寓鄭據寓者云先遣謀甫余亦暫寓於此棧鄭君行李後大雨冒雨訪雲臺師於姜衍澤不值後至吉祥衖金德興寓棧悉雲臺師候余兩日不及先行返棹矣悵悵晚間至亦新園劉頤悅浴歸寓即臥余此次仍獨自由津到滬到香往時尚有一僕送至申江茲則竟孑然喬可謂獨往獨來

矣。經此一番閱歷，他日出門可增識見，不致出門惘惘之年
初十日，晴。託全德興東廣綢快送至重古[redacted]純在永順碼頭，下行李。余
辰刻訪殷春浚丈於春源在雨安鄉洋行，不值。復至義和當字棧
弟。余上輪時曾借棉袍一件，今交春源行之桂孫帶著收存轉
交。光甫原弟當年閱西[redacted]弟當[redacted]無誤也。[redacted]四點鐘登舟，潮未至，船膠不能發。
至酉刻始能搖櫓而出，微雨冒險夜行。趁潮二鼓至虹橋停
泊。獨坐舟中迴憶，系華弟兄五人相聚三月，極文讌之遊，天
倫之樂。今[redacted]諸昆[redacted]星散，余雨夜小艇遄征，而清惕怡三人計當渡
海之時，天各一方，徒深遙憶。後會 重闈 慈親[redacted]
十旬睽隔，近體諒何安善。女遠秋笑言莫接，百端交集，竟夕

相思揆揆志在四方未免相左也舟子頗馴間談解悶而已

景鄭日記

（清）潘景鄭　撰

二十二年一月二十六日 星期四

癸酉正月小

元旦日壬辰，午前晴，午後陰，嚴寒不勝。早起供湯祀先畢，男道賀

年。未能盛稱，緣在先祖妣服中也。間作雀戲。去歲邦帶來清

胃納不佳，胸悶，便不暢，午後即覺形寒，蓋即致感。

二十七日 星期五

初二日癸巳，晴。早起供湯。今日胃納依然不思食，飲後胸悶較甚，頻作噯

氣之狀。午後即擁衾而眠，餘而未起，枕上讀續古文數識一卷完。

甚以肥說為（晨）每戲服多不足，振信服消食片二粒，打片五粒，

實鬱之症，伸胸間氣稍。

二十八日 星期六

初三日甲午，晴。早起供湯後即來乘赴陳健安處診視，云係

初來清兼有濕阻，宜素食。孫大云岳丈賀年，稍談即返。早

景鄭制箋

成識交垂二十年矣，棧况不佳，惟閣有餘，難乎其為生計也。午刻拜

借。午後未出门。未能飲食，至暮始稍食粥。

6 二十九日星期六

初四日乙未，晴。今日稍有起色，惟胸悶仍未全愈。午早起借湯

後未出门，精神疲散，惟作倦，終日隨仍在床，戲而已。除請病敖來下去藥

仍服昨原方。

三十日星期日

初五日丙申，晴。今日之病已復原，但仍不敢多食多勞，早起借湯

午刻至田業銀行之約，有者亦不敢合簽，有之後即返。（開會）以鄭記雷記

兩期擬取息，以息改存定期，寫定契二紙，計兩百元。午後未出门，在

戲而已。

8 三十一日星期二

初六日丁酉，晴。下午往杉鱗莊，指李而返，又昨日某寶揚歸支君家

碑一 景君碑一 李孟初神祠碑 上尊號一 太公呂望表一 天柱山銘一 嵩山蓮葉闕殘碑 其年作李孟初神祠碑及天柱山銘亭未成 此外雖係黃小松時拓本然亦無可取之處字佳之乎 字允已漫二方全亭勸兄購之 以天柱山銘校八瓊陸氏所錄本及石如八瓊所載 僅校一二誤筆畫之處 午後與八弟至集寶以碑六種易之 並以唐誌十種付裝 因以千金購魏正光六年乙巳四月乙亥朔廿九日癸巳清信士佛弟子賈智淵妻張寶珠等造像 凡四紙 石及陰側 大幅側兩紙 朱拓本 檢萃編及八瓊室補正俱未錄及之 又金大定十六年鐵盆銘朱拓本 又蒼公墓記無年月 又景福三年殘經幢 俱未言價 至壽彭竹巷律師處 拜壽辰而出 至田行查先日送打下

景鄭製

六月七日 星期三

編藏石文目

初七日戊戌 陰 早起編藏石文目 午后再整再看再識 出單其午飯備沙鍋四碗八盆 飯之後偶去 所編目 檢出好大王碑廿二張 未編納

繕晚為伊吳姊手所藏編目 先成墓碑一類 計漢十六種 魏隋十八種 唐廿九種 宋一種 其石刻類凡紀功頌德廟碑之屬俱歸焉 唐松石堂碑另種

尚未編成 閱天來談 彼致佳李氏函 辭了

六月八日 星期四

初八日己亥 晴 午前往瞿府處賀 午坐談久之 午後往集寶齋 編繕其拓本 檢漢魏碑若干種 唐碑若干種 未裝歸 往裝歸

錢梅溪聯一付 是應需也 至恒孚為岳氏取修[illegible]

六月九日 星期五

初九日庚子 晴 午前與閱天征訪李印泉 未遇 至王二姊處大坐而

返所整階一月廿四日出午所編藏石有閒天之母來求閒天題
不敢見母子備艱小由來斷矣託子敬以李進新寄飯店予與立
弟送往即返 訪下排佈碑目者載至閒天母處談如錄閒天了

四日 星期六
立春 未正二刻

初十日辛丑晴 竟日未出門 早起閒天來 取行李 郵南京 春節供陽
藏碑偶多三千種 初僅五佈碑目又獲唐碑四種大佛洞造像
校所藏風所藏 十有七八 然模糊不易辨 函覺茫然行

五日 星期日

十一日壬寅 雨 午后與立平至蘭機盤唐飯 以去後返 集寶齋檢得
唐碑十五種 善本 徐浩 法琥 大理 陸蘭鄭君德政 李楙
功臣德政 于志寧 唐此千文 三仁殿 張公冉 華山亭記 大通禪
碑 此碑又一唐碑 模糊不辨 又孫大孝碑 歸按日報大通禪

景鄭製箋

已有之貴郡之再識君為再請荒卷予後予作保實[illegible]

郡內之者仍之之於下校算局存

十一日星期一

十一日癸卯，晴。希齋、許裕衡郡在秋園庵，佛弟竹安之夫

人、星期一。招[illegible]出，午後校稿碑，未出门。母親有[illegible]庵戚[illegible]

轉校碑。四字偶成。夜有[illegible]

十二日星期二

十二日甲辰，陰。午後偕[illegible][illegible]郡[illegible]訪祝[illegible]候[illegible]。午後[illegible]

[illegible]造[illegible]稱本月廿[illegible]內人[illegible]半[illegible]于代其[illegible]。

十三日星期三

十三日乙巳，雨。[illegible]未出門，[illegible]日[illegible]後[illegible]赴[illegible]郡

[illegible]祝[illegible]下[illegible]，而[illegible]文[illegible][illegible]不[illegible]郡

訪祝郡[illegible]防[illegible]其[illegible]。

十四 星期四
十四日丙午 陰 晨先[illegible]遊安葉堂[illegible]席 座中有[illegible]無畏[illegible]大千[illegible]
[illegible]中有林
王佩諍 鄒百耐 陳子彝[illegible]吳湖帆[illegible]有[illegible]人 故改
[illegible]兩女至[illegible] 請鄭墨舫診 見手[illegible]供圓[illegible]
天[illegible]食[illegible]

十五日星期五
十五日丁未 早起 陰 兩女[illegible]大雪 [illegible]出[illegible]康 見示身熱 請
鄭墨舫診視兩女[illegible]遊[illegible]

十六日星期六
十六日戊申 晴 十時往觀[illegible]銀川[illegible]款[illegible]
又[illegible]假[illegible]
編[illegible]目

十七日星期日
十七日己酉 晴 午[illegible]出門 午時[illegible] 午後往[illegible]

景鄭制箋

吉貞集

隨意碑數種，又至百耐齋購之李若平種，即還其寳所以
唐李孟廷碑、李良臣碑、李克讓碑、魏于氏雜造記、金利器、又宋元之
張九齡碑、宋趙劉墓誌，又唐經幢四種，共值十元，付去，又取戚觀王碟
為陳曼生碟，另一歸伯兄，曼生對即讓其購之。

十三日星期一

十九日庚戌晴　午前理書籍二十六本送吳儀兮，午後王佩諍
來，攜陶記八本又吳氏補乘一部，即去。往石友取唐經幢一種，又屢
以石佛、殘磚、石拓本一紙，王芬寶為兄以年の文讀陳曼生碟
至田叢之人出而返

十四日星期二

二十日辛亥晴　午前未出門，補隋誌自午後至六下至高瑞山處治
牙為再請寫保信與護送同鼎以名，再致書印交之。

十五日星期三 二月廿一日壬子 雨 早起以唐碑十六種交楊桓祝穗 又聯八付 內五弟三付 昨日交蓬萊取 榜書 編入目 午後編唐誌畫完 歡承嚴

十六日星期四 二月廿二日癸丑 雨 晨乃未出門 編唐誌自歐慶云先天 午後始畢 寫長聯賀沈鈞青子

十七日星期五 二月廿三日甲寅 晴日午下編唐誌 午後往讀字人云青年會觀自由之花布展覽會及再訪史婦而歸途遇請之至青年會讀而返 編唐誌目至開元天寶兩朝

十八日星期六 二月廿四日乙卯 陰雨竟日未出門 編唐誌目盡開成 午後與五弟看明星夜雀戲係寧子人傀儡劇數出

十九日星期日 雨水節 二月廿五日丙辰 陰 午前未出門 編唐誌 午後與兩弟擬赴大光明

景鄭製

吉羹集

蘇城帝之琅寰閣以所藏印正第八編之徐籀莊鄭
值三十元，又譯海一部值卅元，許訓纂漢羣議一部值四元，並由又
兄張遯先代揚黃蘇款識表一冊，值四銀，卻之又見阮元積古
齋款識之又翁方綱題字杜家一冊，云大字明拓，索銀幾兩
還其勿購焉

廿六日星期一

二十六日丁巳　晴。是日未出門，午后婿退人發書樹年後偏證銘
爲宋芝芳設夜飯

廿七星期二

二十七日戊午　晴。早起記方帝才生買以登舟赴横塘，風色老，座船载
無以午后到光福，光因取坐船到環下文生堂文讀之
無暇方以到某六元于勸之帶道于多取大蔡石勸而散

自問良心爲公不爲私，斯先世遺業亘京敗伯以見祖宗于於泉下。三時許返舟，振家已四付矣。歸途過國華取所傳儲刊

二十八日 星期三

二十八日己未 晴。午刻訪木匠來。午後至樂賓，與之圍，先已先在，以書賤所留趙之謙碑，又樂賓以兩取鄭李印本所藏唐諸本十三種。校所藏無異，得五十三種而已。

二十九日 星期四

二十九日庚申 雨。竟日未出。擬竟其所藏先將遺札並整理之計日。所舊視貢湖以下凡本支傳文若計千餘紙，其旁支之無關學多者擬不取，惟先本生伯祖同懷遺札寧作供不爲以保存遺澤，故亦及之。

六月廿四日 星期五

六月大建乙卯

初一日辛酉晴。午后往訪吳閣天在中央飯店，七十六年矣。其夫人談近今情形，閣天所甚興，所以珠飾以備外通，難于其尚丈夫面取貨物，婦人女子之知所慨，甚匪返取其所富飾而後往至所財好返致魯之成至田業治而安同往珠寶鋪估值云值千金而已，往某寶又擬搭居解。王龍九來與談良久。季卿以所藏真黑光硯售值八十元，又至中央訪閣天未遇而返。

廿五日 星期六

初二日壬戌晴。食城內剃頭，以祖妣壽辰之辰，除一切但向松鶴樓備麵，約寓宇年。午后往訪閣天夫人，以昨所託典飾

多印送。午後以寄容聯壽朱尚齋的〇千，應答復。六弟至蘇州

大戲院觀鐵扇公主西遊記而返

廿八星期日

初二癸亥。雨不止，春寒亦甚。上午未出，閱傳奇小說之取材於宋人筆記

批排佛月

廿九星期一

初三甲子。雨。上午未出，編新惠印合報銷冊，囑覓頭廉葆笙緣

浮秋電話，招往大華公寓，奉太夫人以今日未來蘇，即往庫

敘而返

卅日星期二

初四乙丑。雨。上午編錢記。午後為荒親鋪晚飯，至九一八與周

天曉談，小飲而返

卅一星期三

初五丙寅。晴。午未往田業庄款。午後至樂天無人，至青年會

游道

吉 星期四

初六日丁卯，陰。午前出門，午後得曲園又函來，以二元購隋鐵拜
拓本（又大通滦沭碑），又以五元購精文拓二册，不言明然須鈐砚，以五千元諾
直。福歸（序），卽梅來，初月（謝）膝亦來，談多時。

吉 星期五

初七日戊辰，陰。午前未出，午後與孫梅叔至青年會觀（華園）亦觀
影戲而返。弟設為壽房聯數件。

罗 星期六

初八日己巳，陰雨。午前紅木匠來，言鏡架共十八元，又言共
大樟木板の付，用紅木鑲山嵌，花与古人同，明代古畫遍，几三本至午（訂）

吉 星期日

初九日庚午，陰。午前福初來，為吳氏謀与談言數事，有（書明）
午後出三元訪蒙中令以來西之斋，所求數後，摘（習）而返

念日星期一
十一日辛未晴。午后往十全街李氏論學，予以四時半至國學會聽

聲韻學之訓詁
師講論語，取所著廣論語駢枝講之，予謂當記録之以校讎。

四更而返。

廿一日星期二
十二日壬申雪。午后未出，四時往國學會聽章師講論語，雪返。

燈下編北宋藏錄目。

念二日星期三
又
十三日癸酉晴。午后往湖帆處，其太夫人壽誕，飲湘文以家未出，

遣家人十時以紙為聯，午后往十全街李氏論學，予以壽聯之事，

同至國學會，今日仍講論語數章返家。

廿三日星期四
十四日甲戌雨。午前未出，午后往田叔文至國學會，隨著至國

歷史
學會聽章師講中國歷史之歷變而返。

十日星期五

十五日乙亥陰雨古薇來先同午後往言如觀方丈由田業師殿東宗常敬王芸賓爾無人至國學堂候久師來今日講中國人種之變遷並紀綱

十一日星期六

十六日丙子晴午後往芸賓處取到五卷誌一冊至國學堂聽講並紀綱今日講中國與之之由來

十二日星期日

十七日丁丑晴早起至松鶴樓春宴余作日以前三祖曜信訂茶探羣賢士全衙論師係唯晚訪談拔也午後求師書畫內二字紫綬至國學堂聽師講明清社會改作之要還敬余而返

十三日星期一

十八日戊寅晴竟日未出門整理碑版如已方候刻詩

十二日星期二

十九日己卯晴。竟日未出門。午后集寶齋送來范忠宣公硯一方，內刻蜀主圖（舜臣繪），極精，字作六方元，還之，方元硯留之。又漢鏡銘玉之。午後以起潛七男出印箋之，晚後日參拔与慈親面談，影宋說為文勤作翁孙与母氏商酌斷費蹟踐也。午后再誠來談，二古茗時始去。

十三日星期三

二十日庚辰陰。午前未出，午後往集寶而返，遇庚華兄壽身談。

十四日星期四

廿一日辛巳晴。竟日未出戶，以閩人記觀音山掃墓之始也。今日太炎作講演，未得往聽之。

十五日星期五

廿二日壬午晴。午前未出，午後往集寶，范硯議價未

景鄭制箋

四日為未諧据云需五百始可蕆事因字乞聽所講文
章之論例勿送
星期六
廿一日癸未晴午前往海紅坊予義教處看錫甲飯而返二時至
津站送太夫師回申條雲狀及德氏詩陰稿四時至閱內外務
比翁圖觀梅大成春園地談地極飲邱藏將為合歡
叔善士我又送予於太和小郵局而返南州來瓶同談甚久
花叔為足取月無可與同樓一一諸查五百元在南
星期日
廿二日甲申晴早起赴育以外要册至本家發楊中飯
午餐二時至朝橋發歸仍在寓綜發存而返寄石民六
時乃妹自申歸寧叙談家常

廿二日星期一

廿二日乙酉晴。約以到西門，瞰稚山諸侍已來，同至古敦主人家，見南詞定律，和刻本，索值六千五元，購歸。若冊可討文以者，天目山志藏編二冊，首有明吳維嶽撰，吳昌碩印，瓶藏諸本，至某實乃尚不材，明好逸。搨綠端硯一枚，無鐫，其值不甚十金也。

廿三日星期二

廿三日丙戌，陰，風狂，亥未出門。編史部藏書目，完。晚大雪雨，為

春季已初三刻

今歲第一次發雪之日。

廿四日星期三

廿四日丁亥，陰，風稍定。乘車至西門，過閬天弟，青年方談，即往劉家浜晤允哉，午大人張又至珈天寺，因歸英雜每予，即返。午後編書目史部，自三角至隋成三冊。

景鄭制箋

廿三日星期四 廿八日戊子 大風雷 十点半冒雨出閶門至秋良橋登舟 一点由大
輪船拖駛行 由滸關通安橋東渚至光福已三時許矣 即赴福
溪旅館看雲樓上房間多極 即至鎮市閒遊至虎山橋
遇陣雨雷返 晚餐後即寢

廿四日星期五 廿九日己丑 小雨不止 早起八点許雇轎出鎮市由鄧尉之崎嶇嶺徑
司徒廟觀清奇古怪四柏 又行至玄墓山祀先本生祖妣
陵墓 為第一次來祭 云云 殊愧疚 由吾家山下至香雪海
登山半亭遠眺 四野迷濛 自是一片 惜花度過半矣 出
香雪海赴石壁山下寺前石壁 望太湖茫茫 胸襟一快
入寺觀石壁近人題名 石上不多 石壁亦無甚可寺僧歎

穿堂二、額曰以得諸稱何可當一噱由石磴下而下經丁氏花

稍憩復經望山一路太湖遠致似尚佳車返錢唐江邊柏

結至雲慕取恩寺入畢沅園休憩向寺僧索數夫飢果

腹復取道山觀郁泰亭荒及荒殿自真假山步過園復寺僧

以糊口錢僧出示較張古所藏為佳因題數語于素以留

鴻爪見示新大鶴顧鶴天題之頁四時下至花山經峭西

於翠寶谷又至銅觀音寺寺內有宋元刻石數方皆殘

破黑為溪橋已出寺返旅館[illegible]母[illegible]母子[illegible]皆由山下

峭[illegible]山橋下步行病欲覺身外不可[illegible]

[illegible]返市印[illegible]

著易知六

廿庚寅（甲午）晴　早起七点返舟七时半仍由輪拖返蘇抵

蘇總及午时于胥門停橋堍上岸即至新太和午餐而

返寓人壽偕赴拙園觀梅而刻發表不能往也擬下

编史部　十七日

三月廿一日星期日

廿二日星期一

三月大建丙辰

初一日辛卯 雨 午前未出門 編書目 吳之郎午後往田叢文、姚廣宗、王某共

家觀所藏碑帖 無佳品 僅有三隋本皇甫君碑初拓 頗可愛 即返 整

理書目 仍編書目 夜以身熱疼不安 時遂早服藥之 不能安

眠

初二日壬辰 晴 是日未出 下午許和來 托北平寄書贈大學一部 留

取壽濤周藏(錄)序誌目 以發熱度不高而神迷嗜眠 晚之 請郭堅

許之 閱編書目 與二姊之孫雅駿數行 孫私也 王子親大西來

修敘閣(樓)一文 著磚拓本一匣 係植壽所借來者 竟頗喜之

寄寫屏二通 沈修人之母一通 吳琴湖

景鄭製

吉龔某

廿四號二

初三日癸巳　晴　竟日未出門　午飯後成句　訪未至房　想午後修好

專借片前紙陰之編書目

廿四號三

初四日甲午　晴　竟日未出門　編書目　午後未青園眾要由葉

實之所轉來共六種

廿四號四

初五日乙未　晴　午前未出門　午後至吳賓處　過仲培　又至由而返

春圃自申求書者送往九一八號　賀而返之後語甚孫戰

深更

廿四號五

初六日丙申　晴　竟日未出門　午後至吳春處　戲下書繼後安

言彼夫人出無缺書隱頗　陳錫雲甚友也　後至

一時始散

四月廿五日星期六

初七日丁酉 陰晴 午后漸暖 春寒未雜事散步 午後往荷藏看完逛表

吉也松鶴樓晚飯 腸胃有逆 腹中不適 大便時頗稠而不暢

夜與素生談至子初始寐

廿六星期日

初八日戊戌 陰雨 早起送素吉之妹至車站 候車行始返

腹瀉 微作痛 便屢下 溏薄而頻 不能安眠 薄暮出至

來青閣 至蘇州路書店 購天啟九一統木狹長式撫本雜

值二十三元 又至傳薪書店購五刻禪林寶訓一值五元 持歸

閱之 頗山房內有一汲古閣跋若干學士手跋留之

廿七星期一

初九日己亥 陰雨 未出門 午後編書目 午刻 卯牛將

與弟輩年後戲 腹痛 便不暢 依舊苦極之

景鄭製

言難集

四月朔一

晉慶 晴 午刻往晉 外舅預假新清明 又至王馬醫

斜竹 家傍姑太嫂所送十八花箴 腹痛 使你不暢

四月朔二

十二日辛丑 晴 午刻湖帆來 仲年叔母赴清明 之陰 跨女平

清明掃墓 二刻

設多湖帆詞 謹撰長美人說 箴及一聯 以寄歸去

夜因人餘撰花錢路放 華先喻館布字勸

四月朔四

十四日 秉字晴 壽石來 出石字都館去 編年自記磨華

兒

請卸墨許 云傷風不能赴湖

四月朔五

十三日 癸卯 陰 微雨 竟日未出 與母親往杭州 這十八日 特賬

晚 午後 萍翁來 只筆來 數拜 母 母親 假 你 去 自

華先題 處送 而來 人 華 館 為

八日星期六　雷甲辰陰雨竟日未出門編書目夜又送潮帆等小敘有仲培
子青、士義、懷瑜、討初諸人與潮帆談至子時散

九日星期日　十一日乙巳陰竟日未出門編書目而已今日母大人往杭進香
又　奉上海一天

十日星期一　十二日丙午陰竟日未出門太素師訪得沈氏所贈照片
一紙

十一日星期二　十三日丁未晴早至黄慈堂拓取沈氏潮帆藏石共九十餘種内精者二种無之
余即編書目下午往周之文處又來青宅后即去借一統志一部二冊十二元
又　歸以小說林之書清史列傳一部

十二日星期三　十四日戊申晴竟日未出門編書目無錫秦人設鐵路所函一冊材料文

景鄭制箋

編書目

十三日星期四
十九日己酉晴。竟日未出，以華兒嗽嗆不輟，往延郭醫診視。夜返，囙蒼頡進。早起，蕢魁蒼來，以十六元買山西風名等刻六十餘種，發編書目。又兩兩日入錄，皆金文刻，風岩居多真拓之，又瓦片陶好者有之。以走遲，竟證知母親擬一星期返蘇。

十四日星期五
二十日庚戌雨。竟日未出，以編碑目。華兒身熱不退，嗆咳不輟，因延郭醫診視，謂熱將退矣。

十五日星期六
二十一日辛亥雨。竟日未出，以午后致王勝之函，寄張中丞文牘，付郵。附識下坊傭人。蕃生午後偕日人木村英一、吉川幸次郎來求觀書畫，畧示數種，及儀訓等數種。吉

十六日星期日 〇△[?]

十七日星期一

十八日星期二

十九日星期三

叫託其姪來圖書館索藏書目一冊，謂久好古何暇畢

後再來看七夕

二十二日孫子蕭書目來索以手札一百，聊之以拓印

二月，怡明處送來仿佛艸，今日價一千五十，來青命予

以宗譜名之子孫手取壽之言，聊所塞責耳

二十三日癸丑。晴。午後往子敦與南郊談少頃，定交彝庚奏送一

部，索值十元，以十六金購銀杏書屋送入，並送來

二十四日甲寅雨。上午未出，以張陶書序即交之，編書目。兩宋實處

梅目仍然一筆紅，有文振物之

二十五日乙卯[?]。雨。午前未出，編書目。午後往田行而還，答文

景鄭製

二十四日癸卯 朔四

陰雨人和高端山贈手書兩函帶空皮鞋好送

二十六日丙辰 陰 午後往新北店 王義和 [illegible] 即送 [illegible] 赴 [illegible] 來

飯 午後剃頭

廿五日甲辰 朔五

二十七日丁巳 晴 午後與王季東二三世交乘車 申 接母親回家

晚申已回 六點 夜 [illegible] 飯 [illegible] 大利 [illegible] 夢 [illegible] 文 [illegible]

戲至一點始寢

廿六日乙巳 朔六

二十八日戊午 晴 早起 [illegible] 和大馬路 購 [illegible] 十時往同 [illegible] 里 [illegible]

手帕 [illegible] 即回 [illegible] 東二三 [illegible] 來 [illegible]

○

已過 [illegible] 落矣

廿七日丙午 朔七

二十九日己未 陰晴 午前來 出 午後往 [illegible] 文 [illegible] 一山 [illegible] 代

通史上中二編，頃遣孫泰吉子告其安插家中矣。

廿日星期一

三十日庚申。午後修午段兩頁，自朱忠行編專月節人名集寶之內。

取精白紙洗方十五號，灯下閱清代通史。

景鄭製

四月廿七 星期二

四月小建丁巳

初一日辛酉　雨。未出門。編書目。始起，迄四月二十日止，即覆之編書目

全石類

廿八日 星期三

初二日壬戌　晴。午前編書目，午後至百收取歸。令詞定律并購定

黃刻山海經一部，二元，日本寬永本呂覽一部，編一部，值六元，又吳漢書補注一部，值六元，與其所刻久談，亭道詩，和以林米時聯有少字幾批

讀一本而臥

廿九 星期四

初三日癸亥　晴。午前未出門。業師友同來為錢，午後編書目及記事

記帳

卅日 星期五

初四日甲子　陰晴。午前編書目，午後與同人至蘇州古戲院觀劇戲

劂西廂記殘卷無可敘處即還校閱了了之刊見自校還

廿九日星期六

初五日乙丑星期六午後晴午後未出門得顧隱士函並函邀即覆之

午後至玉田家文星處取樣本數種而返

卅日星期日

初六日丙寅晴寄趙萬里書午後編書目已竟乞郭石麒仲評來看取送來十朝東華錄一部歷代名臣奏議一部明紀一部

此三種以洛陽伽藍記集釋二部為易又山居詩文集不印本一部經史論存吳成林搞一部又石敕文定本一部此三種係缺書者

六月一日星期一

初七日丁卯晴午前未出門午後往田行文玉書取而返

二日星期二

初八日戊辰陰冷午前未出門午後至玉田行而返藩石對以寄諸招往

敬校本南齋本對以西黃校係王蔭嘉求之急實則無

景鄭製

非董叔因以詩待張若之人又揀其中選拔北一種值五元又另碎墨

數種而返夜大風雨

三日星期三

初九日乙巳晴午前寫龍號識午後往覺民書社定閱海東華錄及序

類函各一東華錄洪直廿四元類函十二元類函缺一本暫補之

約明日午前送來毛田乃而返之復做寫龍號月

四日星期四

初十日丙午晴竟日雨竟日未出門午前來青閣送來大清一統志一部計值

十六元覺民書社送來東華錄及類函二書並以五元購清漢

姚陸文年譜論一部午後寫條款及書屏文明全石及石鼓

書屏二幅為弟之師某所求也尚有二屏俟後為之

五日星期五

十一日丁未晴午前寫龍號六號識午後往田乃同廿慶遊

午以五百攤攜長謨至集寶購彀荃說及紀遊

象二卷、乾隆說一、甚說二冊，平先生手書の文又購寶字帖一

五千元用好者之者共五十六度

六日星期六

十一日壬午晴。午後未出門，午後至田耕莘，又至集寶而返。今日立

立夏辰初三刻

夏。學明廣見辨以二十五元、宋見卅元、郡の十五元、見ゐ二十元、莘見十元

擬見十六元

七日星期日

十二日癸未晴。午前未出門，午後至五芳齋見至田耕德，路大新茶居

為朱閱募，即同至神仙廟一帶閒游，道遇往集寶而歸

八日星期一

十四日甲戌晴。早起賈子欽來，以十三元買鮑以楊碑一、鮑說文，今

竹至小花吳苑對面合點心，又至好觀者大人而返

日岳處陪賓，猶還寓，午時往，午後觀其化身子文，至石西若歸（艾）

家，今五弟以宣爐一及新書一，為萊弟壽。

各罰二

十五日乙亥晴。午後渡，午飯功繡弟來，暖者，午時至岳丈外舅

日，同志夫飯，回卸返，諸如來，收所暖者。

十日罰三

十六日丙子陰。午前未出，午後至西門，與王載甫同至萊（陪胡傳者）

總談大華書屋，題跋其主人，於序之，咸郭又兩出遊

至其家閑談，於侍陪一段，復見之人物，關談者，食多少（罪）

其堂中，聽者金鄉所皆滿座，而後之精品，談以南出

者甚夥，可振談久，辭出去不敢還，所晴者亦留返

十日罰四

十七日丁丑晴。午前未出門，午後至田行至往樂寅久坐而返

今日（者）宗兄立親文助公以意親門寺廟兄寄梅恩寄兄説

為文助公的將來務墓其不負文助遺恩庶幾仰不

愧耳　蓋隹淋雨收歛喋者

十八日星期五

十八日戊寅晴　午後往田其十六日來去之蒼喋者所鈔稿殘篇

一策實是所求所補而終十冊為黃季者嘉靖卅二

十九日星期六

十九日己卯晴　午後來書局　實君欽以三十六元購新印説述孫畫公

等卅卷　歸　午後與王君子言交易碑世説古刻書一冊殿版談苑

五卷　新天象　至田村文石　一冊實百梅　仍至田村久談而返

夜宿于此　壽宗安　以后數枕陶然醉矣

二十日星期日

二十日庚辰晴　午前來書局　諸君陪去　午後往田村印返家

景鄭□□

天氣奇熱，飯後沿以啟過，又與泰書。

十五日星期一 廿二日辛未 陰 昏大雷雨 竟日未出 向伯起借十四日長即發來叢書

十六日星期二 廿三日壬申 晴 夜又大雷雨 熱不稍減 半夜後就寢 以後不寢 楊梓已挖

十中之評傳二趣之仰翁日進行 子收仰秀自 要待來以方之嬉

研石敦齡 次女聞之 發熱

十七日星期三 廿四日癸酉 晴陰 書來出 行午後往傳孚 據以揚勇玉蘇文棣

素書數種 同形文稿二元 余恭伯而文集四元 禱說二元 等書

五百斛 明以五十五元買至金牛南照世史而歸

十八日星期四 廿五日甲戌 陰 午後未出 向偶甚日午後而雨即返 次女燒熱有

宮組無戲意者甚遠夜五鼓後寐不安神至五鼓起敲鑼

踵而後安眠矣 得乾隆青綠瓷帽筒款

春 星期五

廿五日乙酉 雨 午前未出門 午後往保寧錢行開股東會

而還 次與胡與度已還 於晚間為請鄭西谷許稅若頗來

又為於先及華先生尚方一

二十六日 星期六

廿六日丙戌 晴 昨與王錦蘭 午前未出門 午後與吳子玉同往文奎書攤集寶齋

定多處而返

廿七日 星期日

廿七日丁亥 晴 午前往四馬路文瑞集寶齋等書攤 購得書三種 雲

小滿亥初初刻

來青山人詩草值八元 銅鼓堂遺稿四元 通鑑目錄二元 送先來此王輝 而通鑑編年

月

景鄭制箋

廿二日星期一

廿二日 晴 午前未出 午後往田業處 三點鐘歸 怡堂招石初手而
過撫兄談守勢

廿三日星期二

廿三日 晴 午前未出 午後往田業處 過債市 錢帆 余 暨 稅
卒已補寫 不改變 都為也 華九又發守勢 問之 得 於 備 有
書鈔 陶 招 及 懋 文 情 形 仍 招 切 已 付 郵

六月廿三日 星期三

廿四日 星期四

五月大建戊午

初一日庚寅晴。午前未出，編古匋成兩部，雜家款識撰之屬。午後往田業取了結債務，又修函百擁取，以備公所著原刻本《江月松風集》一冊，有葉名澧印，索值五元。又《知止盦詞》（舊鈔）一冊，值二元。原刻《畢秋帆年譜》值一元，《寶印集》值五角，月前攜返。吳仲培送來韓奕吉札卷，各人跋語頗多，索三百元，已自申返觀之，因有損傷之處，婉卻之。燈下談箴之山房隨筆三冊，皆殘本，勸公去應市價物，後擬還，寄來細目，擬續取之。

初二日辛卯晴。午前未出門，午後往田業，又至集寶齋還賬而返。燈下理箴札擬付裱。

廿六日星期五 初三日壬辰 晴 早起孫伯淵來 交一函 讀信札 寄信十冊 曲園札存 葉成洪交來 午時剃頭 午後至秀弟往觀萬選照予稿 至青年會 晚失意影片而返

廿七日星期六 初四日癸巳 陰 午後雨 午前錢如來 午後偕錢同至歷史博物館 原稿得錢遵王之觀說二卷 續四本 又新名稿本十餘種 共價十九元二角 亦云廉矣

廿八日星期日 初五日甲午 晴 今日端節 竟日未管事 午後偕六弟至觀前 去買照相而返 燈下看戲 殊形無聊 得電話 叔超謂今日返蘇

廿九日星期一 初六日乙未 晴 午時至寶積寺李星叔吳趾 午後偕同人至大

光明啟電行，光培件，又至青年會觀脂粉市場影片

玉寶積寺記，飯而返

二十日星期二

初七日丙申 晴 中午赴潘承鍔、琰玉午飯，飯後同至叔

田黃小件印，往集寶齋以二千金購一硯而返

二十一日星期三

初八日丁酉 晴 堯日來，步行午前往東田行，午後吳太太邀談，常州來

與之長談至燭始去

二十二日星期四

初九日戊戌 晴 早起黃慈萱來，招之紡觀巳，將午偕往田黃

至乙照分館 訪吳太太，遊常州山飯館

二十三日星期五

初十日己亥 晴 午前黃慈萱（晴）邀去，少付之為招吳定静予到

壽康來，交付張件。午後往田黃印返。夜至沈德媒人

古鄭某

延陵

三日星期六

十二日庚子晴早起往觀橋巷錢氏唁錢笙甫大人大殮即出往丁氏賀揚子儀嫁女而歸午後與三弟至西園償平糶賬目並出錢賞各伕而返往至丁氏暖房

四日星期日

十三日辛丑雨竟日未出門編書目而已午後往吳宅候久之竹射好去

五日星期一

十四日壬寅晴午前未出門午後往田業債而歸謝予周彫試敘要五千元適照預到五千元最高價

六日星期二

十五日癸卯晴而陰雨午後往續平糶到接領處並太夫人周忌又至福園訪秋仲之父紀往蘇衡弟看之姊之疾熱未退而

其前請題葉季跋尾一不知為之反復題書詩頗修之
劇學無不精能此皆可惜午後至田即返編書目夜
吳平齋遺書七葉有午南州錢寄夏書為其世父新得詩

七日星期三

十五日甲辰晴寒編書目未出門午後至田又至石擬取書
題跋正集寫八種好要題跋一份去又陸隊其遺孔志類作
之光又至因而返

八日星期四

十六日乙巳陰午前未出門編書目午後至田紅而返夜吳本之題
州小紀陰之誤至十葉一好整

九日星期五

十七日丙午雨竟日未出門編書目而已閱人偶作纂之
為石跋

景鄭製箋

十六日星期六 十六日丁未 陰雨未止 午前未出 [illegible]瑞卿自[illegible] 午後往田行 又至集寶

還湖帆 久談 取硯一面 至[illegible]方歸

十八日星期日 十九日戊申 晴 午前未出門 午後往田業 至[illegible]藏[illegible]而

返

十九日星期一 二十日己酉 晴 午後至[illegible]衛[illegible]省二姊 與[illegible]歸

還 至五册[illegible]剛[illegible]國學[illegible]即返[illegible]仲

至坪[illegible]即[illegible]往訪

之 即于[illegible]而返

二十日星期二 廿一日庚戌 晴 午後雨 午前[illegible] 往[illegible]子[illegible]返[illegible] 午後同赴

集寶齋[illegible]返[illegible]九一八[illegible]

之席散而返

十一日 星期三 廿二日 辛亥 晴 冬至 祖妣錢太夫人八十冥誕 早起即往拙盦爲先人故居寓人。午后湖帆及潤如、吳蕃來，吊先往集寶齋，觀山谷值草書花佛字卷，畢至蒼餘樓，湖帆留飯。

十二日 星期四 廿三日 壬子 晴 午前未出門，午後至四馬路書肆，見至修綆堂，購莫郘亭手札數通，同歸，又擬去數紙尚待定。

讀石湖細無字畫

十三日 星期五 廿四日 癸丑 晴 午前未出門，午後四時聞今日以鐵路收歸風潮罷市，閘人悲男無事返。

景鄭製

十七日星期六　廿三日甲寅　陰　午刻往青年會午餐　觀仲謀所展覽各印章　午後

又往觀之　因至恒頤[illegible]鼓琴　閱人身熱未退

十八日星期日　廿四日乙卯　晴　午刻至仲年[illegible]一周　午後[illegible]

今日閱人熱退　陳健安診視　云是溫濕[illegible]

十九日星期一　廿五日丙辰　雨　竟日未出門　閱人熱度仍不退　仍請陳醫

診視云[illegible]

二十日星期二　廿六日丁巳　陰　竟日未出門　閱人熱勢稍減　仍請陳醫診

視　[illegible]身熱退

廿一日星期三　廿七日戊午　陰　閱人熱度甚退　[illegible]仍請陳醫[illegible]

[illegible]

辛酉冬製的

三十日乙未晴。閩人趙度丹古物非不填，稍合草率之故。仍請陳醫診視，中服丙百攏。觀者揀得十件，係曲部居士人所藏書印，共耗金壹千五百元。每云其大。歸後候陳醫來談。兩經宜興陶樹鳳晚飯之，約唐向廷、吳又梅、陳湖帆及予聊其一年，集款印。回晚之。

景鄭製

六月廿三日 星期五

閏五月小建

初一日庚申晴 天微熱 出樓居 覺不適 閒人熱度早退 暮稍升

宋兒熱又熾 即延陳思診之 竟日未出門 可撤去 退未

偏 日人診 並為論命 無右忘詩一首

廿四日 星期六

初二日辛酉晴 熱 午前經田業稍佳而退 明日撤 遷居樓下

午後整理收拾 備書樓 閒人熱退 暮稍升 宋兒熱尚未退

前讀郭壽山論之 夜與五六弟玩君而夫球 連勝兩次

廿五日 星期日

初三日壬戌晴 熱 今日遷居樓下 家中未出 於諸一切皆成就

及東閒人今日熱度又升 遂方服之 夜為立方耐虞其女孫

未終席而回

吉薌館

廿五 星期一 初八日癸亥 晴。事冗，料理雜事，下段經四月文至集，夜寫為見有呂

晚對硯一方，索予孝先。還作孝先文，取細冊入本衛，茶敘作書一紙。

先傳直兄來，與諸眞即至田黃而還。夜以吳太太新遊南柑伯陽。

廿六 星期二 初九日甲子 晴。午刻來吉門，午後與孟平至田行，又至吉男寺

謝而返。

廿七 星期三 初十日乙丑 晴。為友來，黃鼓館作宴，為再遊各序，一篇未竟

脫稿。未勝清香酒。

廿八 星期四 初十一日丙寅 雨寒晴。午刻訪疑館，與殷香館，午後為再敍

去晚，與孟平至集市而返。

廿九日 星期五 初十二日丁卯 晴。雨午刻陰，宗兄至，慎從臥語，燈下又至館作

煊齋辭年大寢，函送吳子和江子振陽律師先聯對聯
所藏明拓碑額楹帖稿

九日星期六

初九日戊辰晴，午前謁董宅，見王慎德詩卷，午後為陸叔言扇
畫一，午後與五弟往三女處，晚電致周殷禾、魯蔴巖崖章
附文函與田函，函寄與士義書函一封，借志鈕志五十冊

十日星期日

初十日己巳晴，午前未出門，午後至蔡寅文處，百樣送書
與函送剃頭

十一日星期一

十一日庚午晴，午前錢孟来交到仲孚敦源款，聯扇屏
書，為懷瑜書扇，晚為傅子林寫字，午後到田衍文處
吉星亭擬四十歲，函送為敦源書扇，晚寫小行書

四星期二

敘文。為仲虎丈錄隸書跋，為巫東古翁序。

十二日辛未，晴。午至綱所，旋與吳湖帆刻入藏。午後與賢棣同至田叢，又至合眾杏老打請飲冰，即去杲寅伯捌，有玉瓶一五峯將愛之，以底破補未論價，暇日當為圖之。見謝稚柳所藏寄佳一千，下款吳某贋，託予與伯攜議，晚至晚村，砚值不諧。又曹其碑許萬元，不頗幸，高其碑於王不擬幸，值皆未諧。印出王青子舊硯。電影若殘遊之關鍵，送往吉祥取沈。昨日所攜棘后到影片，覺清郎情疲已不勝矣。夫妻方長李伯之之五年，心影觀電影為老殘所但敬恕而不

敢言。歸小說其實殊，如其若有不愉氣然矣。凡事

皆然，幻泡影，無何苦如斯耶。

五日星期三　十二日壬申　晴。午前未出門。午後往田間，庄帶今泉一同挑菜（午後有陣雨）

者人，遇雨，一同冒午冒雨而歸。花為菜兒讀楞嚴。

六日星期四　十三日癸酉　晴。庭午飯後，六弟同出往華如妹報名，為佩諍久

談，並至閒遊，又至蒼衢，未有二時，至午時始返。

午後未出門，佩諍久坐而去。

七日星期五　十四日甲戌　晴。午後未出門。午後至田業即回。編書目丁卯成書

辭及讀試六朝人判集兩卷。

八日星期六　十五日乙亥　晴。午後往西市田紅鄰等處，閒步而歸。

返。徐恩伯先生函返。午後又讀八年于玉敢說林續考亡

購舊發書肆之圓字小叢書數種，又至恩伯處返寓。

九日星期日

十七丙子。雨，至晴。午至佩諍處。午後偕顧自天興寓去黃玉齋處

十日星期一

十八丁丑。早起，偕姊至蘇縣師，偕往拙華發試至此

至久生，又至恩伯處返寓。午後又至五華至，候公室約教

至來青閣，又至恩伯處返寓。

十一日星期二

十九日戊寅。晴。起。午至來青閣。午後往恩伯處觀傳本，日來閣

形勢圖落

十二日星期三

二十日己卯。晴。中午往恩伯處，觀傳本，仍將。午後又往恩伯（沈學亭招）

觀網手夢蘇濺。往凱司令小飲，即出城之太湖樓飲返寓。

景鄭制箋

讀易草

十二日星期四 廿六日庚辰 早起 往田業觀證券價 所出高低不下 自今日
初伏 起每日往閘二盤 午后未去
十三日星期五 廿七日辛巳 晴 與早起 仍與孟平往田行 午后看戲 起陪至
晚七时同往自然曲 后同應吳詠翔之約 同往舊僕所以
碗一人而已 席散即返 夜熱不能安眠
十四日星期六 廿八日壬午 晴 朝早起 往田業觀證券價 午後赴陽合作一
張天放君 來此人甚熱 隨之卿 時出示書石等若干
種 佩諍同來 即與同往安徽會飯 稍遊 又至拙園略憩 至
吳宮小坐 又採食糖片數 后赴陽遊陪 張君與凱同
晚飯 席散即返 後赴 后裏今過亭 候張天放 拍二盞 散

十六日星期日 廿四日癸未 晴。午後雪舟印迹來，出示陶齋吉專一册，
要余題識數語。

十七日星期一 廿五日甲申 早起，往田耕即返。午後又至田耕面返。浴。黄蔭堂送
來景鈔字拓全套，計大小五十五紙。暮浴。

十八日星期二 廿六日乙酉 晴。早起赴校，雨來，與之同往無錫，訪祀慶，赴浴。
古觀念之候，兒出示行札等數種，洪武十年婚返。同
債帝文段。午後與五弟往亨利買下月份糧，已出其
十元段。又三樂黄所敘印泥一匣，往見文通所換而返。
浴。

十九日星期三 廿七日丙戌 晴。早起，往博物學院，閱伊藤先生畫展，暮須明

景鄭製

吉蘇集

日過夏男觀傳本墨迹不甚午後又往南之見

青士不值回

十一月廿六日丁亥晴早起往博習醫院又至龍潛處晤雲龍晤

以真定拓與絳又至男傳本踏下午收來吉以吳

錢與拓及清河書碑道吳仲培處借吳寫拓目治

十一月廿七日戊子晴早起至周人持華見李廣勳處診

又至南門傳本讀跋見餘證以取他可情之午後歸來

月餘

七月廿一日 星期六

廿二日 星期日

大暑 申正一刻交伏

廿三日 星期一

六月大建乙未

初一日乙丑 晴 早起經四業信託部傳市閱盤及洪爲之一快 午時始返 午後又經四業觀二盤 弓下玉嘆稅洪起商談 少頃趙從也 即返 浴 又以一百二十元購西書攷古影片二冊 又日本印宋精華二冊 中論磁銅者居多

初二日庚寅 晴有陣雨而熱 十時代兄作博明太夫人象贊 十時往經樹鐵廠長談 並以象贊請其削正 薄暮歸 浴

初三日辛卯 晴 早起寫成洪文末節 午前經四業傳市 稍洪去閱已脫手 遂以所收房租入賬 午後又經四業觀傳市而返 浴

景鄭製

古冀集

廿三星期二 初四日壬辰 晴 午後大雨 早起往田業 債 率微(?) 今日為肩
公再沒之百以為必然 竟未能如願 上海未出門
織來 談久而去 晚

廿四星期三 初五日癸巳 陰 早起往田業即返 午後未出門 亦未
己 作一事 晚

廿五星期四 初六日甲午 晴 早起往田業即返 午後校畢[illegible]冬六奏起
晚與沈勤廬來 沈先生去 起 晚談至夜去 晚

廿六星期五 初七日乙未 晴 上半日未出 午後校畢[illegible]十五長 午後作[illegible]
修湖山隱寺碑記一篇 為丁甫洲作 晚 [illegible]詩[illegible]

廿七星期六 初八日丙申 早起往田業即返 午後未出門 勝昨所作

文稿節考訖

三十日星期日
初九日丁酉晴　竟日未出門　謄所為柳亞子題跋未
能脫考釋訖

三十一日星期一
初十日戊戌晴　早寒未明即起身　伸論已未立時至新字
第冊故作出蘇州至[illegible]旋已至七時以趙畢後
遂往謝友處　買蓮藕大嚐其甚　午訪舟中小劉
午後赴至蘇州中學冊[illegible]年返[illegible]

八月一日星期二
十一日己亥晴　早起續田業又至新屋取息至[illegible]
至田業要送

二日星期三
十二日庚子晴　午前往田業久候伯[illegible]來與[illegible]

景鄭製

柔實取歸陸子恩姚先之劉實觀三聯足取證也午後
賭柳子鑑設爲朱先生壽蓉生陪

吾星期四
十一日辛丑晴午後雨早起往蘇衙取有二妙午刻始歸
午後未出門若修設蔡書一函以舊拓二十方易記陌諸刻

吾星期五
十二日壬寅晴今爲母大人及兄嫂等偕赴華晚午刻
往柔實又至田業價市臨下午後賭柳西子鑑設
晚錢江洛陽泥硯一方值二千買文衡山草書卷未得
華僕藏一冊漢三米鏡諸篆隸異形陳雲仍在
十錢耳有可取也

吾星期六
十三日癸卯晴早起往田業今日閱常寄午後至常得四紙

滌師所刻白文二段款識，作又集王孫語聯一款，北碑文
集孟子語聯一款，文衡山又書詞二一款，久笠一條，此外係
蔣蓉洛

六日星期四
十六日甲戌，晴。早起往訪昭卿未遇，即至樂宮而遇。午飯
劉村蔣君復以吳鏡村硯一方，值七十金，今日以其
人善疏遠，書奉之。

七日星期五
十七日乙亥，晴。早起往田葉觀績帝廟，借一元往仲衡以言
晚村硯一方與瑞值七十金，午時至山發，徵茶食，並將各書之
詢花師以偶爾生意，在振剛回，求復以與振剛談至日
暮始還。午後有雷電，雨未成，作洋鼓之

景鄭製

廿日星期二

廿日丙午　晴　午前往田業　十二點半出行　未刻落雨　假書六本

（按閣……柳……書及……山……文）

廿一日　三秋　丙三　三刻

……欲一部　書苑……文集一部　文選三書一部　……價

廿二日星期三

廿二日丁未　晴　早起往田業　午後未出行　知債年例　往黑……

不作書

廿三日星期四

廿三日戊申　晴　早起往田業　了結昨帳　午後往訪……所未還……

貴……錦……年譜一部　值洋……文　……一值二元……

錦……到……文書……一部……值……元……

花……一部　值六元　文清人年譜……

廿四日星期五

廿四日己酉　午……晴　午後雨　夜大雨　早起往田業　……還　午後……

……元明人集……

十一日星期六　二十六日庚戌　晴。午前往田業中，以未出門，編書目。
未伏。夜大雷雨陣。
十二日星期日　二十七日辛亥　晴。午前未出門，貝琪來，午後往顧衙。
看二姊，兩後之游。
十三日星期一　二十八日壬子　晴。早起，應車生厚之約，理冊，赴樓檢舊藏成本。
歸閱葛因母子見寄明申士義而已。批樓樓螺，以閱遐邇。
鶴後以其舟從石湖入花文穆祠，荒廢而壞，前有左
碑五六至石。所藏去年所藏，殊甚疏，以入後年寺西湖。
中間指遷，略著過冊，抵家已亥時，諸無信。
十四日星期二　二十九日癸丑　陰。午後有雨，早起往田業而後返，午後偕來。

景鄭製

吉莫[illegible]

出門答客　傷風

十六日星期三　廿日甲寅　晴　午前來出門　葉譽虎來　叫帆再來　午後偕

季直而已

十七日星期四　廿一日乙卯　晴　早起往田黄節　迎子安　譽虎到寓者夜人

以名字三求予書到

十八日星期五　廿二日丙辰　晴　晨往田黄節　迎偕蔣子碩　請少保

十九日星期六　廿三日丁巳　晴　午後古書商　早起　往田　偕午樓　又到田園　至不挪

已奏　賓　以五十二元買石章六方　皆壽山石　以天雨無道

二十日星期日　二十四日戊午　晴　霞日來　出門　午後訪冰石　予一方　買

子銘來　以十三元買造象　兼拓片若干紙

朔 十一星期一

七月大建甲申

初一日己未　晴　早起往田業即返　為趙昭寫扇一幀　索

漢金文刻石章一方

十二星期二

初二日庚申　晴　早起往田業即返　趙隱來　午後偕程

往淮海坊錢氏觀藏書　得潘氏之書籍手稿　并訪李君石孫

約明日午後之至其家　好回

十三星期三

初三日辛酉　晴　午前秉誠友同來　談　兼來陪之　午後三時

至田業　余亦去　返來編入書目

十四星期四

初四日壬戌　晴　早起往田業即返　午後整理手鈔書籍

裝潢

景鄭製

廿五日星期五

初六癸亥晴，午後大風雨。早起往田業，午刻出發，飯後起程

之母十周年，飯後乞米貸，又到方叔，以雨遏，過南湖來ㄟ

陽山十八人觀音墨贊，吾補錄，燈下編存字碑目

廿六日星期六

初七甲子晴。午刻往田行，即返。午後未出，寫經

未錄節各經

廿七日星期日

初八乙丑晴。得娘書電，有雨意。夜來未出，門整頓

未錄經

廿八日星期一

初九丙寅雨。午刻往田行，午時始返，午後編書目，燈下小

食，楊佐取來三茶湯，恰三十後入夜

廿九日星期二

初十丁卯晴。午刻往田業，喉痛之至，閱綱鑑，午

迎來去

二十四日星期二 初十日 陰夜 午前陰午後雨 早起往鹽業銀行以所借楚階三楨先生款識過錄于自藏本上午後文字岩邊

書至田門五遇往觀亭以十二元購琵琶記印

而返燈下對賀佑來買葛慎書兩箱[illegible]千[illegible]又去

余以為年低

二十五日星期三 十一日己巳 晴 午後往鹽業取還舊影印南本音

書午時返家

廿六日星期四 十二日庚午 雨 午前往鹽業取返 午後來書[illegible]偏[illegible]

書[illegible]志識

景鄭製

二百字數六

十二日辛未陰時有雷雨早起往四哥午後偕舍同修書尚遠

來少寫今日記已些頗繁二十七葉

三百字數四

十三日壬申陰有雨意午刻未出門午後至四哥又至朱寓付

洋錢五元而還賈估來持漢畫象十二件內有伏生授經

圖有許印林跋緣伊以價過昂不能諧姑留之

道光乙巳五月得之濟郡關帝廟西園移置遺書其右

軍祠氏文子于後以拓畫之求之似是漢伏生授經

圖也　許瀚識

四百字數一

十四日癸酉晴早起往四哥又至朱寓而返復來未出門寫

信來擬致劉佑珂等式之兩函對對經稿今日仲

午後往母新邨，託芳姪遞信北上。

五日星期二

廿六日甲戌 晴。早起往田業閒幕等，以二十五元買山東嘉祥畫象石乙層，又寄解散拓搨後寄鄭家二函，為魯生存石拓兩包。

六日星期三

廿七日乙亥 晴。早起往田業，留遲歸，閱文以糊為紹月殘幕。〔[illegible]〕又至田業，以備市包頭，至晚與戴張，買畫像石，作去拔圖一紙，二十元，又漢殘碑四、六通。

七日星期四

廿八日丙子 晴。早至往田業，即返。午後整理殘藏書，為清查[illegible]。

八日星期五

廿九日丁丑 晴。早起往田行，午後又至朱寅百搬而

景鄭製

逐

九日星期六 廿二日戊寅晴 意態頗倦 不暢 竟日未出門 午後略
陳醫開方服之

十日星期日 二十三日己卯晴 午前雇航船一艘偕（歸）河姑母 午時（去）
即往河沿街張宅候殮送殮而返

十一日星期一 二十四日庚辰晴 早飯畢趕往西行 即與馬兄同至双林茶敘
吳蔭安卿亦來 偕而返

十二日星期二 二十五日辛巳晴 午前往西行而返 午後寅來買古陶
寶山全書廿紙 計十六元 又蕉画系九紙 值二十元
又高頎胖耿大相金扇 又石鹿村大紙上扇

一路午後又已因何已見風氣大暮寺店喧擾不休云云

無意錢塞後印於本售三元并還欠款仍有成

之病也

十二月星期一 二十四日壬午 晴 午後往田業（至三姊處）而返 午後已以舍後諸

徑青年會因語諸辯長至於錦精晚餐

十二月星期二 二十五日癸未 午后往田業步

十二月星期三 二十六日甲申 晴 早起往田業又已集實見有文轉

赴模校取歸 又取夏季校債券八表一部 往回之年

收債六本及藏書五元

十二月星期四 二十七日乙酉 晴 早起出門往東亞看坪 經冊誌

景鄭製

吉冀[illegible]

[illegible]朔 木後以 先祖妣[illegible]

[illegible]

[illegible]

十二日星期 二十四日丙戌晴 [illegible]

[illegible]

[illegible]

[illegible]

十四日星期一 二十九日丁亥 雨 [illegible]

十五日星期二 三十日戊子 [illegible]

以[illegible]

九月二十日
星期三

二十一日
星期四

二十二日
星期五

八月小建辛酉

初一日己丑晴。午前朱生來，午後往田叢，又至古攤處而返。燈
下將陽山東白龍寺碑文

初二日庚寅晴。早起往何治徵，以張氏姑母告圓，即出
至田叢而返。午後為納交兄書扇，臨漢石經毛詩八千餘
字，又臨師奎父鼎，題蕭為仲培子紀年書扇，又臨書陶
冰城、陸劍鐔為吳漫平書扇，為仲培子剃頭

初三日辛卯陰。午前書成，許友來，往田叢，午後和兄
訪衡甫，又至田叢，許倫甫邀兄往觀蓮黃王氏數古書圖
籍，有似嚴同叔千里、海鏡，又選以筆法何所得真有黃

敘來丹穴沈郎藝中書作無可取之一印與之送還田業
維之送

二十三日 星期六
秋分 [illegible]
初二日壬辰雨午前往田紀山處發繳第帖不成午後又往田紀玉青平谷浴雲送兄晚車赴申

二十四日 星期日
初三日癸巳雨竟日未出門收拾書室午後草兒自臣之送得天有寓錢

二十五日 星期一
初四日甲午雨草兒自熱未退以自請郭醫午後往田紀儀帝駱高軍所出定請自同為萬具矣午後郭醫來住共去以再出田紀儀帝文一後之藏叶姓送

二十六日 星期二

初四日乙未 雨 華允執來 未遇 晴 晚仍請印寄 午前

往田行 債市又晉 午後又往王吳寔 取 辰 板溪民

一邊 書 藏 又出大門 有書年少傳 五光有書送來 之紀

又託朱寔 取 購書 送來 一套十冊 計洋二元 又至田行 觀

第三 書 送 至 九七 證 送來

二十七日 星期三

初五日丙申 陰 此前 陰 雨 午後 往田行 債市 好 午後

未出門 收拾 樓上書籍 借籍 至樓上矣

二十八日 星期四

又

初六日丁酉 晴 午前 往田行 沿街 張 晚 始 回 三元 印書 田行 而

回 午後 未出門 往書債市 購目

二十九日 星期五

初七日戊戌 晴 午前 往街道 觀 余 濤 又 年 至 祖母 徐 處

景鄭制箋

而返。午後至田業公司，至聚寶門攤而返。樹下作詩胡伯開出。

廿日星期六

十一日己亥晴。午六下鐘往田業，遂趁船來，午後與歐陽往田業文至青。午後觀電影，與黃瑞而返。作致胡伯開未覆。

廿一日星期日

十二日庚子雨。十一點未出門，午後至六點往觀影而返。

廿二日星期一

十三日辛丑晴。午刻往田業，至石撒巷返。晚又至李處，晚返。午後丹至田業文，至榮寶還，晚而返。

廿三日星期二

十四日壬寅雨。午刻往田業，晚後往作晚。午後又到田業至小往林宅，晚而返。

廿四日星期三

十五日癸卯雨。早飯後與先來七點行李上車中，拱中已十點許，即以電車至湖帆處，子祐往四姊處少坐，午刻出。

至五馬路約伴游同往燕華樓午飯後復往[illegible]

步趨返即以電車赴[illegible]余三分抄快車返蘇[illegible]

寓中[illegible]抄錄

五月初四

十四日甲戌雨午前往田業即返午後又至田業[illegible]帶

偕步而返

五月初五

十五日乙亥雨午前往田業午後又往田業有[illegible]集寶[illegible]

[illegible]撥[illegible]來處而返

五月初六

十六日丙子雨午前未出門劉壽[illegible]來[illegible]去[illegible]件十五件

午後至蘇[illegible]至蕭樹大戲院觀滿江紅影片[illegible]

至田業而返

景鄭製

八月朔日丁未　陰，午後有小雨，時作時止。早起往松鱗莊秋祭，至
派係祠及二祠獻二次，祭畢即返。午（?）
還歷橋，料理一切雜務，十點鐘後至家，午飯後（?）
觀家入府（?）利文同（?）錢還，有不得不備物之勢，真難乎
其為□斷矣。是役興蔭于五年，至今已六年，今年一
度為之，不甚作第二次。宜（?）長（?）為一嘆。

初二日戊申　晴。十點鐘往田業，午時動身往鄉，下市後（?）庵大雅
收送號的已四點鐘，再到田業而回。

初三日己酉　晴。黎明即起，至新（?）家，登舟出葑門至
顧橋先掃先（?）墳，再到木瀆，再到光（?）福經

□□□

天平之游，一拜即去，予等則徒步歸，完畢始經每母中暢飲，飯罷訪振青，婚遂程步，乘電車回寓。

十一日 星期三 二十二日 庚戌 晴 午前未出門，午後至田中書店，又訪濱屋何之上蔡君，談搜輯。

十二日 星期四 二十三日 辛亥 晴 午前往田業，午後訪聊依東丈至田業，與見往青年會浴而返。

十三日 星期五 二十四日 壬子 晴 早起往田業，即至十全街李氏謁章太炎師，未值而返。午後復往，即俟師出，並以李氏藏志四十通寄去。三時許至國學會，聽師演講，盛之比。

景鄭製

較予爲笙青等序作紀録散播文於予清理予當石

受西矣

十四日星期六 二十二日癸丑 晴 早起往罷業 午痛竟日精神欲廢不

能作一字 撥病 伯勤來聊天 即出 收書志六本 出

十五日星期日 二十三日甲寅 晴 午痛稍差精神倦 猶未出門

十六日星期一 二十四日乙卯 晴 早起往大郎橋巷取花房斜文至祇園

庚貴吾良之女冥誕 一拜而出 即至十全街謁之師

長談 以所著古文示之 倒見示 因乞彼錦仙制可闕

赴國學會 卿請交陳樂及其墨寶 予即紀録

講畢 其後稿佩繩仍乞予清理

十一月朔二 二十八日丙辰 晴 午前往田業師處送還所寫讀稿 午后仍往圖書館聽師講金石文

十一月朔三 二十九日丁巳 陰 午前有細雨即止 午后往田業師處還所取回古文六冊 午后金松岑以圖書局見稿 唯攜即攜畢送去黃賓虹圖 午後今日師講儒家之異同 予又為孔編撰論文以補稿 定五月清理卽之

景鄭製

九月廿一日 星期四

廿二日 星期五

廿三日 星期六

八月大建壬戌

初一日戊午晴 午前往田行西返午後至十全街論事畊

未值余返見迎楓稽并訪子清子玉兩侃夜與趙閘長

談玉田少文玉園子卿來余歸續余子卿講余家子來人奶

訴

初二日己未晴 午前往田行午後往十全街論事卿往玉

田時許閱玉園子卿余子時講明儒學

初三庚申晴 午前共錢伯設表來傍晚如來陪之午

後往田行又至藥肆茶店振老五六兩子玉茶利大成陸蘇

晚路西亭來夜讀生西返庭院穆

二十日 星期日

初四日辛酉晴午後陰夜雨竟日未出門作函侑

寄秋士壽先賜收到

二十一日 星期一

初五日壬戌晴午前往田業午後又至集寶齋洽

魏隋志稿乙二卷來青閣以十二元購得明刊書要

本自見記一冊而返

二十二日 星期二 霧初降霜

初六日癸亥陰早起往田業午時至東吳與姜佐農

聞容若母喪之耗伸唁焉午後往田業又至公

園以今日為師那未續講即返

二十三日 星期三

初七日甲子晴午前往田業債市驟落不知何故

午後仍往田業薄暮至園以今日師講接待

景鄭製

吉蘇堂

修備午後紀錄寓邊節作何實未了庫簡明標注一部

初八日乙丑晴。午後往田業債事由滸關蘇由蘇局

辛言 呈刻

携蘇撫時宗有辭職之紙承領道政段部伯

細一函，由滸墅井關兒子二文並幢托之文字我之

函寄以幢托午後由蘇國公字冊各自講書文六冊

明日停止不講矣

辛言 呈刻

初九日丙寅陰雨。午後往田業債局又携蘇一蘇債事

收撫午後又往五房即道

辛丙 呈刻

初十日丁卯晴。午後往田業午後至十分衛程字所講

共計學之鹽尚及往無措形，即來所晚飯而回，並

以大字中堂畫一幅為贈

二十二日星期日

十一日戊辰，陰。到前門西年羹巷觀景雲邊，十時往車站送季卿師歸平，續稿。王集六、施伍一諸君祖餞，燉四人為半世紀交，甚可懷也。夜送邱往天津，為黃伯箓作笑談，仍偕到順天寺大東敘笑談一揮，為邊壽房聯，梁茝林文節，印仲琪書扇。

二十三日星期一

十二日己巳，晴。早起覆子修來，靖老夫人暨門人撫文宋續刻二底，誌數行，往周少白寓，午後劉將遺書古撫葉亦二窗門老人。至吉年家觀其新到所藏齋繫無娛，晚宴回寓。

景鄭[illegible]箋

廿 星期二

十三 庚午 陰 午後雨 早起往貝氏賀貝仲陪安即回 回往候八弟
同至仙處 俟姊母再約 待考行路過田業 以雨不能
送矣

廿一 星期三

十四 辛未 陰 午後往田業 午後至寓 吉來拜 屬寫
在漁參條一部 又姜壽筆一部 均送于氏 賞漢
隸字一段 西文 至在一字 值五十元

廿二 星期四

十五 壬申 晴 早起往田業 午時赴蘇街林寓 飯後訪
起路長鐵三時許 返至 往田業 猶吟雨返

廿三 星期五

十六 癸酉 晴 早起往田業 午後寫房聯 送吉林子織
題賀年式已書 交即行 網一函

四月朔六

十七日甲戌 晴 午后往四馬路通運路來薰閣之來漢中書

刻一種，文應宋志卷一紙，午後往景賞閣，石山樂邵傳

淑某以手書見寄，為秦君一冊有兔小字，又新拓數帶

朱氏山林若張一種，聘章，即陳請得奇文稿一篇

廿四朔日

十八日乙亥 雨 午后來青閣，午後寄郵件回函並寄拓二

一頁藏，一本戲殿記文王之德一卷，又無量壽經全形拓一幅，夜

至錢君薑林子娓碑請媒人，為都印通運華夕甘相

讀文胞以五袍丹，夜不能安眠

廿日朔一

十九日丙子 晴 午后往四馬路，就書店至李林甫墨

印通年代，讀書集，又華夕詩，說朝鮮，陶淵明書

景鄭製

年伯經自五六年前起彭壽修府，昨留飯而歸。

十月星期二　二十日丁丑，晴。午后往王灑卿處，君攜教岳之書，母跟再啟

信來，於行稿詳又四書五文，持弟集，以四十又鶴硯三方

一册，陰氏有銘，硯尾題藏一，此去銘篆隸石，皆不詳何人

所作。午時過志，年歿，朝鄭秦華先趙捃過，交之式

之。西明日日古書，以全文拓四幅與李氏務，邸民柳半農

十月星期三　二十一日戊寅，晴。吉人來，去門，李由來函，並拓四華先趙。

辛巳初四　三朝，各過，法郭寄函祝

九月星期四　二十二日己卯，晴。午后往三多巷，往訪柳半農，必偕南卿又云

祥符寺巷，賀蔣桂卿嫁女，出田子過，午后來者有華元

熱仍未退，請郭醫診之。

十一日星期五　二十二日庚辰　晴。午後往田業，向夕返。午後以吾兒一向葉見熱仍未退，仍請郭醫診視。

十二日星期六　二十四日辛巳　晴。早飯後往田業，午後復太炎師書，並觀并又往柔實下榻而返。

十三日星期日　二十五日壬午　晴。竟日未出門。午後毋親自申返，晚飯後而返。

十四日星期一　二十六日癸未　午飯後未出門，擬撰家傳略議。午後往田業而返。

十五日星期二　二十七日甲申　晴。竟日在田業幫忙收穫，至黃昏返。

景鄭製

言冀堂

十三日星期三 廿四日乙酉 晴 早起往田業習字 午時出東棧閱帶

午後出仍往田業 夜至王佐馬若亨處還

十四日星期四 廿五日丙戌 晴 午前往田業 午後至太史師寓 晚雨還

又雨 晨往田業 傍晚回寓 上午至七十有

十五日星期五 廿六日丁亥 晴 午前往田業

十月小建癸亥

十八日星期六 初八日甲子 晴 午前往田業 午後又至田業 与[illegible]往大光明觀電影「[illegible]」而返

十九日星期日 初九日乙丑 晴 午前未出門 午後与[illegible]至青年會[illegible]返 閱天閱[illegible]而返

二十日星期一 初十日丙寅 晴 午前往田業 [illegible] 携[illegible] 午後又往田業 [illegible]下[illegible]期矣

二十一日星期二 十一日丁卯 晴 午前往田業 与[illegible]田[illegible]而返 午後又至[illegible]往[illegible]返 又至田業而歸 今日為[illegible]

二十二日星期三 十二日戊辰 晴 午前往田業 午後[illegible]湖謝[illegible]

景鄭製

硯耕兄之作來晤携藝文至田業而返

二十二日星期四初六日癸巳晴午後往田業點小徐錢作取為詞至午後歸

山壽

壽翁之封稿為余手書等碑贊甚及的尺又往田業而返

二十三日星期五初七日甲午晴雨時作早起往田業午時至高師某

悼明之太夫人逝挽聯午後月禮華而至田業午後又

至每賓而返

二十四日星期六初八日乙未陰午後往田業午後出赴約至西安宗園

悼明之太夫人安葬以祭禮至田業又至百樂而返

二十五日星期日初九日丙申陰晴早起到往賓拱寺今日為先祖妣忌辰

法山西協之第一日是日在寺中同至百樂齋之宴午後

又今年來得大元明藏零種（零本之…）仍至寺

內訖九時許返家

二十四 星期一 卯午自丁酉晴早起往寶積寺閱至田業集寶翻

等處（兩過）訖九時許返家

二十五 星期二 有時成陰早起往寶積寺午飯至申後（二時）許

花相因影印元初版刻也午後至集寶翻檢

元明藏宋元雜刻之零本夜至九時許始返

二十六 星期三 十一日至寺晴早起往寶積寺午後檢集元本翻檢

後收錄圖錄並印出後至集寶翻檢十三卷

許宋版本兩過寺晚至九時許返家

二十八日星期四

十三日庚戌陰。晴。早起往寶積寺，午後又至崇寶橋碑，其同一公保私要大觀矣。夜至九時許回寓。

廿九日星期五

十四日辛亥。晴。先祀姚二同志，即于寺內設奠。到者不少，並設酒於鳳子華、黄坊尚起臨、玉樂寶、張芝蓀、予夜之款談。口占五律一首，畢後回寓。

卅日星期六

十五日壬子。晴。午後偕小蘇園借之觀，午後偕小園諸子游至兆豐花園，七點許乘馬車中途遇雨，四時十分即往戲華樓聚餐，飯後返，旋來穆克修及伸誠老弟來寓暢談，深談久之。

卅一日星期日

十六日癸丑。晴。早起往光復樓會員內超越年志修先

吉蘋草

羅紹一

晴。晨即至貝禘鏖路觀韓也藏香杉後吳子家
看遺文一部，係吳子未諧，擬歸之，後至四姊處久
坐。又至湖帆處，見清張賓仙書，觀者成多，至暮。
宋本西歸，仍至湖帆處，於又雲為遞緣佳
題名圖。晚過寓，韓伯騰來。
十七日甲辰，晴。早起至五世南朱腴即至芝蕃取歙硯
錄往貝禘鏖路校毛鎸處，校黃氏一部，係三十卷
所藏今校宋本一部，係長卷，于附返，至寓
係手跋二冊，即題詩來三時半過嘉樹知丁丰腴
夜續一冊為之纂校

景鄭製

廿一日乙巳晴午後往田業午後回黃鶴□□花祠觀碑
還楊園閒談仍至田間周若□黃道安

廿二日丙午陰雨午後往訪□卿未值至田間□遇午後
集勤作□一函寄□先生集十二種以起□□二種又丹閣柏六
種寄妹觀石刻花安的碑弍之函以石拓□之
燒之函至館來以十三種觀□□等

廿三日丁未陰午後往田業午後訪□卿遇仲□祥□詩
安至道談至薛卿回□別歸

二十四日戊申晴午後往田業午後至系寬石□等
歸而返

九日星期五 二十一日乙酉 晴。午前往合衆，午後又至四馬路返寓。

日撰集部排比，未竟，觀抄吳下藏書畫之文。

十日星期日 二十二日丙戌 晴。午後紳(?)偕蔣同往，抄吳下藏書畫遺文。

文。四叔偕至青年會觀畫展，遇頌丹、鳳

子，摩挲移時。

十一日星期一 二十三日丁亥 晴。至合衆，抄吳下藏書畫遺文。往合衆，午時叔遇于鶴樓小酌，午後返寓。

十二日星期二 二十四日戊子 晴。午前未出户，午後往合衆整集

寓西遺。

十三日星期三 二十五日己丑 晴。午前往合衆西遺，午後又至合衆，文集寫

卷藏西遺，編集部書刻目。

景鄭製箋

亥刻冬至節

二十五日甲寅　晴　午刻往田業會館　陪石同年午後到黃獻常

王花農為招飲，遂即返至田業會館

十二日小寒節

二十六日乙卯　雨　午刻至田業會館　陪辯卿　月老　壽賬代覆

龍梅又去屠及壽數　茶及文至田業會館

十六日大寒節

二十九日丙辰　晴　午刻往田業會館　午後往賬數　春青

去黃趙翁竹庵請見長席數會館

節後佃十二月十六日去　竹下花家去仙

十二月十七日星期日
十八日星期一
十九日星期二
二十日星期三

十一月

初一日丁巳晴。午时往葛衡山家訪庵向，午後返。
寫編吳居目跋部份個去。
初二日戊午晴。午后往田叟歸，當悼歎。宗
子戴午后發節去，贈拓花祠碑来，至其寓出
記孫上月館目又至石撕田叟元返
初三日己未陰。早起萬成訪友来。午后往田叟積五文
處。午后又到田叟業集賓下樓等處而返。花祠拓
送来，計以宋元以下拓共二十七種，又……圖帖四冊
初四日庚申晴。午后往田叟業，歸後出寓郡名件

計篇得粘十三幅 暮復粘又幅 合二十幅 午後又至田
叢而返 夜以九幅粘糊送還瞿澤 訂芳洲人飲

二十日星期
初九日辛酉 晴 午刻往田叢 午膳 補壺韞諸來 午後
賓又至 彭蕙甫宗許湖帆趣諸收其紫之也
婦往返宗祀先禮飲

廿一日星期
初十日壬戌 晴 午刻往田叢 午後又至田叢 下榻余

夏至
賓洪處 初五

廿二日星期
十一日癸亥 晴 午刻往田叢 又至下榻處 向口耐借大
戴禮惠氏戊三家校本 歸以韓校至者畢 卒義
其後先校去以明日而歸之也 伯仰宗招仲又

二十二日 星期日

葺雨兼寬據争釋一部 藉蒙文玉田學子所遇

雨 廿日甲子 晴 午后赴王同設竹的書文甚多蒼松去

竹的以花宮園及道士冠録之一紙 竹蒼生全文批

又格 即六鐵畫 星期 竹的自 [illegible]

舉業出 午后赴園 以今開年會 待

選舉畢即返 晚 即以請 [illegible] 堅辭王又

返子及竹的 竹隱即往 松梅精舍 瑞蘋 而返

二十三日 星期一

而丸日乙丑 晴 午后赴博出部 出及松仲 玉田同 晚同

玉閣內外安慶樓 宗可 [illegible] 返 [illegible] [illegible] 日席 [illegible] 即視

書部 [illegible] 貝 [illegible] 部數 即月

二十四日 星期二

雨 即 午后雨 宜 晴 午后 往田 葉 [illegible] 之 [illegible] [illegible] 所 [illegible] [illegible]

景鄭製

井刻府印本兄殘，夜於燈下作處甚候石湖拓到何可

寶者也

廿三日 星期三

十二日丁卯，陰晴。早起聞人語動，至半夜一點二十二分舉一男

喜之欣慰。午后往田業丁劉價勞，午後致隱翁書，求為兒

名。

廿四日 星期四

十三日戊辰，陰。早起往田業郎處借倒書印石湖拓

已刻觀自百言出矣，吾之留而送来，拓本讀仲十七轉

寶藏入藏，隱翁兒名已来，居曰寅麟，號公字酉

生。

廿五日 星期五

十四日己巳，雨。寄印西并拓本。日未出白

二十三日星期六 十四日庚午 陰晴 午后往思業堂，午後又至田業處通 [illegible]

二十四日星期日 十五日辛未 晴 午前未出，下午至百拙處觀石新書畫

令詩晉白通

二十五日星期一 十六日壬申 晴 午前未出，下午至百拙觀書畫，又至羅

叔蕴處 平安後所藏一品，又明鐵漆盒一枚，佳甚，又

至蘋號誠齋 [illegible]

二十六日星期二 十七日癸酉 晴 早起往湖帆處，偕觀其所藏碑

拓，出示陳道復白鹿洞圖卷，十件精華，觀城南大字

泰山經石峪 拓本，二卷歸，同觀其所藏

南宋殘本，又至 [illegible] 宋州本觀 [illegible]

景鄭製

摺行替某喫多劇翁返下

三日星期三　十八日甲戌　晴　午前赴內　午後至古撫府書畫介閱觀初

返　以伯翁母子去　賈佐來　以公挂號

四日星期四　十九日乙亥　晴　午前法國會　即返　午後日記　未竣久

至百雅府　又到吳宗賓　揖弟收理　振七弟

甘百元　捐贈　理返　賈佐來　以四十二元購　元　七十

五日星期五　二十日丙子　晴　午前往　續寺　祖母

聞　又至夜　即返

六日星期六　二十一日丁丑　晴　午前　竟日至燈

時始返

七日星期日　二十三日戊寅。滬寓來書，言桂兒婚事變，[illegible]翰同[illegible]。不欲要二子作函阻之，並致二函。

八日星期一　二十四日己卯。雨。夜雪。午後東吳出，訪佩翁，遇語葉譽虎。[illegible]之。午後至田叢，又至葉寓，雨返。

九日星期二　二十五日庚辰。雨。午後往佩翁，不遇。午後偕佩翁月樵葉[illegible]，至葉寓[illegible]返。夜訪葉譽虎。

十日星期三　二十六日辛巳。雨。午後[illegible]出訪佩翁。

十一日星期四　二十七日壬午。晴。午後往田叢，午後偕佩翁月樵，又至田叢，葉葉寓，雨返。

十二日星期五　二十八日癸未。晴。午後往佩翁，午後潘翁來訪，即日[illegible]

景鄭制箋

吉冀集

晴暖

十二月朔

以二十八日甲申晴午刻未出而招高傳午後與王芬來之

並率孫申刻申巳正三刻半宴卯經筵御覽大饗

後至四姪處是晚卯宿雪花

十二月初二

二十九日乙酉陰午後大雪早起經筵御覽說壽至午退

入席即辭出面遇雪花與王芬來三五半返其樣

若風大雪飛後殊難行走中由雪雨收之

甚

十二月初三

十二月大

十五日星期一
初一日丙戌 雪 晨起積存三寸 寫南函過 午到往田某

印文 先生來 出以歸存目

十六日星期二
初二日丁亥 雪霽 午前往田丹處寫乾隆一段陪壽

丞三角代某客書 與五弟到四馬路 兩賞雪過

燈下書華聯二 一贈李秋漁子 一贈林至卿子晋

十

化某寄誕書

十七日星期三
初三日戊子 晨起收送機文來 謂大兵來見陶家祖

母咳疾 邦至田同 至後理廟 郎拈弄設 邦信鋼

未了 往邦某在 未來夏

景鄭製

六日星期四
初四日己丑 陰雨（午後雪） 午后二弟來函 屬印拓張萬生函 以四部
叢刊續編定單爲贈 渠甚喜 武之函 以李瀚章及戚人從
果家儀等三札爲贈 即囑之函 并寫寄周蘇臣
作蘇函 明日寄出

七日星期五
初五日庚寅 晨起雪 又積二三寸 仍未止 竟日未出門 理書
拓

八日星期六
初六日辛卯 晴 冬至 陰雨 午後至蘇說 于來 書肆買鄭板書
於榮寶齋 得一動佳七元 又上見至大華 購為贛 五六十冊 一冊六元
途至蘇佳一元 又至廣德齋 曲三種價六元

九日星期日
初七日壬辰 晴 ……來 西佳以來 ……遠來 取校……

十八號撥簡出

二十二日星期一
初八日癸巳 晴 午[illegible]

二十三日星期二 晴
初九日甲午 午[illegible]
十[illegible]

二十四日星期三
初十日乙未 晴 午[illegible]

二十五日星期四
十一日丙申 晴 午[illegible]
張乐民[illegible]
二張[illegible]
出門

二十六日星期五
十二日丁酉 午[illegible]

景鄭手製

學士諸訪樊卿甚歸

二十三日天朗。

十三日陰晴。午前未出門。兩勝言未發，得乃庫存

爲平一紙，又得書先附去，又庫存為閱，七訓報信

迎之茶見面一晤，得吉尺九七知先緩得契紀二部

其小印係晚年三月再作矣，後將何者度王雨峯

又毛某寶嘴明清說到磁硯一碟，大小共叁枝，值二千文訖

印過

二十六日早晴。又

十四日至彥諸處，午未出門，兩處即作卿書寄振華等茶葉

藉封書又兩路即茶店中來甚多字出件明日言出發

即作卿信

二十九日 星期一
十七日庚子 陰 錢臨來 午後同往蔭記于集寶以五十五元買龍泓
藍錄一 又龍泓牒一卷 丁氏題跋壹之 作序精而歸

三十日 星期二
十八日辛丑 陰 午後同往丁氏 於明安即送至田 國華作文
至朱安 [illegible]處 [illegible] 序 [illegible]送來 [illegible] 丁氏 [illegible] 歸

三十一日 星期三
十九日壬寅 晴 午後往田叢于 [illegible] 復 [illegible] 送來 [illegible]
同 [illegible] 歸 [illegible]

六月一日 星期四
二十日癸卯 晴 午後往田叢來 午後至茶寮 文 [illegible]
擬而歸

二日 星期五
二十一日甲辰 陰 [illegible] 來 [illegible] 知本見
期日 擬再來 [illegible] 午後以鳳 [illegible] 來 至 [illegible]

景鄭製

三日星期六

二十日乙巳晴 午前未出門 午後往田業 又至集寶齋買得

三式硯盒一 可裝水仙之用 又買硯盒二枚

四日星期日

二十一日丙午晴 午前未能出 午時商務印書丁君英桂來 先還

宋本竹友集 乖崖集 友林乙稿 元本楚辭辯證 明本劉屏

山集 [illegible]錄 [illegible]六帖 故唐律疏義 宋本詩本義 元本

宋季三朝政要 元本輟耕錄 計四種 午後[illegible]四至去印書

田業 還鑄光龍媽今日寫陳之契

五日星期一

二十二日丁未晴 竟日未出門 編作四部子目百函

六日星期二

二十三日戊申晴 午前未出 有十餘至田業 又至集寶齋

還紙回遲 夜祀竈

廿三日朔五 二十三日己酉 晴 竟日未出門 跋邦伯綱長美叔出示出招

本十六於出屏印招城先患之詩

廿四日朔六 二十四日庚戌 晴 午前續甲叢 印道午後至石藩藏

諸本城先 鄭長 仍有缺 即寫一行

廿五日朔七 二十五日辛亥 晴 午後偶論未諸公面交 應於雨復

房諸目城 岑君度未至也

十六日朔八 二十六日壬子 晴 竟日未出 以編廣德目應 御批起

少頃西邁 劉行

廿七日朔九 二十七日癸丑 晴午後往因業 午後至丁氏西業 未

與街市行 清 涼 還 回家

景鄭制箋

十二月廿九日

二十九日甲寅晴　午后未出門　寄叔　午后至田……

妙難言之

十二月三十日乙

三十日乙卯晴　午后往翰林書論……道　年數……

回寓　午后料理……祀先……

室而睡……大